L'adieu aux reines

Cavanna

L'adieu aux reines

ROMAN

Albin Michel

22, rue Huyghens, 75014 Paris
www.albin-michel.fr
ISBN 2-226-15085-4

La Gaule au traité d'Andelot (587)

Burgondie et Aquitaine à Gontramn.
Neustrie à Clotaire II, fils de Frédégonde.
Austrasie, Auvergne, Poitou-Vendée à Childebert II, fils de Brunehaut.

Première partie

MORTE LA BÊTE,...

I

Botte à botte, ils chevauchent, le cœur en fête. Ils ont vendu au mieux les moutons frais tondus, et aussi les bœufs aux longues cornes, et aussi les ânons aux sabots vernis à l'huile de noix, et aussi les couvertures épaisses tissées de la laine de ces mêmes moutons puis teintes par les femmes chantant leur chanson, et aussi les dentelles aux entrelacs barbares nées sous les doigts des fillettes aux yeux moqueurs. Tout cela, ce troupeau qui couvrait la plaine, ces précieux ballots débordant du lourd chariot, ils l'ont vendu, ils ont vendu jusqu'au chariot, et voici, ils rentrent à la maison, l'escarcelle pleine et l'âme sereine.

Si l'aller se traîna au pas menu des brebis et à celui, nonchalant, des bœufs, le retour est un envol.

Ils sont trois. Trois cavaliers. L'un est un colosse que sa taille embarrasserait s'il n'était juché sur un cheval non moins colossal que le chevaucheur. À son côté, noyée dans son ombre, une créature minuscule se dresse de toute sa taille gracieuse sur une haquenée seigneuriale. Ces deux-là se tiennent fort rapprochés. La chaussée, jadis gagnée sur la lande, massivement dallée afin qu'y circulent à l'aise les légions des Césars, s'est effondrée et rétrécie au gré des malheurs des temps. La ronce conquérante et l'ajonc son complice l'ont étouffée peu à peu. Trois cavaliers n'y pourraient passer de front, deux le peuvent tout juste. Le troisième chevauche donc en arrière-garde.

Celui-ci est un enfant d'une douzaine d'années, aux épaules déjà puissantes, qui, pour l'instant, s'efforce de tirer des sons musicaux d'une flûte taillée dans un roseau tout en guidant des genoux sa monture, un de ces mignons genets d'Espagne tant prisés à la cour des rois wisigoths.

Tous trois sont vêtus à la mode des croquants d'Armorique — quand ceux-ci ne sont pas en loques ! —, d'une grossière tunique de chanvre brutal serrée d'un bout de corde à la taille, de braies de peau enveloppant les cuisses pour s'arrêter à mi-mollet — la saison est clémente. Quelques détails, toutefois, donnent à penser que ces voyageurs pourraient bien être quelque chose de plus relevé que des paysans s'échinant sur la glèbe ingrate. Tout d'abord, ce qui les serre à la taille n'est pas le méchant bout de corde attendu, mais un large ceinturon de cuir patiné, gercé, lustré par le long usage, auquel pend, au lieu du petit coutel permis aux gens de peu, la courte épée scramasaxe chère aux guerriers francs. Se remarquent aussi les souples bottillons de peau que fixe au mollet un lacis de lanières entrecroisées, et encore les lourdes boucles de bronze fermant les ceinturons, toutes simples en leur rusticité mais, par leur seule présence, élevant leur possesseur au-dessus de la tourbe.

Si ces gens sont des paysans, alors ce sont paysans cossus ayant rang quasi seigneurial, tels ces vétérans des légions de Rome que, jadis, les empereurs victorieux gratifiaient de domaines pris sur les terres conquises.

Ah, un détail encore : par le travers du vaste dos du cavalier massif s'étale le manche d'une hache de bûcheron conçue dans les mêmes proportions que son porteur. Le fer au sombre éclat évoque une enclume, une enclume qui posséderait un tranchant que l'on pressent aiguisé de frais. Cet accessoire insolite ne semble nullement peser au cavalier, on le jurerait blotti là depuis toujours, ronronnant comme chat au soleil.

À Rennes, ils ont fait leurs affaires. Rennes l'opulente, à cheval sur la ligne frontière qui sépare l'Armorique insoumise des Francs de Neustrie, des soudards de Frédégonde, Rennes où se côtoient et se mêlent deux mondes en guerre permanente, Rennes où, d'un tacite accord, on oublie les armes pour se livrer au commerce, Rennes des églises, des tavernes et des bordels...

Les gens de guerre massés là par le roi Chilpéric, puis, depuis sa mort, par Frédégonde, sa veuve, qui s'est imposée comme régente du royaume au nom de son fils Clotaire, sont grands dévoreurs de bœufs, de veaux, de cochons, de moutons engraissés dans les pâturages salés du littoral, comme en général de tout ce qui peut se dévorer. Ils sont aussi de frénétiques acheteurs de boucles de ceintures, de fibules[1], de colifichets en verroterie clinquante, non pour les offrir à leurs compagnes, mais pour en orner, en surcharger, leurs arrogantes personnes.

C'est là aussi que se traitent de plus considérables

1. Fibule. Sorte d'épingle de sûreté, plus ou moins ornée, servant à différents usages, entre autres à maintenir le manteau sur l'épaule.

affaires. Les intendants de l'armée franque s'y procurent en quantité la toile de chanvre dont on fera des tentes, le fer d'universelle renommée dont seront forgées les épées, les haches francisques et les pointes de flèches qui, en sens inverse, reviendront fendre les crânes et trouer les ventres de ces Armoricains cupides mais imprévoyants.

Le temps a fraîchi. Le vent de mer s'est levé, chargé d'un souvenir d'embruns. Des manteaux aux vastes capuchons enveloppent maintenant les voyageurs. Les chevaux, d'eux-mêmes, allongent un trot guilleret, ce que ne manque pas de souligner plaisamment un des cavaliers, le tout menu, celui à la fière haquenée :

— Ils sentent l'écurie.

Surprise : c'est une voix féminine qui s'élève de sous le capuchon rabattu. Une voix bien plaisante à entendre.

Du haut de son vertigineux compagnon tombe la réponse, et cette fois la voix correspond bien à ce que la carrure laissait prévoir :

— Cela sent quelque chose de plus. Oh, très ténu. Mais quelque chose qui ne me plaît pas.

La tête encapuchonnée pivote avec grâce de droite à gauche, puis de gauche à droite, humant délicatement les effluves accourus des divers horizons.

— Je ne sens rien, moi. Rien qu'un peu de fumée, peut-être.

— Justement. On ne devrait sentir nulle fumée.

— Les paysans ne devraient pas cuire leur soupe ?

— Il n'y a aucune chaumière entre ici et chez nous. Rien que la lande. Tu devrais le savoir. Et « chez nous », c'est encore beaucoup trop loin.

— Eh bien, le feu de bivouac d'un voyageur, peut-être ?

Il secoue la tête.

— Je sais ce que sent un feu de bivouac. Ceci ne sent pas la fumée d'un feu de bivouac. Ça sent la vieille fumée refroidie. Ça sent l'incendie mal éteint, voilà ce que ça sent.

— Et tu t'y connais en odeur d'incendies.

— Hélas !

Il se tait, presse sa monture. Sa compagne en fait autant. De lui-même, le troisième cheval suit le mouvement. Le jeune gars qui le monte s'étonne :

— Pourquoi presser les chevaux ? Ils sont fatigués. On ne nous attend pas si tôt.

Le géant à la hache laisse tomber :

— S'il reste quelqu'un pour nous attendre...

La voix féminine proteste :

— Tu ne crois pas que tu en fais un peu trop ? Pour une vague odeur de fumée que je ne sens presque pas, moi... Ah, tiens, si, je la sens mieux, maintenant.

Elle frissonne.

— Tu as raison. C'est une fumée, comment dire...

— Une fumée de mort. Pressons !

Des genoux, ils activent les chevaux, qui prennent le galop. Ils n'ont pas parcouru cent toises que la jument blanche pile des quatre fers et tout soudain se cabre en lançant vers le ciel le hennissement de la terreur folle. Son compagnon, moins émotif ou plus aguerri, s'est figé sur place, attendant que son cavalier juge du cas et prenne la décision qui s'impose. Celui-ci saute à terre, saisit la haquenée au mors et la calme de la main : « Là... là... »

La cavalière peut alors apercevoir ce qui a effrayé les chevaux. Un corps gît en travers de l'étroite chaussée. Un corps sans vie, pour autant qu'on en puisse juger.

L'homme s'est approché. Il s'accroupit, se penche au-dessus du supposé cadavre. La femme crie :

— Petit Loup ! Fais attention, voyons ! C'est peut-être une ruse.

Petit Loup — puisque Petit Loup il y a — lance par-dessus l'épaule :

— Celui-là, en tout cas, ne rusera jamais plus. Il est aussi mort qu'une vieille savate.

Le mort gît sur le ventre, la face dans l'ornière. Petit Loup le retourne. Une cohue de grosses mouches irisées aux ventres débordants d'œufs court çà et là sur le visage, cherchant les endroits propices où déposer leur précieuse ponte. On se bat autour des yeux, à l'entrée des narines...

D'un revers de main, Petit Loup balaie la multitude mordorée. Le visage apparaît, gris, barré par la double volute d'une moustache qui dut se vouloir terrifiante et n'est plus que filasse pisseuse. Le crâne est nu, comme scalpé, sommé d'une unique touffe de cheveux noués en botte d'oignons. Petit Loup se redresse. Il est sinistre.

— Un Saxon. J'aurais d'abord cru à un de ces Celtes de Brittonie[1] comme il en débarque tant du côté de l'Océan, mais non, c'est un Saxon. Vêtu en guerre. Ses armes sont parties. Sauf celle-ci.

Il désigne le manche grossier du couteau qui dépasse du ventre du Saxon.

— Regarde-le bien, Minnhild.

1. L'actuelle Grande-Bretagne.

La femme, faisant violence à sa répulsion, regarde, s'écrie :

— C'est mon couteau de cuisine !

— Tout juste.

— Mais alors...

Pour toute réponse, Petit Loup saute en selle, lâchant, dents serrées, sans élever la voix, cet ordre bref :

— Allons, Griffon !

Le cheval colosse bondit et prend le grand galop. Les deux autres s'élancent à sa suite.

Minnhild pousse sa haquenée à hauteur de Griffon. Tout en maintenant un galop d'enfer, elle ne peut se tenir de questionner :

— Des Saxons ? On n'en a jamais vu aussi loin à l'intérieur des terres.

— En voilà pourtant un.

— Donc, il y en a d'autres.

— Cette vermine va toujours par bandes, et bien armées.

Minnhild se tait. L'angoisse la serre à la gorge. Le garçon, derrière, met tous ses soins à soutenir l'allure, soucieux de ne pas se laisser distancer. C'est un enfant de ces temps sanglants. Il sent quand, alentour, rôde la mort.

Sans un mot, de l'index tendu, Petit Loup attire l'attention de Minnhild sur certaines flaques brunâtres qu'achève de boire la poussière du chemin. Elle remarque :

— Il s'est traîné jusqu'ici.

Elle ajoute :

— Avec mon couteau dans le ventre. C'est donc quelqu'un de chez nous qui le lui a planté.

— Mais il n'a plus ses armes. Elles lui ont été ôtées par les siens. Ça n'enterre même pas ses morts, cette engeance. Ils ont eu le temps de faire tranquillement leur besogne avant de s'en aller.

Minnhild frissonne :

— C'est-à-dire tuer, piller, incendier, et puis se sauver avec le butin.

Petit Loup ne répond pas. Que répondre ? Il presse encore l'allure. L'odeur d'incendie mourant se fait plus forte. Les naseaux des chevaux palpitent à cette odeur qu'ils connaissent trop bien, d'autant que maintenant s'y mêlent, insinueux et douceâtres, les premiers relents de la chair d'où commencent à suinter les miasmes de la putréfaction.

La lande ondule en un dernier monticule derrière lequel, dans la cuvette, se blottit l'ensemble des constructions rustiques établies sur le territoire que défrichèrent et mirent en culture les deux ancêtres, Loup, fils de Bouzil, dit le Hun Blond, et Otto, son inséparable, après qu'ils eurent renoncé à la vie d'aventures. Deux générations ont continué l'œuvre, s'exténuant à tirer de la maigre couche de terre où le granit partout affleure de quoi subsister dans la haine de la guerre, le mépris des dieux et l'amour mutuel.

Le clan avait prospéré, s'était enrichi, d'enfants plus que de deniers. On y travaillait dur, on y riait, on y chantait, on y jouait de la flûte, du tambourin et d'une espèce de luth bricolé sur place. On y lisait, même, car le Hun Blond, et aussi Otto, avaient en détestation l'arrogante ignorance qui réduisait le menu peuple à un ramassis de bestiaux peureux, superstitieux et dociles entre les griffes de seigneurs et de prêtres non moins ignares qu'eux-mêmes.

D'au-delà l'ultime crête s'étirent vers le ciel des fumerolles paresseuses. Griffon renâcle, refuse de franchir le maigre obstacle. Petit Loup doit l'y contraindre, de la voix et du genou. À regret, le cheval le porte en haut du monticule. Les autres suivent.

Ce que l'on voit alors est pire que ce qu'on pouvait craindre de pis.

Plus de rustiques demeures blotties sous leurs toits de chaume en entonnoirs touchant presque terre, harmonieusement réparties autour de la place centrale. Rien que des moignons carbonisés fumaillant au-dessus des soubassements faits d'énormes blocs de granit. Les murs de torchis ont disparu, réduits à de petits tas de cendre blanche. Çà et là des flammèches courent, ravivées par la brise, sur les noirs brandons tordus, bras de damnés maudissant le ciel.

Ici, rien ne vit. Des corps gisent, tombés au hasard des coups, là où la hache a ouvert un crâne, là où la flèche a cassé un bond. Les trois cavaliers errent parmi ce désastre, faisant s'envoler les corbeaux criards affairés sur les cadavres, dérangeant des essaims de mouches bourdonnantes. Sans s'être concertés, ils mettent pied à terre, prennent chacun un mort par les aisselles, les tirent et les rassemblent, côte à côte, sur ce qui fut la place des gaies soirées d'été, sous le vieux chêne à la royale ramure marquant le centre du village.

L'enfant, qui s'est jusque-là contenu, calquant l'apparente impassibilité des deux adultes, soudain se jette en sanglotant sur le corps d'une vieille femme, celui de sa grand'mère, la propre mère de Petit Loup. Elle a été éventrée, ses viscères coulent entre ses jambes. Mâchoires crispées, poings serrés, Petit Loup ne peut détacher les yeux de l'effroyable amas aux reflets gris-bleu. Il parle enfin. Sa voix, qui tout à l'heure craignait le pire, ne craint plus : le pire est là. La voici de nouveau calme, précise, efficace. Trop calme, trop précise, trop efficace. Une voix où toutes les furies de l'enfer, à grand'peine muselées, ragent et écument, prêtes à se lâcher rugissantes sur le monde. Il dit :

— Je ne vois ici que des vieux.

Minnhild proteste :

— Dietrich, fils de Kramn, avait vingt ans tout juste. Arnhild en avait quinze à peine.

— Dietrich était boiteux. Arnhild était laide. Ils ont emmené les hommes en pleine force, les femmes jeunes et belles. C'est du butin. Ils les revendront là où ça se revend. Pourquoi s'encombrer de rebut invendable ? Ce sont des commerçants.

— Mais pourquoi le tuer, ce rebut ?

— Pour servir d'exemple. Pour montrer leur force. Pour narguer le roi et ses armées. Surtout parce qu'ils aiment tuer. Tuer est bon.

— Et les petits enfants ? Je ne les vois pas.

— As-tu regardé dans le puits ?

— Non.

— Ils sont là.

C'en est trop. La courageuse petite femme, comme soudain tirée d'une stupeur, se laisse choir à terre, hurlant vers le ciel la longue plainte de la louve blessée à mort, sanglotant sans larmes.

L'enfant se jette sur sa mère, la saisit à pleins bras. Elle le serre goulûment, pour bien se convaincre que lui, le sien, vit. L'homme, debout, parle, comme à lui-même :

— Pas une bête au pâturage. Rien. Pas une carcasse. Ils ont tout emporté. Ils ne peuvent être bien loin. Ça ne marche pas vite, les moutons. Les bœufs encore moins. À moins que...

Il examine le sol, s'arrête à un certain endroit, là où la terre aplanie et durcie forme l'aire où se bat le grain.

— Du sang. La terre en a bu à refus. Ils ont tout massacré, toutes les bêtes, puis ont chargé les carcasses sur des chariots, les leurs et les nôtres. Ils n'ont laissé en vie que nos chevaux pour les tirer.

L'enfant dit :

— Ils ont scié tous les fruitiers. Le cerisier que j'ai planté...

Petit Loup continue de penser à voix haute :

— Si l'on ôte les morts, et aussi nous trois, qui n'étions pas là, qui donc ont-ils emmené ? Compte avec moi, Minnhild.

Le calcul sera bientôt fait. Depuis la mort du Hun Blond et d'Otto, les fondateurs, lesquels, après s'être cramponnés avec une santé insolente à une vie qu'ils quittèrent à regret, en ayant repoussé le terme bien au-delà des limites communes, s'étaient éteints quasiment ensemble, n'imaginant pas survivre l'un sans l'autre, la petite colonie s'était peu développée en nombre, car, sagement, on veillait à maintenir la progression des naissances à une allure raisonnable[1].

---

1. Mais oui. Déjà les Romains savaient pratiquer un certain contrôle des naissances. Les peuples nouveaux venus apprirent cela d'eux.

Ravalant ses sanglots, Minnhild compte sur ses doigts.

— Il manque Wilmar Tête de Pioche, fils de Gondemar, et Thibert le Rouquin, fils de Godbert le Rouquin, et aussi Rigobert, dit Riri, fils de...

— Je sais de qui ils sont fils. Abrège.

Elle en reste bouche bée. Les sanglots, de nouveau, la secouent. Elle hoquette :

— Je fais violence à ma peine, je fais de mon mieux, et toi... Tiens, continue tout seul !

Petit Loup se dit qu'il l'a blessée. C'est que lui non plus n'est pas dans son état normal... Il la prend aux épaules, tendrement, et s'efforce de poursuivre l'énumération :

— Euh... Grégoire, le gros Grégoire...

— Pas besoin de dire « le gros », puisqu'il n'y a qu'un Grégoire. Ça lui fait de la peine, quand on l'appelle « le gros ». Toi et la délicatesse... En un pareil moment !

— Il n'est pas là pour l'entendre...

— Justement si, je suis là. Et tu me fais de la peine.

Tous trois sursautent, se retournent. Minnhild crie, de terreur. L'enfant crie, de surprise joyeuse. Petit Loup fronce le sourcil :

— C'est apparemment toi, Grégoire. D'où sors-tu ?

— De derrière le gros rocher, là. Tu aurais mieux cherché, tu m'aurais trouvé.

— Tu n'es pas mort, tu n'es pas butin, tu t'es donc caché pendant qu'on égorgeait et qu'on emmenait les tiens ?

— Tu condamnes un peu vite, cousin. Vois mon oreille, la gauche, là.

— Justement, je ne la vois pas.

— Tu ne la vois pas parce qu'une épée saxonne me

l'a tranchée au ras de la joue, l'épée du gars à qui j'ai planté un couteau de cuisine dans la tripaille, vu que je n'étais pas armé, j'aidais à la cuisine — ta cuisine, Minnhild —, je hachais du persil. Je ne pense pas que cette vermine soit allée bien loin avec ça dans le ventre. Mais tout de suite après j'ai reçu je ne sais quoi de très dur sur la tête, par-derrière, et je me réveille seulement, vois-tu. Ils ont dû me croire mort. Ils m'ont dépouillé, je pense, vu que me voilà tout nu... Et je ne suis pas sûr de ne pas être mort.

Ayant dit, le gros Grégoire s'abat, le nez dans l'herbe rase, et ne bouge plus.

Minnhild s'agenouille, pose la main là où l'on devrait sentir battre le cœur. Elle soupire :

— C'est cette oreille. Il a perdu trop de sang. Vois, il en est couvert.

Petit Loup, qui s'est agenouillé aussi, secoue la tête, empoigne une touffe de cheveux :

— Il a le crâne défoncé. La vie s'est envolée par là.

Minnhild dit « Pauvre vieux ! », essuie une larme, rabat d'un doigt léger les paupières du mort, se relève, poings aux hanches, en femme responsable qui accepte le coup du sort et y fait face. Elle dit :

— Et les femmes ?

— Quoi, les femmes ?

Elle lève les yeux au ciel, tape du pied :

— On a compté ce qui manque en hommes. Bon. Les femmes, ça n'existe pas ?

Décidément, elle cherche la bagarre. Lui, conciliant :

— J'y venais. Commence.

Elle dresse le pouce et l'index :

— Il y a les deux jumelles, Livoflède et Béroflède.

— Tu veux dire Lili et Bébé [1].

— Étant donné les circonstances, il me semble qu'on peut leur donner leur nom complet.

— D'accord. Livoflède et Béroflède.

Elle plisse le front, déplie un doigt à chaque prénom :

— Il y a la petite Alma, Selma la brune, Arnetrude, Elsa...

Il l'interrompt :

— Ah, non. Pas Arnetrude. Elle est, euh... ici.

— C'est pourtant vrai, hélas. Je l'ai vue. Pourquoi l'ont-ils tuée ? Elle était tout à fait euh... vendable. Pour quelqu'un qui les aime plutôt mastoc, je veux dire.

— Elle était belle comme le printemps, fraîche, gaie, tout à fait propre à inspirer le désir, et même l'amour.

— Tu prends bien vite la mouche ! Une grande bringue d'aguicheuse, oui. Elle savait en donner à voir, mine de rien, et encore plus à deviner.

— Tu parles d'une morte, je te rappelle.

— Pardon. Si je croyais en leur Seigneur Christ, je me signerais. En tout cas, je note que mon mari semble rassasié de son épouse miniature.

Il perd patience, lâche sèchement :

— Eh bien, sois satisfaite. Elle est morte d'être ce que tu lui reproches. Ils l'ont tellement violée, et de tant de façons, qu'à la fin ils l'ont crevée sous eux. Tu peux vérifier.

Cette fois, elle se tait. Il récapitule :

— Il manque trois gars, cinq filles. Les plus forts. Les plus belles. Tout le reste est là.

Là, c'est l'étendue où gisent les morts, alignés avec

1. Les Mérovingiens usaient volontiers de diminutifs caressants.

soin. Les corbeaux, dérangés, attendent, perchés sur les brandons noircis. Minnhild dit :

— Il faut les enterrer.

Petit Loup secoue la tête.

— Pas le temps. Les morts n'ont plus besoin de nous. Les vivants, par contre... Nous venons de Rennes, du Nord. Nous n'avons rencontré aucun Saxon. Ils sont donc arrivés du Sud, de l'embouchure de la Vilaine, ou de celle de la Loire, peut-être, où les attend leur bateau. Ils ne peuvent pas avancer bien vite, encombrés de butin comme ils sont. Allons, en selle !

— Ils doivent être toute une bande, et bien armés. Que veux-tu donc faire ?

— Je n'en sais rien. Pas rester ici à pleurer, en tout cas. Les rattraper, d'abord. Ensuite, on avisera.

— Les chevaux sont fourbus.

— Nous aussi. Qu'y puis-je ? Le malheur commande. Le temps presse. Nous n'avons pas le choix. Les chevaux non plus.

— Et l'enfant ?

— Qu'il suive. Tu ne comptes pas le laisser ici ?

D'un geste large, il englobe le champ de décombres, les cadavres, le soleil qui, déjà, décline sur cette désolation. C'est l'enfant qui répond. Il dit, résolu :

— Je veux délivrer les vivants. Et venger les autres.

Petit Loup pose sa main sur la tête ronde.

— Tu feras ce qu'il conviendra de faire, au moment qui conviendra, comme nous le ferons nous-mêmes.

— Commande, seigneur mon père. J'obéirai.

Il hésite, se décide :

— Seigneur mon père...

— D'habitude, tu me dis « papa ».

— C'est que ce jour n'est pas un jour d'habitudes.

— C'est le moins qu'on puisse dire. Qu'allais-tu demander ?

Avec quelque embarras, le garçon s'explique :

— Eh bien... Ils ne se sont donc pas défendus ? Je vois ici les traces d'un massacre, pas celles d'un combat. Voilà qui m'étonne fort des nôtres.

— Tu as l'œil sagace mais le jugement hâtif. Je vais te dire. Les pirates saxons n'attaquent que s'ils sont en très grand nombre, et s'ils sont sûrs de vaincre, autant que possible sans combat. Ils savent se rendre invisibles, ils enveloppent patiemment leur gibier, choisissent l'instant propice et bondissent tous ensemble, sans laisser à quiconque l'occasion de saisir ses armes. Ils massacrent soigneusement tout l'inutile, assomment et ligotent le reste, et puis se sauvent sans se laisser aller à fêter leur succès sur place par une orgie comme le font les vulgaires bandes de déserteurs, de moines défroqués et autres égorgeurs qui traînent par les routes. Tout juste se donnent-ils le loisir de violer vite fait une ou deux captives pour s'en passer l'envie et respecter les autres, les « vendables ». Leur chef y veille... Vois-tu, il me faut bien reconnaître que trop d'années paisibles à l'écart de tout danger nous ont déshabitués de la vigilance.

Ils chevauchent. Sensibles à l'urgence de l'instant, leurs trois montures, faisant fi de la fatigue, galopent à grand fracas sur les dalles disjointes. Ils savent qu'il leur faut parcourir un assez long bout de chemin avant de rencontrer les plus proches habitations, les deux ancêtres ayant eu souci de s'établir en ce coin de terre qu'ils ont voulu le plus isolé du monde qu'il fût possible.

Enfin viennent à eux les premiers témoignages d'occupation humaine : ce sont des ruines récentes, hérissées de brandons encore fumants, parsemées de cadavres d'où s'envolent à grands cris les corbeaux courroucés. Ils passent, le cœur serré. L'horreur se répète ; les ruines se font de moins en moins espacées. La route suit le cours de la Vilaine, les menant ainsi droit à l'estuaire bien abrité que forme l'embouchure de ce fleuve là où il se jette dans l'Océan, lieu d'ancrage fort prisé des pirates.

Mais voilà qu'ils voient devant leurs yeux se grouper en rond des toits de chaume intacts d'où, par le trou ménagé tout en haut, s'élèvent, guillerettes, de légères fumées bleues, de ces fumées aimables fleurant la soupe aux choux et la bouillie de blé noir arrosée de beurre salé... Des gamins criards accourent au-devant des chevaux, des femmes curieuses se montrent aux ouvertures servant tout à la fois de portes et de fenêtres, des hommes à la lourde démarche rentrent des champs, poussant devant eux des couples de bœufs. Petit Loup, assez déconcerté, interroge un de ces hommes :

— On dirait bien que les Saxons vous ont épargnés. Comment cela se fait-il ?

Le paysan fixe sur le cavalier des yeux gris-bleu que rien n'étonne, soulève son bonnet, non par déférence mais pour gratter avec rage une tignasse épaisse où doivent prospérer des colonies de poux. Il répond posément :

— Des Saxons, dis-tu, seigneur cavalier ? Quels Saxons ? On n'a pas vu de ces malfaisants par ici depuis pas mal de temps. Tu veux dire qu'il y en aurait qui traînent dans les parages ?

— Il y en a, en effet. Le dernier village par où nous sommes passés, ils l'ont brûlé et ils ont tout tué. Or, ici, tout est calme. Explique-moi un peu ça.

L'homme se gratte la tête, cette fois pour en faire jaillir une idée. Sans succès, apparemment. Il se tourne vers les autres, qui font maintenant le cercle autour des trois étrangers. C'est un gamin qui répond :

— Je vois ce que c'est. Le village brûlé que tu dis, ce doit être Redon[1].

— Qu'est-ce qui te fait croire cela ?

— C'est que, vois-tu, juste là prend une petite route de côté qui mène tout droit à Vannes. Si on ne le sait pas, on ne la voit pas. Si c'est bien le dernier village brûlé que vous avez rencontré, alors, pas de doute, ça veut dire qu'ils ont pris cette route que je te dis, dame.

— Ils auraient donc quitté la route de la Vilaine et de l'estuaire ?

— Faut croire. Tu sais, ils ont un bien meilleur mouillage dans la rade qui est à Vannes, celle qu'on appelle le Morbihan[2]. À condition de connaître les passes, bien sûr.

— Ils auraient débarqué à Vannes ? Devant la ville du roi ? Devant le palais ?

— Comme tu dis. À son nez et à sa barbe. Et sans se

1. Qui ne s'appelait pas alors comme ça. Mais, pour la commodité du récit et l'agrément du lecteur...

2. Le Morbihan, ou Mor Bihan, était alors le nom de la baie très fermée qui se trouve au sud-ouest de Vannes, à quatre kilomètres de la ville.

gêner, crois bien. D'ailleurs, tant qu'ils respectent la ville et le pays alentour, le roi regarde de l'autre côté. Une espèce d'accord, si tu vois. Comme qui dirait un moindre mal.

— Le pleutre ! Le capon !

— Tu juges le seigneur roi, seigneur ?

Ce disant, le jeune gars se signe. Le cavalier hausse les épaules :

— Peu importe. C'est donc à Vannes qu'il nous faut courir. Et par conséquent refaire en sens inverse le chemin jusqu'à Redon, où nous prendrons ta fameuse petite route.

— Dame, pas moyen autrement, seigneur. Mais vos chevaux sont bien fatigués. Je dirais même qu'ils n'en peuvent plus.

— Si nous pouvons, ils pourront. Adieu !

Ayant tourné bride, ils parcourent à nouveau le tronçon de route qui les ramène aux restes de Redon, trouvent à main gauche la « route » — un chemin de terre raviné d'ornières —, la suivent, rencontrent bientôt un hameau calciné qui leur confirme que par là sont passés les tueurs. D'autres villages martyrs suivent, jusqu'à ce qu'enfin la découverte d'un premier lieu épargné leur laisse supposer que Vannes n'est pas loin, pour peu que le jeune gars ait dit vrai.

Hoël, troisième du nom, roi d'Armorique, fils d'Alain et petit-fils de Judicaël qui furent rois avant lui, est contrarié, et cela se voit.

Tout était prêt pour la grande chasse aux loups qu'il donnait ce matin-là en l'honneur de son cousin le comte de Cornouailles. L'aristocratie armoricaine, montée sur des chevaux admirables non moins ornés que leurs cavaliers, piaffait dans la cour d'honneur, avec valets, écuyers et rabatteurs. Déjà les piqueurs avaient embouché les trompes de corne, déjà ils gonflaient les joues pour en pousser jusqu'aux cieux le puissant beuglement, lorsque avaient surgi, se taillant un chemin brutal parmi la brillante assemblée, ces trois hirsutes sur leurs chevaux couverts d'écume et de poussière.

Parvenir jusqu'au roi n'offrait guère de difficulté, Hoël étant de ces souverains sans façon qui estiment n'avoir rien à craindre de leurs sujets, pas plus que de leurs leudes, chose assez rare. Toutefois, ces trois-là n'y fussent peut-être pas parvenus aussi aisément si le plus massif des trois n'avait crié, comme on brandit une oriflamme, un nom vénéré : « De par Loup, le Hun Blond, fils de Bouzil ! » et n'avait ajouté : « Justice, seigneur roi ! Justice ! »

Le roi Hoël lève haut la main. Il a entendu le cri. Il a reconnu le crieur. Son geste fait s'abaisser les fers des courtes lances qui s'étaient dressées pour protéger son auguste personne. Le roi Hoël est donc contrarié, cependant il fait aux arrivants aussi bonne mine qu'il lui est possible. Il parle. Sa voix s'efforce d'être amène :

— Le salut à toi, Petit Loup, bien que tu aies omis de me saluer. Je suppose qu'un bien pressant souci te fait ainsi oublier les convenances, comme le donnent à penser l'état où je vois ton cheval et l'émotion qui te bouleverse la face.

L'immense Petit Loup, juché sur l'immense Griffon, domine le roi de toute la tête, chose à laquelle, en temps normal, il eût pris garde. Il sait qu'il n'est pas bon de regarder un roi de haut en bas. Mais, en ce jour, tout est chamboulé dans la vie de Petit Loup, le sens de la prudence comme celui des préséances. Il devrait se jeter aux pieds du roi, c'est-à-dire aux pieds de son cheval, pourtant c'est du haut du sien, d'égal à égal, qu'il lui lance :

— Seigneur roi, un épouvantable malheur ! Les Saxons. Ils se sont abattus sur notre famille, et aussi sur les villages alentour. Tout est détruit, brûlé, rasé. Tous ceux qu'ils n'ont pas emmenés comme butin sont morts. Tous les enfants... Justice, seigneur roi ! Justice !

Le roi Hoël fronce le sourcil, rabat en arrière le capuchon de son riche manteau.

— Ceci est grave. Des Saxons, dis-tu ? Il y a bien longtemps qu'on n'a vu de Saxons par ici. Où auraient-ils débarqué ?

— J'ai suivi leur piste. Elle mène tout près d'ici. Au Morbihan.

— Tu dois faire erreur. Nulle nef saxonne, nul débarquement ne m'a été signalé.

— Seigneur roi, j'ai d'abord couru jusque-là, espérant les surprendre avant qu'ils n'aient levé l'ancre. Ils n'y étaient plus. Même pas une voile à l'horizon. Des cadavres sur la grève m'ont confirmé qu'ils étaient bien arrivés et repartis par là : le corps d'une femme près d'accoucher, celui d'un jeune gars dont ils avaient dû s'apercevoir trop tard qu'il était idiot, et aussi, çà et là, des bijoux qu'ils avaient dû tout d'abord croire précieux et qui n'étaient que de cuivre et de verroterie.

La pourpre du grand courroux flambe sur le visage du roi.

— On viendrait donc chez moi, à ma barbe, ravager

mes terres, massacrer mes paysans, les enlever pour les vendre au loin comme vil bétail ? Je ne puis croire cela !

— Ils l'ont fait, seigneur roi ! Et ils n'en sont pas à leur coup d'essai. Ce qu'ils ont fait cette fois aux miens, sans doute l'ont-ils fait à d'autres clans, un peu partout dans l'arrière-pays.

Alentour, la chasse s'impatiente. Les brillants seigneurs, ne pouvant entendre ce que se disent le roi et le nouveau venu, commencent à murmurer. Les molosses traqueurs de loups, tenus à grand'peine par les valets de chiens, éclatent en abois violents, se battent entre eux. Les chevaux piétinent et se cabrent. La fièvre de la chasse court dans les veines du roi Hoël. Il ne peut cependant se débarrasser trop à la légère du présent problème. Les descendants du Hun Blond ont trop de titres leur donnant droit à sa considération. Toujours en grand courroux, il s'exclame :

— Ces forbans, m'as-tu dit, ont déjà rembarqué et disparu derrière l'horizon ? Et l'on ne m'a pas prévenu ! C'est trahison bien grande ou bien grande négligence, ce qui est pire encore. Je ferai rechercher les coupables, traîtres ou négligents. Ils seront mis à mort devant toi, car, sache-le, je t'aime.

Le tumulte augmente, devient désordre. Il est grand temps de donner le signal du départ. Le roi lève le bras. Petit Loup, d'un geste prompt, rabat ce bras... Rabat ce bras ! Il a osé... Tous se figent, même les molosses. Dans le soudain silence, une voix s'élève, voix de colère et de mépris, la voix de Petit Loup. Elle dit ceci :

— Roi Hoël, sans le Hun Blond, mon aïeul, sans ses fils, tu ne serais rien. Qui donc forgea pour les rois tes pères cette redoutable cavalerie d'Armorique qui, après avoir écrasé sur tes frontières les Francs de Clovis, écrasa pour eux les Wisigoths à Vouillé, assurant ainsi l'indépendance de l'Armorique et, pour ta dynastie, le respect et l'estime des rois de la race de Clovis [1] ?

Le roi Hoël a-t-il entendu ? Fasciné, il contemple son bras, ce bras royal qu'un sujet empêcha de se lever. C'est là lèse-majesté. Crime suprême. Le roi Hoël sait qu'il devrait se sentir outragé, qu'il lui faudrait prononcer sur-le-champ quelque terrible sentence. Oui, mais, voilà : ce n'est pas dans sa nature. Et puis, c'est vrai, il a une tendresse pour ce Petit Loup, qui est tout ce que lui, roi Hoël, aurait aimé être.

Et donc, tandis que de l'assemblée guerrière s'élève une houle de stupeur indignée, tandis que plus d'une main se crispe sur la poignée d'une de ces courtes épées scramasaxes conçues pour le combat corps à corps et aussi pour l'assassinat dans l'ombre, le roi se borne à un bref froncement de sourcils, que prolongent ces paroles :

— Fils, tu t'oublies. Mais passons... Ton malheur est mon malheur. Je poursuivrai les pirates. Il me faut armer des nefs. Ils sont forts, ils sont enfants de la vague et du vent, ils savent en pratiquer les ressources, en éviter les dangers. Ils sont loin, en ce moment.

« Dès demain, je rassemble une flotte bien armée afin de les poursuivre jusqu'en leurs repaires, jusqu'en Jersey, l'île maudite, et, foi de Hoël, je leur ferai rendre gorge !

Le roi se tait, semble réfléchir. Il s'est quelque peu laissé emporter par l'ardeur vengeresse. Il corrige :

---

1. Voir, chez le même éditeur, *Le Hun Blond, La Hache et la Croix, Le Dieu de Clotilde.*

— C'est-à-dire... Je leur rachèterai les tiens au prix qu'ils en demanderont. Sans marchander. Vous valez bien cela, vous, les fils du Hun Blond.

La foule courtisane apprécie diversement ces propos. Les uns exhalent un « Ah... » extatique pour la magnanimité du monarque, les autres font la grimace devant la gratitude qui favorise cette famille au nom de services autrefois rendus et sans doute considérables mais dont le souvenir se perd dans la nuit des temps.

Petit Loup regarde le roi droit aux yeux. De haut en bas, forcément. Il a ces seules paroles :

— Ma clameur monte vers toi, roi Hoël, et tu me réponds : « Demain. »

Et puis il tourne bride.

Minnhild en fait autant. Toutefois elle prend le temps de fixer le roi, de bas en haut, cette fois, lâchant, dans un sanglot, ces seuls mots :

— Les enfants. Tout nus. Entassés dans le puits comme viande au saloir.

Le roi, éberlué, se tourne vers le comte Yvain de Cornouailles, qui se tient à son côté :

— Qu'est-ce que j'ai dit ? Non, mais, peux-tu m'expliquer ? Qu'est-ce que j'ai dit ?

II

À Soissons, dans le palais des rois de Neustrie, plus précisément dans la haute salle d'apparat où, sur les murs, chantent les ors et les chaudes couleurs des mosaïques aux sujets champêtres qu'y fit jadis semer Syagrius, « roi » éphémère et dernier des Romains, deux femmes s'affrontent. La violence obscène de leurs gestes, l'ordure de leurs propos sont celles de poissardes ivres de rage et de vinasse. Un épouvantable crêpage de chignons. Ces furies qui s'arrachent l'une à l'autre et projettent par les espaces les soies infiniment précieuses ainsi que les bijoux de leurs parures sont la reine Frédégonde et sa fille Regunthe.

Les gardes en armes qui veillent aux portes contemplent cela, impassibles. Ils ont l'habitude. Ils se font, entre eux, par hochements discrets de la tête, des signes qui lancent des paris. Après le service, ils se répartiront les gains et les pertes. Les paris portent sur le temps qui s'écoulera avant que Frédégonde ne cède. Elle finit toujours par céder.

Frédégonde atteint sa quarantième année. Elle n'a jamais été plus triomphalement belle. Ni ses grossesses, ni ses excès, ni ses malheurs n'ont mordu sur son invincible adolescence. Tout au contraire, il semblerait que le temps travaille à ajouter à ses perfections, perfections que la lutte échevelée découvre au gré des lambeaux volant au vent furieux de la haine.

Les gardes, depuis un moment, ont oublié les paris. Ils contemplent, bouche bée, leur souveraine, démon déchaîné, démon délicieux, gouffre de concupiscence. Le désir les fige, l'énormité des injures les stupéfie, eux pourtant experts en coups de gueule et trouvailles immondes.

La fille, Regunthe, n'est pas mal non plus. Ce serait même un splendide morceau, n'était sa mère qui les éclipse toutes. Mais, dans la bagarre, Regunthe est jeune, elle a le muscle sec et le réflexe prompt. Sur un coup heureux, elle envoie sa maman bouler contre le marbre dur d'une colonne. Avant que Frédégonde n'ait pu se reprendre, la grande garce est sur elle, l'immobilise des quatre membres. Toutes deux cherchent leur souffle.

En dehors des gardes, qui ne comptent pas, un homme a assisté à l'empoignade, sans s'en mêler, en amateur éclairé des combats de gladiateurs. Cet homme tranquille est Lantéric, amant en titre de la reine — peut-être aussi de sa fille, suggèrent ceux qui savent toujours tout — et Maire du palais du royaume de Neustrie. Mettant à profit cet instant d'accalmie forcée, il s'approche des deux combattantes, s'accroupit, entoure de chacun de ses bras les épaules dénudées frémissantes de rage, parle enfin de cette voix qui sut toujours apaiser les fureurs ravageuses de sa royale maîtresse — et de quelques autres :

— Dame reine, ma reine, tu t'es encore laissée aller à

la colère. Cela ne mène à rien, tu le sais. Tu risques, par malheur, de tuer ta fille, ou d'être tuée par elle. Tu serais alors ou morte, ou déchue. Le roi ton fils serait à la merci des comploteurs qui ne guettent que cela, le royaume irait à vau-l'eau. Beau résultat, ma foi !

La reine secoue l'étreinte apaisante :

— Ce n'est pas par mégarde qu'elle me tuera ! Elle veut ma mort. J'ai mis au monde une bête féroce !

Regunthe s'arrache au bras de Lantéric.

— C'est toi qui veux ma mort, pouffiasse ! Tant que je vis, je fais de l'ombre à ton petit chéri, à ton roitelet de quatre sous ! Pourquoi, hein, ose me dire pourquoi je ne suis pas encore mariée ? À mon âge ! Parce que tu as peur que mon époux ne convoite le royaume et ne tonde ton Clotaire pour l'enfermer dans un couvent bien noir, voilà pourquoi ! Ou ne le fasse égorger dans quelque recoin, ce qui serait encore plus sûr.

Frédégonde bondit, griffes en avant. Lantéric la retient. Elle crache :

— Tu parles trop, sale engeance ! Ce que tu dis là me prouve que mes craintes sont fondées. Que de telles idées puissent seulement te venir à l'esprit... Ton frère Clotaire est le seul roi légitime, de par son père le roi Chilpéric...

— Son père le roi ! Tu sais très bien qu'il ne l'est pas, son père ! Et tout le monde, en Neustrie et ailleurs, le sait ! Il n'est qu'un bâtard de ton Lantéric ! Ou celui de quelque autre, n'importe lequel des valets d'écurie sous qui tu t'es vautrée dès la mort de mon père afin d'être grosse suffisamment à temps pour que la paternité royale soit admissible à la rigueur.

Frédégonde écume :

— Et quand cela serait ? L'enfant né dans la maison d'un homme marié est réputé issu des œuvres de cet homme.

— S'agissant d'un roi en bas âge, le doute suffit à nourrir la rébellion... Moi, je suis fille du roi Chilpéric, son sang coule dans mes veines, le sang même du grand Clovis. Je suis bien bonne d'endurer les outrages d'une vieille pute désespérément cramponnée à ce bâtard qui lui donne accès au pouvoir.

Frédégonde ricane :

— Te voilà bien sûre de ton sang ! Tu es sortie de mon ventre, voilà tout ce dont tu peux te vanter. Comment et par qui tu y es entrée, ça...

Regunthe rugit, se jette, griffes en avant, droit aux yeux de sa mère. Lantéric se tenait prêt. Il l'empoigne, la jette à terre, la maintient plaquée au sol. Elle mollit. Lantéric sent que la crise touche à sa fin. Il dit, posément :

— Regunthe, ce sont là propos en l'air. Les Francs ne toléreraient jamais que la couronne se transmette par une femme. La loi salique, tu le sais bien, est formelle. Ta mère, pourtant veuve légitime du défunt roi Chilpéric, ne doit son pouvoir usurpé qu'à cette fonction de régente d'un roi mineur, notion jusque-là inconnue des Francs mais imposée par elle.

La violence de sa rage retombée, Regunthe se fait amère :

— Son pouvoir, son fameux pouvoir, elle le doit surtout à toi, à ses espions, à ses assassins, à tous ces matamores subjugués qu'elle traîne à sa suite, qu'elle paie de promesses de provinces non encore conquises, de beaux évêchés dans les nuages... Surtout, elle le doit à son cul, ou plutôt au mirage de ce cul fabuleux qu'elle leur promène sous le nez et, parfois, leur abandonne comme une céleste récompense. Elle le doit encore, son pouvoir, à ces philtres, à ces poisons, à toute cette maudite cuisine de sorcellerie qu'elle concocte dans les caves de son château de Braisne.

Elle reprend haleine. Frédégonde ne dit rien. Regunthe, dans un sursaut de rage, reprend :

— Et à l'or ! Ne l'oublions pas, l'or ! Celui qu'elle confisqua jadis à Brunehaut, celui qu'elle arrache chaque jour aux paysans de Neustrie, celui du butin de ses expéditions de brigandage en Austrasie et ailleurs... Il déborde, cet or, de coffres, de tonneaux et d'amphores bien cachés en je ne sais quels souterrains secrets où elle va en catimini le contempler, s'en remplir les mains et les yeux, car son avarice est à la hauteur de sa soif du pouvoir.

Frédégonde a un rire bref :

— Tu me juges d'après toi-même. Ce que tu ne peux concevoir qu'en termes d'avarice, je le conçois, moi, en termes d'efficacité. Tu viens de le dire, l'or peut tout. Cet or que j'accumule, ce n'est que la monnaie qui achète les hommes, les consciences, les armées... Les papes. Cet or est le plus sûr garant du pouvoir du roi.

— De ton pouvoir, tu veux dire !

— C'est la même chose. Sans moi, le roi ne serait rien.

— Sans lui, tu ne serais rien.

Lantéric, qui a le sens de la formule, conclut :

— Disons que vous ne seriez rien l'une sans l'autre. Et c'est fort bien ainsi.

Reguthe n'a que faire de ces subtilités. Elle le dit :

— Je ne me soucie pas de haute politique, moi. Je suis

fille de roi, sœur de roi. Cet or, j'y ai droit. J'en veux ma part. Et je la veux maintenant.

Les deux gardes postés à la porte qui se trouve du côté nord s'écartent. Le plus âgé annonce :

— Le seigneur roi !

Cet essai de solennité imité des usages de la cour impériale de Constantinople est assez surprenant chez des Francs, pour qui le roi n'est, en principe, qu'un chef élu dont la fonction n'entraîne aucune obséquiosité de la part de ses subordonnés volontaires. Mais Frédégonde, désormais réduite à sa modeste enclave de Neustrie, veut éblouir par le faste de sa cour, en opposition à la rusticité des mœurs de la sauvage Austrasie où Brunehaut, la fière Wisigothe, ne parvient pas, malgré ses efforts, à imposer la teinture de romanité à laquelle elle aspire.

S'avance un garçonnet d'une douzaine d'années, pas spécialement grand pour son âge mais solidement membré, le cheveu fort noir, la peau fort blanche, à l'instar de sa mère la reine Frédégonde dont le rapprochent encore la finesse de ses traits et l'eau verte d'un regard nonchalant où luisent à l'improviste certains éclairs coriaces qui donnent à penser. C'est là Clotaire II, fils (ou réputé tel !) de feu Chilpéric Ier, et présentement roi des Francs de Neustrie.

Lantéric incline brièvement la tête. Reguntheboude. Frédégonde s'empresse :

— Seigneur roi, tu nous surprends...

L'enfant roi lève la main. Sourcil froncé, il constate :

— Encore en train de vous houspiller ? Non, ne me dites pas pourquoi. J'ai tout entendu.

Il se tourne vers sa mère.

— Ma sœur veut de l'or ? Eh, ma mère, qu'on lui en donne !

Frédégonde n'en revient pas. Elle en oublie les « seigneur roi » et autres courbettes.

— C'est vraiment ce que tu veux ? Puiser dans le trésor royal ? Dans ton trésor ?

— Dame ma mère, le Seigneur Christ Jésus n'a-t-il pas dit : « Rendons à César ce qui appartient à César » ? La sœur du roi des Francs vaut bien un César. Allons, qu'on la mène là où est l'or !

La reine croise les bras, secoue la tête :

— Moi seule sais où il est.

— Eh bien, conduis-nous. Je viens avec vous. Je veux le voir, ce fameux trésor.

Il se fait câlin :

— Maman, je t'en prie.

C'est une cave, nous dirions plutôt une crypte, dont la flamme rouge des torches n'arrive pas à percer les ténébreuses profondeurs au-delà de quelques toises. Dans cette incertaine bulle de lumière se voient de soigneux entassements de ballots de grosse toile bien ficelés, des coffres en bois cerclés de fer, le long des murs des alignements de jarres pansues et d'amphores plantées dans le sable. Rien de l'émerveillement attendu. Regunthe, naïvement, s'imaginait en avoir à mi-cuisses, plonger à pleins bras dans le prestigieux métal, patauger dans un éblouissement d'émeraudes et de rubis, crisper ses orteils nus sur les bagues et les pendants d'oreilles arrachés, aux temps des grandes ruées, aux orgueilleux patriciens romains et à leurs grasses matrones... Au lieu de cela, un entrepôt.

Elle a une voix de petite fille déçue :

— C'est... C'est le trésor ? Ça ?

Le roi Clotaire, du haut de ses douze ans, connaît les choses. Il explique :

— Qu'est-ce que tu te figurais, godiche ? Qu'on allait le laisser en vrac ? Tout est compté, pesé, emballé, figure-toi. Sans quoi on ne sait jamais ce qu'on a. Tiens, tu vois, ces signes, sur le coin des caisses, c'est des chiffres. Ils disent ce qu'il y a dans chaque paquet, dans chaque jarre, et combien il y en a. N'est-ce pas, maman, que c'est comme ça ?

Frédégonde est fière de la précocité de son fils.

— C'est tout à fait ça. Et je connais le total. Moi seule.

— Tu as tout compté ?

— Des gens sûrs l'ont fait pour moi.

— On n'est jamais sûr des gens.

— Quand ils sont morts, si.

— Ah, oui, tiens.

Reguntthe, cependant, fait la moue. Ces considérations de comptabilité ménagère n'apaisent pas sa déception. Elle pleurniche :

— Alors, on ne peut rien voir ?

Son frère s'esclaffe :

— Bien sûr que si. Il suffit d'ouvrir.

Rayonnante, Reguntthe se tourne vers sa mère :

— On peut ?

C'est Clotaire qui répond :

— Le roi permet. Tiens, ce grand coffre, là. Celui avec les bandes d'acier.

— Mais il y a plein de ficelles autour, avec de gros

cachets de cire. On ne peut pas l'ouvrir sans briser les cachets.

— Ces cachets de cire sont des sceaux. Mes sceaux. Moi, je peux les briser. Moi seul.

— Qu'est-ce que tu attends ?

Clotaire tire hors de sa gaine l'élégant couteau de chasse qu'il porte à la ceinture. Il lance un clin d'œil à sa mère. Frédégonde n'est pas d'accord. De toute sa mimique furieuse, de tous ses sourcils convulsés de rage, elle n'est pas d'accord... Ce clin d'œil, d'un coup, l'apaise. Même, elle sourit. Il existe entre cette mère et ce fils une entente merveilleuse.

Le coffre est bientôt ouvert. C'est-à-dire que Clotaire se contente de trancher les liens que scellent les épais cachets de cire rouge, et puis s'éloigne d'un pas. Lever le couvercle serait besogne indigne d'un roi. Regunthe n'y fait pas tant de façons. Elle glisse ses doigts impatients sous la lame d'acier qui borde tout autour le couvercle, bande les jeunes muscles de ses bras et soulève le pesant engin. Les charnières, dûment huilées, se laissent faire sans protester. Un éblouissement illumine la pénombre. Ayant appuyé le couvercle à la muraille, Regunthe, extasiée, tombe à genoux.

Comme devant le Seigneur Christ soudain lui apparaissant, elle joint les mains en une adoration sacrée. Et puis, muette de trop de joie, elle plonge les bras dans l'océan de lumières, elle brasse à pleine pâte l'amas aux cent mille feux, fait cascader en douche sur ses cheveux or et pierres mêlés, s'en frotte la face, rit enfin d'un rire incrédule. Elle se tourne vers sa mère :

— C'est à moi ? Vraiment à moi ?

Pratique, elle regrette :

— J'aurais dû penser à apporter un panier.

Et puis elle replonge, nuque tendue, cette longue nuque pâle que les cheveux, s'écartant en deux masses fauves, dégagent bien à loisir, cette nuque qui s'offre...

Frédégonde allonge le bras, rabat le lourd couvercle. La lame d'acier tranche dans la tendre nuque. Le sang coule, Regunthe hurle, le roi rit. Frédégonde appuie des deux bras, enfonce le fer. Regunthe rue, donne des coups de tête, s'aide de ses mains crispées sur le rebord, fait tant et tant qu'enfin elle renverse le coffre et sa mère avec, laquelle part cul par-dessus tête parmi les joyaux répandus.

— Elle a voulu me tuer ! Elle a voulu me tuer !

Frédégonde s'est vite relevée. Pourquoi nier l'évidence ? Elle en convient sobrement :

— Oui. Et je t'ai ratée. Ramasse !

Mais déjà la grande fille, à quatre pattes, oubliant son sang qui ruisselle, rafle les bijoux et les pièces d'or qu'elle entasse dans le creux de sa vaste jupe comme ferait une voleuse de pommes. Le roi s'amuse beaucoup. Il lance :

— Cours le chercher, ton petit panier !

Lantéric n'aurait pas approuvé cela. Quand on tue, on tue pour tuer, si j'ose dire. On n'a pas le droit d'échouer. Mais Lantéric n'était pas là. Lantéric n'a pas accès au trésor royal. Il est censé ne pas même savoir où il se trouve. Les frénésies amoureuses de Frédégonde n'ont jamais fait perdre à cette femme de tête le sens des réalités. Oui, mais Lantéric est patient. Il a des ressources d'astuce que la reine ne soupçonne pas. S'il n'a pas été le témoin oculaire de la scène dans la crypte, son ouïe en a fort bien suivi les péripéties. Cet épisode de férocité débridée, qu'ont précédé bien d'autres épisodes significatifs, confirme Lantéric dans ce diagnostic qui, depuis quelque temps, prend forme dans son esprit : une crise majeure va éclater.

Il la connaît bien, sa Frédégonde, lui, le complice de ses pires forfaits, l'amant de cœur vers qui elle finit toujours par revenir bien qu'elle affecte de le traiter comme un chien couchant. Il sait de quel mal elle souffre : l'inaction.

Depuis l'assassinat — par ses soins, à lui, Lantéric — du roi Chilpéric et les événements calamiteux qui suivirent[1], Frédégonde, sauvée du pire par le dévouement de ses séides et, surtout, par la mansuétude de Brunehaut, se voit contrainte à régner, au nom de son fils Clotaire, sur cette Neustrie réduite à sa plus chétive superficie. Il lui faut subir, à ses frontières mêmes, le triomphe de la rivale honnie, de la Wisigothe opiniâtre qui a su réunir sous le sceptre de son fils Childebert Austrasie et Burgondie, augmentées de l'Aquitaine, de l'Auvergne et des pays de la Loire.

En ce qui le concerne, Lantéric s'estime satisfait de la situation présente. Une Neustrie incluant la plantureuse Normandie jusqu'à la Somme et, par-delà cette rivière, le plat pays qui s'étend jusqu'aux bouches du Rhin — plat pays où prit son essor l'épopée franque —, lui offre un terrain propice où exercer ses talents et satisfaire ses goûts de rapine et d'intrigue. Il en a rabattu de son ambition première, qui était de se faire proclamer

1. Voir, chez le même éditeur : *Les Reines rouges.*

roi à la place de Chilpéric, mort sans enfant mâle survivant. La naissance inattendue d'un fils posthume — dont la rumeur lui attribue la paternité, à lui, Lantéric, ce dont il se mord les doigts en violent dépit — le contraignit à se contenter de sa place dans le lit et dans la confiance de la reine.

S'étant, à l'instar de ce qui s'est fait en Austrasie, octroyé le titre nouveau de Maire du palais[1], il assume pour la reine les contraintes du pouvoir, lui en laissant les plaisirs. La paix porte ses fruits, les impôts rentrent sans qu'il faille pressurer le croquant au-delà du supportable, l'armée se résume à des contingents réduits montant la garde aux frontières et qui, pour ne pas perdre la main, s'amusent à des expéditions de pillage chez les voisins d'Austrasie, pillage sur le butin duquel le trésor royal prélève sa part, cela va de soi.

Ainsi donc, tout irait pour le mieux dans la meilleure des Neustrie s'il n'y avait la reine et ses humeurs. Une Frédégonde contente de son sort, une Frédégonde acceptant la défaite, se résignant au triomphe de l'ennemie, menant le train-train d'une souveraine de second ordre, voilà qui est inconcevable. Il lui faut des orages, à cette petite ! Il lui faut des périls et des projets... Il lui faut séduire et faire trembler, ourdir des complots, renverser des empires, organiser des massacres. Elle ne peut pas se tenir tranquille, voilà. Elle est comme ça, c'est plus fort qu'elle, Lantéric ne le sait que trop. Depuis bien

1. Cette fonction, qui n'était au début que celle d'un majordome en chef, évoluera peu à peu vers celle d'un premier ministre et, même, carrément, vers celle d'un dictateur tout-puissant, réduisant le roi à un rôle figuratif (« Roi fainéant »).

longtemps règne la paix, la paix austrasienne, imposée par Brunehaut. Il est temps pour Lantéric de prendre les devants et de secouer les destins, sans quoi, il sent cela, la diabolique va faire quelque grosse bêtise.

Voici douze ans que, au nom de son fils, la reine Brunehaut règne sur les royaumes conjoints d'Austrasie et de Burgondie. Ce fils, Childebert II, est aujourd'hui un grand jeune homme de vingt-cinq ans, amplement père de famille. Sa mère, qui, en ses enfances, s'était, bravant le violent refus des grands, leudes et évêques unis dans la détestation de la femelle étrangère, imposée comme régente du royaume, eût dû s'effacer lorsque le roi atteignit sa quinzième année. Il n'en fut rien, Brunehaut n'imaginant en aucun cas céder si peu que ce soit de ce pouvoir si durement acquis, si âprement maintenu. Childebert, pour sa part, ne voit pas d'inconvénient à laisser les guides à sa maman. Il se contente bien volontiers de jouer au roi d'apparat, de tenir une cour brillante à l'image de celle des somptueux rois wisigoths dont il descend par sa mère et de s'exercer avec passion au noble métier des armes, hélas sans grand espoir de mener un jour les étendards d'Austrasie à la victoire, la poigne de Brunehaut aussi bien que sa diplomatie ayant banni pour longtemps toute perspective de guerre un tant soit peu intéressante.

Dans sa villa de Cologne, la reine Brunehaut se repose des fatigues de la veille. Bienheureuses fatigues, puisqu'elles sont dues à l'interminable, à la triomphale séance solennelle où, sur le Champ de Mars de la cité, le roi Childebert, ayant à son côté la reine sa mère, promulgua ce qui devait rester comme l'œuvre maîtresse de son règne : la Grande Décrétion.

De quoi s'agit-il ? D'un bouleversement, on peut dire d'une révolution. Rien de moins que l'aménagement de la fameuse loi salique de Clovis, aménagement qui vaut abolition. Brunehaut y a consacré toutes ses forces, mettant à profit ces années de paix pour travailler à son grand dessein. Ce fut un long combat, principalement contre les puissants leudes qui jamais ne se résignèrent à subir la domination d'une femme, d'autant moins que cette femme prétendait chambarder de fond en comble les coutumes sacrées héritées des vieux Germains.

La Grande Décrétion remplace la vengeance par le châtiment. La punition du crime n'est plus une affaire de famille mais appartient au roi et à ses juges. La sauvage loi du talion cède devant le droit romain. La loi salique admettait que la vengeance, c'est-à-dire l'assassinat du coupable (ou d'un membre de sa famille) par un proche de la victime, pût être remplacée par le versement d'une somme d'argent, le *Wehrgeld*, plus ou moins considérable selon le rang social de la victime. C'était assurer d'avance l'impunité du crime à qui pouvait payer. Plus de *Wehrgeld* : la justice du roi, égale pour tous.

Encore n'est-ce là qu'un des aspects de l'ordre nouveau institué par la Décrétion. Entre autres, elle établit l'égalité entre Francs et Gallo-Romains. Elle organise l'État sur des bases solides, assurant la hiérarchie du pouvoir dans les provinces, sous l'autorité de comtes nommés par le roi et dépendant directement de lui.

À force d'obstination et d'habileté les résistances

furent brisées ou achetées, enfin l'accord fut scellé par la cérémonie du Champ de Mars. Ce sont donc les joies du triomphe que savoure Brunehaut, en ce printemps annonciateur d'une année faste. Le renom de la reine s'étend aux confins de la chrétienté, l'empereur de Constantinople, en signe d'estime, lui a fait parvenir un morceau de la vraie croix, cependant que le seigneur pape honorait le roi son fils des clefs de saint Pierre, reliques aux vertus inégalables pour qui les porte.

La très belle est, pour l'heure, occupée à prendre une collation légère, semi-allongée, à la romaine, sur un lit de repos, telle une divinité des temps païens. La cinquantaine toute proche rayonne d'elle comme un accomplissement enfin atteint. Dans les premières années de son règne, sa beauté fut chantée comme l'insurpassable perfection. Qui peut la voir aujourd'hui sait que cette beauté n'était qu'une promesse de beaucoup mieux. Un moelleux vaporeux adoucit la courbe de ses épaules, qu'on réputait naguère parfaites, dont on voit maintenant qu'elles manquaient alors d'un je-ne-sais-quoi d'infiniment troublant qui désormais est là. Les plis légers, au coin de ses paupières, qui soulignent si tendrement ses sourires, peut-on imaginer qu'il fut un temps où ils n'y étaient pas ?

Brunehaut triomphante, Brunehaut mère et grand' mère comblée, règne par son charme au moins autant que par sa prescience politique et sa terrifiante opiniâtreté. C'est elle aussi une séductrice mais, à l'opposé de Frédégonde l'inassouvie, c'est par sa douceur qu'elle séduit.

En ces temps où, passé la trentaine, un homme est réputé caduc et une femme décrépite (si elle a survécu jusque-là !), cette insolente pérennité ne pouvait manquer de susciter insinuations malveillantes et commentaires perfides allant jusqu'aux suggestions de commerce avec le Malin. Elle n'en a cure. On ne lui connaît pas d'amours. On lui en attribue à foison. Elle laisse dire. Elle sait que son pouvoir sur les hommes tient pour beaucoup à ce mystère. Le feu qui brille en ses yeux n'est certes pas la flamme de l'ascétisme. Contentons-nous de cela.

Aux pieds de la reine, appuyé du coude sur un coussin assez rude — la soie est réservée aux personnes royales —, un de ses fidèles, Hagnowald, conseiller ordinaire, soudain se dresse. Un tumulte vient d'éclater à la porte. Un homme force le passage, court jusqu'à la reine. Il ne salue pas, il halète, à grand'peine réussit-il à lâcher ces mots :

— Dame reine ! Oh, dame reine...

Brunehaut, blême, saute à bas du lit romain. Le malheur est là. Elle ne l'a pas senti venir. Elle aurait dû. Elle saisit l'homme aux épaules, c'est un soldat, il ne sait que secouer la tête en bêlant : « Dame reine ! » Elle le gifle, deux fois, il tombe à genoux, elle n'en peut plus :

— Parle ! Par le Christ, parle !

— Le roi...

Il ne peut aller plus avant, c'est trop énorme.

— Le roi, oui. Eh bien, qu'y a-t-il, avec le roi ?

Mais elle sait. Elle se force à prononcer les mots terribles :

— Il est mort, c'est cela ?

— Il se meurt, dame reine. Et aussi la dame reine son épouse.

— Tous les deux ? Alors, c'est un empoisonnement ?

— Les médecins le pensent. Il a vomi une bile noire, et aussi du sang. Beaucoup de sang. Il ne peut déjà plus parler.

— Où sont-ils ?

— Dans la masure d'un paysan, en bordure de forêt, près du Rhin. Le roi menait une chasse. Il a demandé à boire. Il a bu à une gourde qu'un écuyer lui a tendue. Sa dame épouse aussi. Ils se sont sentis mal presque tout de suite. On n'a pas retrouvé l'écuyer. Personne ne l'avait jamais vu.

L'homme est maintenant intarissable. Brunehaut le coupe :

— Conduis-moi.

Si Brunehaut conservait le moindre doute quant à l'instigatrice du forfait, les événements qui se précipitent à la suite le lui ôteraient. En même temps que la nouvelle de l'assassinat de son fils et de sa bru lui parvient celle que des armées venues de Neustrie ont envahi l'Île-de-France et que Frédégonde s'est installée dans Paris avec le roi son fils, violant sans vergogne l'interdit qui pèse sur la ville. D'autres troupes à elle, partant de Normandie, occupent méthodiquement les pays de la Loire ainsi que la Beauce, et marchent sur Orléans. Partout, dans les villes conquises, les évêques, les comtes et les agents du fisc se rallient spontanément à Clotaire II et à sa mère.

C'est la guerre. Le meurtre de Childebert et de Faileuba, sa gentille épouse, n'en était que le prélude.

Meurtre et invasion n'avaient rien d'improvisé, tout s'est agencé trop impeccablement. On y décèle le plan mûrement mis au point. Le coup de force de Frédégonde n'a pu réussir qu'avec l'appui de complicités dans la place. Point n'est besoin de chercher bien loin. Les grands leudes d'Austrasie, ceux qui se proclament eux-mêmes « les Meilleurs », n'ont feint d'acquiescer à la Grande Décrétion que pour être à même de mieux trahir. Les hommes d'armes de feu Childebert accueillent à bras ouverts les envahisseurs, se joignent à eux sous les bannières de Clotaire et, faisant fi de la foi jurée, tuent et pillent avec ardeur ceux qu'ils devraient protéger.

Brunehaut se reproche amèrement son manque de discernement. Ses espions ne lui ont rien laissé entrevoir. Aucun mouvement de troupes suspect ne lui a été signalé. Pourtant, il a bien fallu qu'elles viennent se masser à la frontière, prêtes à bondir. Peut-être n'a-t-elle pas assez prêté l'oreille à certains propos qui l'eussent alertée ? Grisée par le succès chèrement acquis de sa politique, accaparée par les préparatifs du glorieux Champ de Mars, il est certain qu'elle a relâché sa vigilance.

Et cet écuyer empoisonneur, ce parfait inconnu, comment a-t-il pu ne pas éveiller les soupçons dans cette cour où rôdent en permanence assassinat et félonie ?

Mais il n'est plus temps de ressasser. Le danger est là, pressant. Le cœur même de l'Austrasie est menacé, les armées de Frédégonde la prennent en tenaille. Ayant franchi la vieille frontière du pays ripuaire, elles déferlent au nord vers le Rhin, au sud vers la Champagne et Reims. Brunehaut imagine les soudards déchaînés massacrant ces paysans qui tant lui tiennent à cœur, violant, brûlant tout dans une orgie de destruction, livrant aux supplices ceux qui l'ont fidèlement servie, ruinant de fond en comble cette œuvre de civilisation à laquelle elle a voué sa vie... Si l'épouvantable choc de la mort de ce fils forgé par elle à son image l'a jetée à terre, l'imminence du péril la trouve prête à faire front. Il faut se battre ? On se battra ! Et cette fois jusqu'au bout, jusqu'à la mort de la sale bête. Plus question de cette commisération, de cette générosité qu'elle paie si cher aujourd'hui.

Avant tout, rabattre le mufle à l'ennemi intérieur : les grands. Ceux qui ont préparé, de connivence avec l'Ennemie, la débâcle du royaume qu'ils ont hâte de dépecer.

Brunehaut, après la mort du roi Sigebert, son époux, ne s'était maintenue au pouvoir — et de même, de son côté, Frédégonde — que par la fiction, imposée par elles, d'une régence matriarcale non prévue dans les usages des Francs. Encore la « légitimité » boiteuse de cette régence était-elle basée sur l'existence d'un roi non encore en âge de régner. Depuis que Childebert avait atteint sa majorité, Brunehaut devait à son seul ascendant, s'appuyant sur une poignée de fidèles tout dévoués, d'avoir pu s'imposer envers et contre tous, sans titre, même usurpé. Elle gouvernait de fait, cachée, peut-on dire, derrière le trône. Le roi mort, elle n'est plus rien. On la somme de laisser la place.

Elle n'en a pas l'intention. Et elle n'est pas seule. Ses amis la soutiennent. Quant au semblant de légitimité, une fiction chasse l'autre : si elle n'est plus mère, encore est-elle grand'mère ! Le roi assassiné laisse trois enfants en bas âge, dont deux garçons, Thibert, dix ans, et Thierry, neuf ans. Leur mère étant morte en même temps que leur père, Brunehaut, d'autorité, s'instaure régente de leurs royaumes respectifs. À Thibert l'Austrasie, à Thierry la Burgondie. On réglera les détails territoriaux plus tard.

Ce n'est certes pas de gaîté de cœur que la reine se résigne au partage de l'immense royaume dont elle assura l'unité à si grand'peine, mais ce n'est guère le moment de défier la vieille coutume barbare du partage de l'héritage, ajoutant un grief à tant d'autres. Séance tenante, elle fait acclamer les deux enfants rois, hissés sur le bouclier, promenés devant le front des troupes, et en avant ! Prenant la tête de l'armée, ils marchent au combat, droit aux hauteurs d'Argonne, c'est de là que déboucherа le gros des forces de Frédégonde, mené par le roi Clotaire II, lui-même âgé de douze ans. En fait, le commandement est assuré par Lantéric, promu par ses propres soins général en chef.

III

Trois cavaliers harassés sur trois chevaux fourbus errent par la grève. Les vagues viennent mourir sous les sabots des bêtes, qu'elles couvrent d'écume. Aucun ne parle. Ils parviennent jusqu'à un assemblage de puissantes poutres de bois formant une estacade qui s'avance dans la mer. C'est là le port de Vannes. Quelques barques de pêcheurs s'y balancent au gré de la houle. Assis, pieds pendants, trois hommes aux joues tannées remmaillent des filets. Petit Loup met pied à terre, s'accroupit tout près de l'un d'eux. Il questionne :

— Ils sont partis ?

Inutile de préciser qui. L'homme acquiesce, sans lever la tête .

— Il y a deux hautes mers de ça. Avec la brise qui leur souffle au cul, ils doivent avoir taillé de la route.

— Ils ne vous ont pas fait de mal, à vous autres ?

— Nous sommes gens de mer.

— Et un petit peu pirates, aussi, à l'occasion ?

Cette fois, l'homme lève la tête, plante ses yeux gris dans ceux de l'indiscret.

— Là où le roi ne trouve rien à redire, de quoi te mêles-tu, toi qui viens de je ne sais où ?

— De chez le roi, justement. Ce que tu fais ne m'intéresse pas. Mais tu peux m'apprendre des choses.

— Ça dépend des choses.

— D'abord, il me faut un bateau.

— Si c'est pour ce que je crois, tu n'en auras pas.

— Solidarité de gens de mer, toujours ?

— Appelle ça comme tu voudras. De toute façon, si c'est pour courir après ceux-là, il est trop tard. Ils ne sont pas loin de Jersey, à l'heure qu'il est.

— Je veux aller à Jersey.

Le pêcheur hoche la tête :

— Ils t'ont pris du monde ?

— Tout ce qu'ils n'ont pas tué, ils l'ont embarqué.

— Tu veux les racheter ?

— Ou les leur arracher.

L'autre a un petit rire.

— Rien que ça ! Tu es grand et fort, mais eux sont beaucoup. Et ils savent y faire.

— C'est mon affaire. Je vais à Jersey.

— Pas en bateau, en tout cas.

Il marque un temps, ajoute :

— Et même si tu trouvais un bateau, le temps que tu y arrives, à Jersey, tout serait vendu, dispersé au diable sait où. Dame, ça ne traîne pas en magasin, là-bas.

Un des deux autres ravaudeurs de filets, sans lever le nez de son ouvrage, laisse tomber :

— Y a pas que le bateau.

Petit Loup se tourne vers celui-là.

— Que veux-tu dire ?

L'homme lève les yeux au ciel et, d'une voix infiniment

patiente, comme s'il avait affaire à un enfant pas très futé, il explique :

— Jersey est une île. Bon. On y va en bateau. Bon. Mais faut savoir. Il y a des îles qui sont îles aujourd'hui et qui ne le seront peut-être pas demain. Faut savoir...

Le premier pêcheur s'interpose :

— T'as pas à raconter ça à n'importe qui.

— Oh, y a pas de mal à aider un pauvre gars qui a vu toute sa famille égorgée et le reste emporté comme bestiaux pour être vendus, ou mangés, peut-être bien. Moi, ces Saxons qui viennent chez nous se servir et tout casser, je les supporte pas trop.

Petit Loup s'impatiente :

— Tu parlais d'une île qui peut ne pas être une île...

— C'est les grandes marées, vois-tu. Mon grand-père me racontait que, de son temps, on allait à pied à Jersey. Parfaitement, mon gars. Et paraît que son grand-père à lui disait que, de son temps à lui, la côte allait bien plus loin dans la mer et que Jersey et les autres îles qu'il y a autour n'étaient pas des îles, pas du tout, mais des petites montagnes, et que même il y avait une belle forêt là où il n'y a maintenant que de l'eau salée. La mer avance, vois-tu, elle mange la terre, et c'est comme ça que Jersey est devenue une île. Mais il y a des hauts-fonds. Alors, quand c'est le moment des grandes marées, la mer se retire loin et dégage un passage. Si on guette le vrai bon moment, et si on fait vite, on peut aller à Jersey à pied sec. Enfin, quand je dis sec, pas trop sec, quand même, vu que le sable reste mouillé [1].

---

1. Ce n'est que vers la fin du VIIIe siècle que disparurent définitivement les derniers vestiges du triangle de terre ferme situé approximativement entre le Cotentin et Saint-Malo, par suite d'un lent effondrement qui se poursuit de nos jours.

— Et quand est-il, ce vrai bon moment ?

— Je te l'ai dit : à la prochaine grande marée.

— Qui aura lieu ?

— Dans trois jours. Les dieux sont avec... Je veux dire : le Seigneur Christ Jésus est avec toi.

— Donc, ce jour-là, je pourrai joindre Jersey sans bateau ?

— Si tu connais le bon endroit et si ton cheval court aussi vite qu'il est gros.

— Où se trouve-t-il, ce bon endroit ?

— Il te faut traverser notre Armorique, passer la rivière de Couësnon et pénétrer en Armorique seconde[1]

— Qui est terre de Neustrie.

— Qui est terre de Neustrie. Là, tu devras suivre la côte vers le nord jusqu'à un endroit qu'il faut connaître.

— Peux-tu me le situer ?

— Non. C'est compliqué. Il faut connaître.

— Toi, tu le connais, cet endroit ?

— Je le connais.

— Tu saurais le retrouver ?

— Les yeux fermés.

— Tu as femme et enfants ?

— Dame non. J'ai jamais eu les moyens de m'en acheter une. Et puis, je pourrais pas la nourrir, encore moins les gosses. Le poisson que je pêche — quand la mer permet —, il nous suffit tout juste, à moi, à la mère, qu'est veuve, et au grand-père, qu'en finit pas de crever mais qui crache pas sur sa part de soupe.

— Conduis-nous. Je te paierai. Deux sous d'or.

1. L'actuelle Normandie.

— Ouh là là ! Des sous d'or ? Que veux-tu que j'en fasse, seigneur cavalier ? Je me ferais tuer au coin du premier bois par un voleur ! Ici, vois-tu, on n'a pas besoin de ces choses. J'en ai même jamais vu, ni d'or ni d'argent. Les hommes vont au poisson, les femmes font pousser les légumes, les gosses filent le chanvre, les vieilles le tissent, les vieux crachent dans le feu et donnent des coups de bâton au chien. Chacun sa tâche, on manque de rien, ce qu'on n'a pas on l'échange au voisin contre quelque chose qu'on a et que lui n'a pas, qu'est-ce qu'on ferait donc de vos sous et de vos deniers ?

Il marque un temps. Et puis :

— Mais je vais y aller quand même, vingt dieux ! Parce que l'envie m'en prend, tiens donc !

Il part d'un grand éclat de rire, saute sur ses pieds, laisse choir en tas le filet. De but en blanc :

— Bon. Me faut un cheval. Je sais où le trouver. Là, oui, tes sous seront utiles. Les vôtres sont près de s'affaler. De bien belles bêtes. Une nuit à l'écurie avec une bonne ration d'avoine ne sera pas de trop. On partira au matin... Oui, je sais, tu ne tiens pas en place, tu bous dans ton jus, tu voudrais leur courir sus sans perdre un instant. Mais, seigneur, c'est pas possible, ça. Et je vais te dire. Les nefs des Saxons, elles ont beau filer bon train, il ne leur en faut pas moins contourner tout le nez de l'Armorique, sans quitter la terre des yeux et en sondant sans cesse parce que, figure-toi, c'est plein de récifs traîtres comme tout qui te fendent une coque en deux le temps de dire : « Attention ! » Et la nuit, il leur faut jeter l'ancre en quelque baie abritée. Si bien que nous autres, qui galoperons droit devant nous en coupant à travers les terres, nous serons rendus bien avant eux. Je tiens le pari.

Ayant dit, il vient à la haquenée, examine sa cavalière, de bas en haut :

— Seigneur, c'est là une fille.

— Tu peux dire « une dame ». Ma dame.

— Si tu le dis... Elle si menue que je l'aurais jurée pucelle. Il est vrai que, par les temps qui courent... Enfin, bon, c'est ta dame épouse, quoi. S'embarrasser d'une femelle, déjà... Et elle est bien fatiguée, la pauvrette. Sauf ton respect et le sien, elle est sale et crottée comme une nichée de gorets. Je serais toi, je la confierais à ma mère, ainsi que l'enfant.

Pour mignon qu'il soit, le pied de Minnhild n'en est pas moins chaussé de cuir renforcé. Il s'arrache à l'étrier pour venir s'appliquer sur la joue du gars. Cela claque haut et clair, dominant le ressac. Minnhild fournit l'explication :

— C'est ça, croquant ! Je vais laisser ce grand nigaud courir les chemins, et moi, pendant ce temps, je te tisserai des chemises de chanvre et je ferai pousser les petits pois ! Pas de ça ! Où va mon homme, je vais. S'il n'y va pas, j'y vais toute seule. Ça, lourdaud, occupe-toi plutôt de ma Bleuette ! La dame du seigneur a les fesses talées.

D'un bond elle est à terre, lance la bride au pêcheur, lequel, pointant du menton vers le troisième cavalier, demande :

— Et l'enfant ?

L'enfant répond en personne :

— Où vont ces deux-là, je vais.

Le gars secoue la tête, résigné à tout :

— Bon, bon. Moi, ce que j'en disais, hein...

Petit Loup conclut :

— Mène-nous à une écurie. Nous y dormirons dans la paille. Une écuellée de soupe serait la bienvenue.

D'écurie, le pêcheur n'en a pas. Aussi, les ayant sommairement bouchonnés, laisse-t-on les chevaux au vert, dans un enclos herbu salé par les embruns. Les cavaliers, après s'être plongés dans un bassin de granit alimenté par une source qui sert de lavoir commun puis avoir avalé une soupe de choux et de fèves où nageait une couenne de lard, se sont affalés, dans l'unique pièce, sur la même paille que la famille du pêcheur, flanc à flanc avec une truie et ses petits, deux chèvres, un chat et quelques poules.

Accablés sous la stupeur d'un malheur aussi énorme, aussi soudain, ils sont tombés dans le sommeil comme dans la mort.

C'est un sanglot contenu qui réveille Minnhild. Elle allonge le bras, attire son fils contre elle, sur sa tendre poitrine, il y blottit sa tête, ne se retient plus, les sanglots le secouent, se font bruyants. Elle-même, le visage noyé de larmes, peut à peine se contenir. Elle souffle :

— Chut ! Tu vas réveiller ton père.

La voix de Petit Loup répond :

— Tu crois donc que je pourrais dormir ? Je regarde la nuit et je vois des morts. Des morts joyeux, des morts qui parlent, des morts farceurs, agaçants, aux voix aiguës, aux faces barbouillées, qui vous sautent au cou et font mille bêtises, je ris avec eux ou je veux les fesser, et alors une voix me hurle dans la tête : « Ils sont morts ! MORTS ! Ils ne sont plus ! Ils n'ont jamais été ! » Et la peur me serre à la gorge, parce que cette voix a raison. Ils sont morts, comprends-tu ? Ils sont morts, ceux qui devaient accourir à notre rencontre avec des galipettes et des fleurs des champs, ceux pour qui nous avions choisi ces menus cadeaux, ceux qui sont notre vie... Ils sont morts. Voilà. Qu'il n'en soit plus parlé.

Minnhild attire Petit Loup à elle, le serre bien fort. Elle ne peut s'abandonner à son désespoir, elle. Elle a ses deux hommes à soutenir. Entre ce géant à l'âme d'enfant et cet enfant qui, déjà, la dépasse de la tête, elle est la minuscule femelle aux bras immenses, à l'amour inquiet, qui pense aux autres avant qu'à soi, la mère innombrable à qui la peine des bien-aimés fait oublier la sienne propre.

Ils se tiennent ainsi, blottis, grelottants, imbriqués dans les flancs de Minnhild, yeux grands ouverts sur la nuit aux fantômes, sursautant à un couinement de goret, au coup de tête d'une chèvre. Enfin un espoir de jour pointe par la porte disjointe. Petit Loup est sur pied. Il secoue le pêcheur, qui ronfle de bon cœur, enfoui sous deux chèvres au long poil pour avoir chaud.

— Debout, camarade ! Il faut te trouver un cheval. Ne regarde pas à la dépense. Au fait, sais-tu monter, seulement ?

— Oh, j'ai su. Dans mon jeune temps, je montais à cru, et vas-y que je te galope !

— Tu ne ferais pas cinq milles à cru sans que les fesses te saignent. Trouve-toi la selle avec le cheval.

Le cheval est vite trouvé, ainsi que la selle qui va avec, pas trop râpés l'un et l'autre. Griffon, Bleuette et Zéphyr — c'est le nom du cheval que monte l'enfant, un nom grec, ça veut dire « Vent caressant », l'enfant en est fier, c'est lui qui l'a trouvé, il étudie le grec, mais oui ! Tant que nous y sommes, cet enfant s'appelle Fleur, le prénom lui fut donné par vote unanime et acclamations, c'est ainsi qu'on procède dans la famille du Hun Blond —, les chevaux donc, dûment pansés, nourris et rafraîchis, quelques galettes de blé noir jetées dans un sac en compagnie d'un maître morceau de lard salé, chose infiniment précieuse, on se met en route.

Puisqu'on prend un raccourci, nul besoin de courir. Les nefs pirates ont un chemin triple à tailler dans la houle et, si le vent se maintient tel, après les avoir d'abord aidées, à peine tournés les caps nombreux de l'extrémité de l'Armorique — qui est aussi l'extrémité de la Terre, là où le granit primordial plonge dans l'infini du grand Océan qui entoure le monde —, il les retardera d'autant. Au petit trot soutenu des chevaux, on sera à Jersey bien avant les forbans saxons et leur cargaison vivante.

Que faire, à ce moment ? On avisera !

Dans la précipitation du départ, nul ne s'est soucié de bagage. Le sac aux provisions sera vite à sec. Quant à la bourse de cuir où cliquette le produit des transactions de Rennes, elle est destinée au rachat des otages. Y suffira-t-elle seulement ?

Passé les ondulations assez rudes qui barrent l'horizon au nord de Vannes, on franchit à gué la rivière d'Oust, évitant, sur la prière de Minnhild, de repasser par les villages martyrs, lesquels, dit-elle, lui réveilleraient le chagrin de la peine alors qu'elle n'en veut garder que la rage. Puis ce sont les épaisses forêts du cœur sauvage de l'Armorique, et enfin les rives aimables du Couësnon, au-delà duquel commencent les terres de Neustrie.

On passe le Couësnon à gué bien avant qu'il n'ait rejoint la côte, car, juste en face de son embouchure, se dresse, en mer, un rocher massif, qui serait une île s'il n'était relié à la terre à marée basse et qu'occupe une garnison de gaillards tout dévoués à la dame reine Frédégonde, ainsi que l'explique le pêcheur. Ces estafiers veillent à ce que nul ne passe d'Armorique en Neustrie sans s'acquitter du péage. Ils veillent aussi à protéger les bandes pillardes de Neustrie qui passent dans l'autre sens et, cela va de soi, leur laissent un petit quelque chose sur leur butin. Le pêcheur ne s'indigne pas. C'est la vie, quoi. Il ajoute :

— On dit que la dame reine Frédégonde a dans l'idée de faire construire un monastère sur ce rocher, pour mettre fin à l'inimitié en vouant les deux royaumes au seigneur saint Michel. Qui sait ? Ça se fera peut-être un jour, si Dieu en décide ainsi[1].

Ayant ainsi délaissé la côte d'Armorique, ils rejoignent par un biais les abords d'une ville nommée Abricatul[2], qu'ils contournent, évitant de cette façon, comme le leur explique le pêcheur, d'avoir à traverser un grand bras de mer qui se trouve là. Faisant route droit au nord, ils contournent de même Cosedia[3] puis, par des sentiers connus de leur guide, se rapprochent de la côte, qu'ils atteignent près d'un hameau où se blottissent, comme des poules frileuses, quelques cabanes de pêcheurs assez misérables[4].

1. Cela se fit. Ce fut le Mont-Saint-Michel.
2. Avranches.
3. Coutances. En celtique : Cosedia, puis, en latin : Constantia.
4. Probablement, aujourd'hui, Lessay.

Une baie profondément enfoncée dans les terres marque l'estuaire d'un petit fleuve côtier. Un cap en barre l'entrée, s'avançant loin en mer. C'est à cet endroit que le pêcheur leur fait signe de s'arrêter. Il lève le bras, tend l'index vers le large. Tous trois plissent les paupières, cherchant à percer l'opacité laiteuse d'une brume matinale tardant à se lever. Fleur a les yeux perçants, c'est de son âge. Il annonce :

— Il y a quelque chose de plus foncé. C'est flou. C'est haut. C'est plat. On dirait une table. Une grande table posée sur l'horizon.

Le pêcheur confirme :

— C'est Jersey[1]. Vous verrez, les falaises sont très belles.

Petit Loup n'a pas pris la route pour un voyage d'agrément. Il le fait savoir :

— Le passage ?

— Il faut attendre, seigneur.

— Attendre quoi ?

— Comme je t'ai dit : que la mer se retire.

— Elle se retirera à quel moment ?

Le pêcheur, levant la tête, estime la hauteur du soleil dans le ciel, puis, la baissant, prend note de la trace que la mer a laissée sur le sable lors de son dernier plus haut. Sourcils froncés, il remue tout cela dans sa tête et annonce :

— Bientôt, seigneur. Déjà, elle se retire. C'est jour de grande marée. Quand elle sera à son plus bas, elle découvrira le passage. Juste en face.

1. À l'époque Caesarea, mais le lecteur repérera plus aisément Jersey.

Peu à peu, la brume se déchire et s'effiloche. Les timides rayons d'un soleil printanier dévoilant, sur l'horizon, la silhouette sèchement découpée d'une côte abrupte, dressant à la verticale des falaises grises que somme un plateau sans relief.

Petit Loup profite de l'attente pour bouchonner Griffon. Minnhild et Fleur font de même pour leurs montures. Le pêcheur, insoucieux de la sienne, s'est troussé jusqu'aux cuisses afin de traquer crabes, crevettes et autres bestioles dans les trous de rochers. Cette pêche, ils la dévorent crue, la fumée attirerait l'attention de quelque guetteur saxon placé là en avant-poste par les pirates ou, pis encore, de quelque parti de gens d'armes neustriens trop contents de livrer Petit Loup à sa vieille ennemie la reine Frédégonde.

Et le miracle advient ! L'eau se retire au loin, comme aspirée en arrière par quelque suçoir géant, laissant à sec une langue de sable ponctuée d'émergences granitiques qui progresse par sinuosités serpentines dans la direction générale de l'île, non sans se perdre en maints diverticules marécageux.

Le pêcheur, d'un large geste du bras, présente l'incroyable phénomène, fier comme s'il était son œuvre. Il triomphe :

— Et voilà ! Comme la mer Jaune devant les Hébreux, ainsi qu'il est conté par notre curé.

— Rouge, dit Fleur. La mer Rouge.

— Tu crois ?

Petit Loup appuie :

— Il a raison. C'est la mer Rouge que les Hébreux passèrent à pied sec, fuyant devant les armées de Pharaon.

— Fleur a toujours raison.

Ça, c'est Minnhild, mère poule comme pas une. Le pêcheur s'incline devant un savoir aussi précoce :

— Foi de Cloarec, je l'aurais jurée jaune. Mais, naturellement, je ne suis qu'un pêcheur ignorant, et ma mémoire ne va pas au-delà du nom des poissons et autres créatures qui vivent dans l'eau salée.

Le pêcheur a donc un nom : Cloarec. Ce que ne manque pas de remarquer Petit Loup :

— Tu t'appelles Cloarec ? C'est un nom celtique, ça. Serais-tu donc de ces envahisseurs venus de Brittonie, chassés par les Angles et les Saxons, et qui, à leur tour, massacrent et dépossèdent les Armoricains de souche ?

— Mon père était de ceux-là. Moi, je suis né ici, d'une mère tout ce qu'il y a de gallo-romaine, peut-être bien violée, en tout cas mon père n'est pas resté longtemps. Je parle le latin de par ici, c'est ma langue comme qui dirait maternelle, et je ne connais rien de plus de ces Brittons que tu dis.

Minnhild, la bonne ménagère plus soucieuse de choses pratiques que de considérations linguistiques, rappelle les hommes aux urgences de l'instant :

— Je ne puis m'empêcher d'imaginer que quelques-uns de ces Hébreux, pour ne s'être pas décidés à temps, ont été engloutis sans recours lorsque la mer reprit sa place. Je n'aimerais pas qu'il nous arrive la même chose. Ho, Cloarec ! Ne serait-il pas temps de s'y mettre ?

Cloarec en convient. Sans inquiétude, toutefois :

— Nous sommes au temps de prime. Jusqu'à sexte, nous pouvons aller en sûreté[1]. Après, dame, l'eau reviendra, et au galop, je te prie de le croire !

1. Prime : six heures du matin. Sexte : midi.

— Ça me semble raisonnable.

— Tout juste. Compte tenu que le sable mou sucera le pied des chevaux. Et, seigneur, si je puis te faire remarquer, ce n'est pas le tout d'aller. Encore faut-il aborder. Je doute qu'on nous accueille à bras ouverts.

— On verra sur place. Allons, assez perdu de temps. En route !

Cloarec prend la tête, sans enthousiasme, mais enfin il est censé connaître peu ou prou les sinueux méandres et traîtreuses surprises de l'évanescent parcours, et donc ne peut se dérober. Son cheval, pas très d'accord non plus, renifle avec méfiance le sable détrempé avant d'y hasarder le pied. Les autres suivent, à la queue leu leu.

L'immense Petit Loup, du haut de ses vigoureux quarante printemps, chevauche l'immense Griffon, lequel, de son côté, affiche glorieusement un total d'années de service qui serait l'aube du grand âge pour tout autre cheval et qui, chez lui, resplendit comme une adolescence à la fougue à peine atténuée.

Vient ensuite, le poing sur la hanche, l'insolente jeunesse de Fleur, ses joues d'abricot — ça lui vient de Minnhild, ça —, ses yeux vert-bleu — ça, c'est de Petit Loup —, ses hautes et larges pommettes, ses paupières un rien obliques — marques du clan, héritage lointain de Bouzil le Hun.

Minnhild la menue, Minnhild l'adorable, plus princesse en exil que jamais, vient en arrière-garde, attentive à veiller sur ses deux hommes. La haquenée Bleuette tord le nez et palpite de ses longs cils lorsqu'un crabe lui file entre les sabots.

On avance moins vite que prévu. Comme disait Cloarec, le sable gorgé d'eau suce le pied des chevaux. Minnhild s'inquiète :

— Plus on avance, plus l'horizon recule. Et l'île aussi, puisqu'elle est posée dessus.

Cloarec la rassure :

— Ton œil le trompe. En mer, tout n'est qu'illusion. Les savants expliquent cela fort bien.

Un je-ne-sais-quoi dans sa voix laisserait penser qu'il n'est lui-même pas tellement convaincu. Minnhild veut du précis :

— Avons-nous au moins parcouru la moitié du chemin ?

— Presque.

Minnhild pose son index sur le bout de son nez, signe d'intense réflexion :

— Vois-tu, je m'avise d'une chose, et cette chose est ainsi : à partir du moment où nous aurons franchi cette première moitié, si le flot nous surprend, nous ne pourrons revenir en arrière, et si nous l'avons franchie de justesse, nous ne pourrons pas non plus atteindre l'île. Mais je parle en femme ignorante en ces affaires. Dis-moi, toi qui es homme de mer, quand la marée vient à s'inverser, est-ce qu'il monte vite, ce flot ?

— Comme un cheval au galop[1].

Cloarec, qui chevauche en tête, a crié cela entre ses mains jointes en conque afin que sa voix, luttant contre le vent de terre, porte le sinistre message jusqu'à Minnhild, qui chevauche en queue. Ainsi, chacun en profite.

1. L'expression devait faire fortune.

Mais Cloarec lève le bras. Tous se figent sur place. Le pêcheur tend l'index droit devant lui :

— Seigneur cavalier, vois-tu ce que je vois ?

Petit Loup s'étonne :

— Il y a quelque temps que je le vois. Et alors ? Devrait-on s'inquiéter ?

— Il semble que ce soit une troupe. Une troupe de gens en armes.

— Une troupe, c'est beaucoup dire. Ils sont tout juste quatre. Et il y a un chariot, tiré par deux bœufs blancs. Les hommes poussent à la roue. Le chariot est soigneusement bâché.

Minnhild fait remarquer :

— S'il n'y a pas assez de largeur pour eux et nous, l'un devra céder le passage.

Cloarec, sombre, fait de cette éventualité une certitude :

— Il n'y a pas assez de largeur. Et la seule façon de céder le passage est de passer les uns sur le corps des autres.

Petit Loup tire la conclusion :

— Sus donc ! Droit devant ! Au galop !

Aussitôt fait. C'est complètement idiot, mais il est comme ça, Petit Loup : on fonce, on verra après.

C'est ainsi que les serviteurs laïques du seigneur abbé du réputé monastère de Clarequet, trimant à force sueur matinale, agrippés aux rayons des roues du léger chariot afin de joindre leurs chétifs efforts à la puissante mais peu véloce traction produite par les grands bœufs blancs, se voient soudain confrontés à quatre cavaliers — ceux de l'Apocalypse ? — dont le furieux galop projette jusqu'aux cieux des paquets de sable, d'eau salée et de diverses créatures marines. Ces humbles serviteurs de la foi, baissant les bras, redressant l'échine et laissant pendre leur mâchoire du bas, demeurent cois, sauf un petit gros qui a la présence d'esprit d'articuler un « Seigneur abbé ! » désemparé.

L'on voit alors s'écarter la bâche qui, par-devant, ferme la carriole et luire dans l'ombre un œil où se lit la contrariété de cet arrêt non prévu. Cloarec, intimidé par ce « Seigneur abbé ! », ne sait trop quoi dire. C'est donc Petit Loup, chef naturel de l'expédition, qui se charge d'éclaircir la circonstance :

— Seigneur abbé — puisque, à ce qu'il semble, abbé il y a —, ce chemin n'offre pas assez de largeur pour que nous puissions y passer de front, ton chariot et nous. Tes gens vont donc pousser ledit chariot sur le côté. Et vite fait, nous sommes dans une grande hâte.

La bâche entrebâillée s'est refermée. Le Seigneur abbé ne croit pas devoir condescendre à se mêler de ces questions triviales. Le dégourdi de tout à l'heure prend sur lui de répondre, une inquiétude incrédule dans la voix :

— Sur le côté ? Mais... c'est l'eau !

— Tu l'as dit. C'est l'eau. Que crains-tu ? Un chariot de bois, ça nage mieux qu'un bateau. Les bœufs nagent très bien aussi. Et quant à ce qui se trouve dans le chariot, ça flottera puisque le chariot flottera, ainsi que le Seigneur l'expliqua à Noé, qui le crut et s'en trouva bien. Alors ? Qu'attendez-vous ? Un petit coup de main ? Entre voyageurs, ça ne se refuse pas.

— Mais... Le seigneur abbé ? Et nous autres ? Je ne sais pas nager, moi !

— Vous autres, vous vous cramponnerez au chariot.

Quant au seigneur abbé, s'il veut formuler un avis, je l'écoute. Seulement, qu'il fasse vite ! Le flot va commencer sa remontée, pour vous comme pour nous.

Il se fait alors, sous la bâche close, un remue-ménage assez animé, ponctué de quelques cris aigus, vite étouffés cependant. La bâche s'écarte à nouveau, juste assez pour que s'encadre dans l'ouverture une face ecclésiastique qu'empourpre un noble courroux, peut-être secondé par quelques libations fortifiantes.

Déjà Petit Loup, Fleur et Minnhild ont mis pied à terre et, qui tirant sur les cornes des bœufs, qui poussant aux rayons des roues, amènent le chariot hors de l'étroite bande de sable. Mais la pente est plus abrupte que prévu, les roues de gauche s'enfoncent tout à coup, le chariot bascule et plonge, roues en l'air, bœufs sur le dos. De sous la bâche fusent les cris de tout à l'heure, en beaucoup plus aigu. S'y mêlent d'épouvantables jurons à réminiscences nettement bibliques.

La bâche fait bulle. Adèle, la hache au cœur fidèle, la fend tout du long d'un maître coup, tandis que Fleur, qui a plongé, s'affaire de son couteau à libérer les bœufs. Cloarec, qu'épouvante le sacrilège, a sauté sur ce qui émerge du chariot et tire à lui un abbé court sur pattes, vaste de panse, furieux, ruisselant et qui, semble-t-il, a quelque chose à dire. Petit Loup ne lui en laisse pas le loisir :

— Allons, sus, sus ! La voie est libre ! Droit devant !

C'est à ce moment que, provenant du chariot, éclate l'explication d'un phénomène que la hâte de l'action a trop négligé : les cris exagérément pointus qui auraient dû donner à penser.

Le chariot flotte, certes, étant principalement fait de

bois, mais sa ligne de flottaison se trouve nettement plus bas que l'optimisme intéressé de Petit Loup en avait décidé. D'autant qu'il se présente à l'envers, roues tournant bêtement face au ciel. Soudain, de la bâche que fendit Adèle surgissent, parallèles, deux paires de bras adorables, tout à la fois adolescents et féminins, puis deux visages effarés dont chacun est le reflet de l'autre. Minnhild, déjà en selle mais en retard sur les autres, qui galopent en direction de l'île, hurle :

— Lili ! Bébé !

Tous se figent. Font demi-tour. Accourent. N'en croient pas leurs yeux. Se rendent enfin à l'évidence. Ruisselantes, sanglotantes, radieuses, ce sont bien les deux sœurs, les deux flamboyantes rouquines, les indomptables jumelles, Livoflède et Béroflède.

On les tire de là, on les bise, on les serre... Minnhild voudrait savoir :

— Qu'est-ce que vous faites ici ?

Petit Loup sait :

— Les pirates vous ont mises en vente ?

Elles répondent d'une seule voix :

— Et le seigneur abbé nous a achetées.

Le seigneur abbé confirme :

— Exact. Ces esclaves sont à moi. Je les ai payées. Très cher. Comptant. Allons, petites, je ne sais pas qui sont ces gens et je ne veux pas le savoir, mais vous, vous êtes miennes. Ça, garçons, qu'on me tire ce chariot de là, qu'on le remette sur ses roues et qu'on rentre au monastère ! Quant à ceux-là — du menton, il désigne Petit Loup et sa famille —, je les traduirai devant le tribunal de l'évêque et ils me paieront cet affront.

Livoflède explique :

— Les pucelles, c'est plus cher.
Béroflède renchérit :
— Surtout des jumelles.
— Il nous a fait mettre toutes nues.
— Il a vérifié avec son doigt.
— Son gros doigt.
— Celui avec la bague.
Béroflède veut savoir :
— Est-ce qu'on est encore pucelle, après le doigt dedans ?
— Le gros doigt.
— L'énorme doigt.
— Avec l'énorme bague.
Minnhild ne peut se tenir. À toute volée, elle gifle le seigneur abbé. Petit Loup se cantonne dans les limites de la légalité :
— Elles sont filles franques, filles libres, et donc ne sauraient être réduites à esclavage ou à marchandise putassière. Tu as fait affaire avec des larrons sans foi ni loi, abbé. C'est toi qui devras en répondre devant des juges.
— Voyez-vous ça ! Je rachète ces malheureuses. Je les sauve du pire. Je compte les confier à une amie à moi, abbesse d'un couvent de filles...
Livoflède le coupe :
— Il nous voulait pour ses délectations de lit. Il l'a dit devant nous au Saxon. Qu'on soit jumelles le mettait en état de rut fornicatoire extraordinaire. Il en bavait. « Deux petits anges, qu'il disait ! Pucelles comme nouveau-nés ! Et deux fois la même ! Je ne saurai jamais dans quel cul je serai ! » Ce sont ses propres paroles.
Béroflède précise :

— D'ailleurs, il avait déjà commencé dans le chariot, sous la bâche, quand vous êtes arrivés.

Minnhild se dresse :

— Il a...

— Juste le doigt.

— Le gros doigt.

— Mais il était temps !

Minnhild semble soudain s'aviser de quelque chose :

— Vous étiez deux, deux filles bien plantées, contre ce gros père, et vous ne vous êtes pas mieux défendues ?

Pourquoi rougissent-elles en chœur lorsque Béroflède répond :

— Il n'a pas l'air, comme ça, mais il est très fort.

Livoflède ajoute :

— Et puis, nous ne savions pas où il voulait en venir.

— Il nous appelait ses petites Marie-Madeleine.

— Il nous baisait les pieds.

— Vous avez crié, pourtant ! Je vous ai entendues.

— Parce que ça me chatouillait.

— Parce que ça me picotait.

Les serviteurs de l'abbé, unissant gauchement leurs efforts, essaient de tirer le chariot de sa triste position, stimulés par les coups de gueule de l'ecclésiastique. Fleur fait remarquer à ses cousines :

— À moi, quand j'essaie de vous chatouiller, vous me donnez des gifles. Tiens, je parie qu'il vous regardait sous les jupes.

Elles échangent un coup d'œil, rient niaisement.

— J'en étais sûr. À moi, quand je vous regarde sous les jupes, vous me donnez des gifles.

— Pourquoi nous aurait-il regardé sous les jupes ? Il n'avait pas besoin.

— Ah, bon ?

— Il nous avait vues toutes nues, bien à son aise.

— Oh !

— Évidemment. Au marché aux filles. Il faut bien que le client se rende compte de la marchandise. C'est même là que, avec son gros doigt...

— Même les dents, il nous a regardées, comme à un cheval.

Le chariot reprend peu à peu position sur la partie émergée. L'abbé estime le moment venu de s'occuper de ses intérêts commerciaux :

— Si je comprends bien, vous me reprenez mes achats ? Alors, il faut me rembourser.

Minnhild n'en revient pas de tant d'audace :

— Tu oses parler ? Va te faire rembourser par tes amis les pirates ! Qui achète cheval volé ne doit pas se plaindre des coups de pied.

Béroflède continue sa narration :

— Il voulait tout savoir. Il a demandé au marchand si nous faisions pipi au lit.

Livoflède prend le relais :

— Le marchand ne pouvait pas savoir. Nous n'étions là que depuis le matin. Il a tout de même affirmé que nous étions très propres de ce point de vue. Quel toupet !

— Vous faites pipi au lit ?

— Bien sûr que non, mais il ne le savait pas.

— Les marchands sont des menteurs.

À ce moment, Fleur regarde les pieds de son cheval et crie :

— L'eau ! Elle remonte !

L'eau... On l'avait oubliée, celle-là ! Petit Loup

agrippe une des filles par le col, la hisse, la flanque sur l'encolure, devant lui. L'autre saute en croupe derrière Fleur.

Petit Loup, en tête, court déjà le grand galop lorsqu'une main s'abat sur son poignet. C'est celle de Cloarec, venu flanc à flanc, en plein émoi :

— Où cours-tu, seigneur ?

— Pardi, à Jersey ! C'est bien là que nous allons ?

— Il n'est plus temps de songer à Jersey ! L'eau y est. Il nous faut retourner. Si nous le pouvons !

— Mais nous avons parcouru plus de la moitié du chemin !

— Il te semble, seigneur. Mais c'est tromperie de tes yeux. Le continent est encore plus proche. Si nous retournons, nous avons une chance, bien faible, en vérité. Si nous persistons vers l'île, nous sommes perdus à coup sûr. D'autant que le vent fraîchit. La mer va remuer.

Petit Loup s'incline devant l'homme de savoir. On fait donc demi-tour... et l'on retrouve devant soi l'obstacle du chariot, enfin rétabli sur ses roues auxquelles s'arcboutent les quatre gaillards hors de souffle. Cette fois, on y met moins de façons. Petit Loup applique son vaste pied à l'endroit propice et, d'une poussée secondée par un coup de flanc de Griffon, il renvoie la carriole, ses bœufs et son contenu plonger derechef dans l'eau salée. Dans un éclaboussement joyeux, la cavalcade passe.

Galop. Fleur, en queue, se retourne fréquemment. Il guette l'approche de l'ennemie, de ce bourrelet d'eau qui court, lui semble-t-il, plus vite qu'eux et va les rattraper. Il ne sait pas que l'eau monte partout à la fois, qu'elle est déjà devant, qu'elle est déjà dessous, qu'elle suinte, monte, gicle et fouette... Livoflède le harcèle :

— Dis-le que je suis trop lourde ! Dis-le que je te retarde, qu'à cause de moi tu vas te noyer ! Dis-le, tu l'as sur les lèvres ! Tiens, je ne veux pas que tu meures, je vais sauter !

Elle dit et le serre plus fort. Lui, mâchoire crispée, couché sur l'encolure, ne répond pas, mais s'étonne de l'étrange effet que fait lever en lui la pression des longues cuisses de la svelte rouquine contre ses propres cuisses, et aussi celle des seins menus écrasés sur son dos.

Minnhild, tout en galopant, crie, soucieuse, à Béroflède :

— Il faut me dire la vérité. Vous êtes sûres, vraiment sûres, ta sœur et toi ?

— Sûres de quoi ?

— Qu'il n'y a mis que le doigt ?

— Puisqu'on te le dit ! Et encore, pas profond, la bague l'arrêtait.

La réponse se veut cocasse. Et insolente. Mais Minnhild, qui l'a sollicitée, n'a pas même l'air de l'écouter. Son souci n'est pas là. Si elle s'inquiète à voix haute de l'état du pucelage de ses nièces — Au fait, sont-elles ses nièces ? Ou plutôt ses cousines ? Ses tantes, peut-être ? Et qu'importe ? C'est une famille comme ça, plutôt désordre —, si, donc, elle feint de se soucier de telles futilités, c'est pour retarder le moment des vraies questions, celles dont les réponses font mal. Et, aïe, justement, les voilà... Par-dessus l'épaule, la parole hachée par le tape-cul du galop, Béroflède demande :

— Au fait, maman, ça va ? Et papa ? Ils ne les ont pas pris avec nous. Et les autres ?

Minnhild se mord la lèvre. Elle ne peut quand même pas dire tout de go à la petite, entre deux pataclop-pataclop, qu'elle s'est pris les pieds dans la tripaille de sa mère, éventrée jusqu'aux seins, la tête de son père, qui sans doute avait voulu la défendre, posée avec soin entre les cuisses écartées de son épouse, son propre sexe enfoncé dans la bouche. Minnhild ne peut pas lui dire cela. Minnhild ne dit rien.

Ne rien dire est une façon de répondre. La plus terrible façon. L'enfant devine ce que dit ce silence. Elle murmure :

— Tous ?

— Sauf ceux que les Saxons ont emmenés pour les vendre.

C'est d'extrême justesse, de l'eau jusqu'au poitrail des chevaux, que l'on parvient à reprendre pied sur le rivage d'où l'on était parti. Petit Loup n'est pas homme à se lamenter sur un échec. Il interpelle Cloarec :

— Il ne reste que le bateau. Crois-tu qu'un pêcheur d'ici nous transporterait sur l'île ?

— Ils craignent les Saxons, mais ils font commerce avec eux. Un pirate est seigneur sur mer. Il décherrait s'il s'abaissait à un travail quelconque. Tuer et piller, voilà son état et sa fierté. Comme il lui faut bien se nourrir, le croquant s'en charge. Et donc il y a va-et-vient de nefs entre la côte et les îles.

— Trouvons une de ces nefs.

IV

Debout à la proue, Petit Loup et Cloarec regardent la falaise grise monter à l'horizon. Le patron pêcheur, d'abord méfiant, consentit à les embarquer quand il lui eut été assuré que Petit Loup était au service d'un riche amateur prêt à payer un bon prix une belle esclave garantie de race non franque et enregistrée comme butin de guerre régulier. Encore ne se laissa-t-il convaincre qu'avec l'appui d'une somme exorbitante qu'il exigea pour paiement de la traversée.

C'est une assez grande barque, non pontée, chargée à ras bord de poisson fraîchement pêché mais aussi de divers légumes, salaisons, fruits secs et autres provisions de bouche, ainsi que de quelques futailles où clapote un vin de Loire dont, paraît-il, les pirates sont fort friands. Il reste peu de place pour les deux passagers.

Petit Loup ne peut s'empêcher de remarquer :

— Cela rapporte plus que la pêche, semble-t-il.

Le patron répond sobrement :

— Les Saxons paient bien qui les sert bien.

— Pardi ! Ça ne leur coûte pas cher !

La conversation s'arrête là.

Minnhild et, à plus forte raison, les deux jumelles, ainsi que Fleur, comme tout ce qui pourrait éveiller la convoitise des ravageurs, soit en tant que marchandise négociable, soit tout bonnement pour l'agrément et la satisfaction des besoins élémentaires, sont restés à terre. Une famille de paysans, assez loin à l'intérieur, les héberge et les cache.

Avant qu'on ne se sépare, les jumelles ont fait le compte de tous ceux qui, en même temps qu'elles-mêmes, lors du grand massacre, furent raflés, ficelés, jetés à fond de cale et débarqués à Jersey, dans les entrepôts des pirates. Soit, en ce qui concerne les hommes : Wilmar, Thibert et Rigobert. Pour les filles : Selma, Alma et Elsa.

Livoflède et Béroflède avaient trouvé preneur à peine débarquées : le gros abbé s'était enflammé sur-le-champ. Elles ne pouvaient donc pas savoir ce qu'il en avait été des autres. Une chose, en tout cas, ressortait clairement : en dépit des assurances de Cloarec, les nefs pirates parties de Vannes chargées du produit de la razzia étaient parvenues à Jersey bien avant les cavaliers. La route de mer s'est révélée plus rapide que le raccourci terrestre.

Jersey, enfin ! On accoste. Le petit port bien abrité, avec son débarcadère de troncs solidement assemblés, ne reflète en rien la paresse et l'incurie qu'on attribuerait volontiers aux forbans des mers. Ainsi que l'explique Cloarec, qui semble avoir eu affaire à eux en quelque circonstance trouble de son passé, ici l'ordre règne, un ordre tout militaire. Le butin est réparti en des entrepôts strictement gardés, là les meubles précieux, là-bas les ciboires d'or et les bijoux, ailleurs les étoffes, la sellerie, les armes. Des écuries bien tenues pour les chevaux de race, des cages pour les humains.

Tandis qu'il est procédé au déchargement, le patron de la nef présente Petit Loup et Cloarec au responsable du port, un vieux pirate aux moustaches tombantes, au crâne rasé à la saxonne sauf une unique touffe grisâtre qu'il enjolive d'un ruban de perles de verre tressées. L'échange est pénible, le pêcheur ne parlant pas la langue saxonne et l'autre n'ayant nulle intention de se mettre à la portée. Petit Loup, qui connaît à peu près tous les dialectes germaniques, prend les choses en main :

— Camarade pirate, je veux parler à ton chef.

Le vieux forban le prend de haut :

— Si tu étais mon camarade, tu saurais qu'on ne dit pas « Je veux », chez nous. Tu parles notre langue, mais tu n'es pas des nôtres. Ici, qui n'est pas pirate est butin ou client. Tu n'es pas pirate. Tu n'es pas en cage, ni entravé, tu n'es donc pas butin — jusqu'ici. Tu es donc client. Parle en client. Et souviens-toi que de client à butin il n'y a pas loin.

— Tu as deviné. Je suis client. Je viens acheter. Racheter, plutôt.

Le Saxon a un large geste du bras :

— Tu choisis. Tu paies. Tu emportes.

— Ce n'est pas aussi simple. Tes frères ont enlevé ma famille. Je viens la racheter. Tu vois bien qu'il me faut parler à un chef.

— Nous n'avons pas de chef. Tous égaux. Ce que les Romains nommaient une « république ». Nous partageons tout, la gamelle, l'or, les chevaux, les femmes.

— Il faut pourtant que je sache...

— Il n'y a rien à savoir. Si ceux de ta famille sont là,

tu les rachètes un par un au prix fixé. Si tu ne peux pas payer, tu t'en vas.

— Tu es dur en affaires.

— Il fallait mieux veiller sur les tiens.

On ne saurait mieux dire. Content de soi, le Saxon tourne les talons. Et puis s'arrête. Semble réfléchir. Revient à Petit Loup.

— Au fait.

— Quoi donc ?

— J'oubliais. Inutile de perdre ton temps.

— Que veux-tu dire ?

— Les cages sont vides. Tout a été liquidé à peine débarqué. Même le gros arrivage d'avant-hier, celui de Vannes. D'abord les deux jumelles, celles-là c'est un de ces gros prêtres de leur dieu-cadavre qui les a achetées, il était comme fou. Puis tout le reste est parti d'un coup.

— Tout le reste ?

— Hommes et femmes, oui. Tout l'arrivage, plus tout ce qu'on avait en réserve, vloup ! Embarqué. Il faut que je te dise, tu ne le sais peut-être pas : la guerre est repartie entre Neustrie et Austrasie. La petite mère Frédégonde est rentrée dans le lard de l'autre, la Wisigothe, sans prévenir, d'un seul élan du Nord au Sud. Une ruée comme celle-là, ça mange du monde, beaucoup de monde. Ses recruteurs sont passés, ont acheté tout ce qu'on avait en viande humaine sur pied — payée comptant, attention ! —, et en avant vers les champs de bataille et la gloire !

— Mais... les femmes ? Tu dis qu'ils ont pris aussi les femmes ?

— Pour les bordels de l'armée, tiens donc ! Le guerrier n'a pas la patience d'attendre la victoire et le partage du butin pour tirer son coup. Il lui faut de la bonne pute sous la main. On ne monte pas à l'assaut les couilles pleines, tout général sait cela.

— Donc...

— Donc ta famille est repartie ce matin, à la marée, et vogue maintenant, à fond de cale, vers les terres de Neustrie. Si ta femme est dans le tas, tu ferais aussi bien de t'en chercher une autre, camarade.

Tout réjoui de la mauvaise nouvelle, le butor lui donne du « camarade », lui tape du plat de la main sur l'épaule. Petit Loup pense à voix haute :

— La Seine ou la Somme, forcément. L'une ou l'autre. Tes oreilles qui traînent n'ont rien ramassé en ce qui concerne l'endroit du débarquement ?

— Si fait ! Maintenant que tu m'y fais penser... J'ai entendu parler de la baie de la Somme, d'une grande bataille qui se préparerait, vers Soissons, par là...

C'est une nef. Une nef pontée. Il y a donc une cale. La nef est plutôt grande, pour une nef de commerce. La cale est profonde. On peut y entasser des quantités considérables de marchandise, si l'on s'y prend bien. Surtout si la marchandise s'y prête, comme, par exemple, de l'humain vivant. L'homme est le seul animal ayant accédé à la station verticale, ce qui le rend particulièrement apte à être entassé debout par grande quantité au fond de la cale d'un navire marchand, caractéristique qu'il partage avec les amphores. Encore présente-t-il sur ces rigides récipients l'avantage de la malléabilité et de la compressibilité.

Ils sont donc entassés là, debout, comprimés à la limite

de la compression, tête baissée car le plafond est bas. Il fait fort chaud, ils sont fort mal en point, la mer secoue sèchement, le roulis ne les épargne pas, non plus que le tangage, ils sont malades, ils se vomissent dessus et font pis encore, certains — les plus jeunes — sanglotent, d'autres — les plus rétifs — sont entravés et ficelés à la base des mâts. Une épaisse puanteur lie le tout comme une sauce infecte.

Leur enthousiasme stimulé à coups de fouet — pas trop : il ne faut pas les abîmer —, ce sont les vaillantes recrues qui passent, les futurs héros qui mèneront les armées de Frédégonde à la victoire.

Ils ont réussi à rester groupés, ceux du clan du Hun Blond. Ils ne savent pas qu'ils sont les seuls survivants du massacre, avec les deux jumelles vendues à peine débarquées à Jersey. Ils sont trois gars et trois filles, tous vêtus en hommes, comme c'est la coutume dans la famille où les filles mettent la main aux travaux brutaux, montent à cru les chevaux indomptés, sautent les ruisseaux, escaladent les falaises... Ils sont malades comme les autres, mais ils sont ensemble et se confortent de l'espoir qui maintient en vie tout prisonnier : l'évasion. Ils parlent à voix couverte sachant trop bien à quelles trahisons peut s'abaisser un captif pour se faire bien voir de son geôlier. Thibert, fils de Godbert, constate :

— Nous ne pouvons rien tenter tant que ce rafiot est en mer. Il faut attendre le débarquement. Il y aura du désordre. Nous aviserons.

Selma la brune, aux yeux si noirs, aux joues si pâles, dit son souci :

— Il ne faut pas qu'ils nous sachent filles. Ce serait le pire du pire. Serrons-nous bien la poitrine avec je ne sais quoi, quelque chose qu'on puisse déchirer en lanières.

Wilmar, fils de Gondemar, suggère :

— Nos tuniques. Nous pouvons aller torse nu. Mais ça ne suffira pas. Ils savent combien il y a de filles, dans le tas. Ils feront le décompte à l'arrivée.

La petite Alma veut croire au salut :

— Pas du tout ! Ils seront trop contents qu'il y ait beaucoup de mâles. Ce qui leur importe, ce sont les soldats. C'est avec ça qu'on fait la guerre. Des filles, il y en a toujours assez. Si une pute suffit à cinquante bonshommes, elle peut aussi bien suffire à cent.

Elsa la blonde, qui n'a encore rien dit, précise :

— Quitte à en crever.

Les filles du clan ne sont pas des oies blanches. Elles connaissent la vie, même si elles ne la pratiquent pas plus qu'il n'est souhaitable, et leur langage a la verdeur de celui de leurs frères et de leurs cousins, en toute innocence. Ayant banni toute foi, le Hun Blond, en bonne logique, avait aussi banni toute vaine pudeur comme tout salamalec. Tels sont ceux du clan.

Thibert se tourne vers Rigobert, dit Riri :

— Tu ne dis rien. La liberté ne te tente pas ? Tu es content comme ça ?

Rigobert, le plus âgé de tous — il a vu fleurir plus de trente printemps —, prend son temps pour répondre. Il dit enfin, posément :

— De quoi s'agit-il ? De déserter ? Si nous y arrivons, nous serons perdus en plein pays de Neustrie dévasté par la guerre, et après ? Nous essaierons de rentrer chez nous, dans notre Armorique bien tranquille.

— Projet qui me sourit assez !

— Il y a mieux à faire. Nous n'avons pas choisi l'aventure. Elle est venue nous cueillir. Nous voilà jetés au cœur des événements. Comme l'ancêtre, le Hun Blond. C'est un signe.

Il se tait. Il aurait encore à dire, mais il est comme ça, Riri, il faut le prier. Ce que se décide à faire Thibert :

— Tu as quelque chose en tête. Explique-toi.

Rigobert relève d'un coup sa grosse tête rase... et la cogne vilainement contre une de ces saloperies de poutres en bois cintré qui dépassent partout dans les saloperies de cales des saloperies de bateaux. Il jure vilainement — pourquoi se priver de ce qui soulage ? —, les autres rient, il se reprend, s'efforce à quelque solennité :

— Nous sommes les fils du Hun Blond, oui ou non ?

— Nous le sommes. Et alors ?

— Alors, nous avons une mission sur cette terre.

Tous se regardent. Selma demande, d'une voix de souris :

— Quelle mission ?

— Supprimer la sale bête.

Le silence qui suit en dit long. Ils prennent conscience qu'au fond d'eux-mêmes tous y avaient pensé, une fois ou l'autre. Ils savent, par les récits de Petit Loup et de Minnhild, de quoi fut et est capable la reine maudite, ils savent que c'est elle, cette fois encore, qui a, par assassinat et trahison, rompu la paix de Brunehaut et précipité l'Europe dans une guerre sans merci. Ils ont toujours voulu la paix, ils se tenaient à l'écart des occasions de gloire et de massacres, et les voilà plongés en pleine furie, réduits à tuer ou à être tués.

Ils ne croient pas plus au destin qu'au dieu des chrétiens ou à ceux du Walhalla. Ils ne croient pas aux signes. L'emphase de Rigobert les amuse. Mais il y a l'aventure, si tentante. Ils n'ont pas choisi d'être là, pourtant ils y sont, autant en profiter. Quand Rigobert, les ayant regardés l'un après l'autre, demande : « Alors ? », c'est bien ensemble qu'ils répondent : « Faut voir. »

L'armée de Frédégonde avance sur la plaine de Champagne. C'est, comme toute armée germanique, une immense cohue. Grossie au passage des troupes des leudes félons qui n'attendaient que cet instant et le préparaient dans l'ombre, elle submerge les provinces des comtes et des évêques fidèles à Brunehaut, brûle, saccage, tue, viole, torture. Un grand feu de joie. Les notables sont massacrés sur place, les petites gens s'enfuient dans les forêts.

Les recrues raflées de force ou achetées sur les marchés pirates, d'abord mal à l'aise, ont fini par se résigner à leur sort, puis par y prendre goût. Elles n'ont pas d'armes, pas encore, on les tient en suspicion, mais elles se sont taillé des gourdins et détroussent gaillardement les blessés, qu'elles achèvent, dépouillent les morts, se vautrent dans ce qui reste des filles violées quand les réguliers n'en veulent décidément plus, bref, sont en excellente voie de devenir de bons soldats de métier.

Rigobert et ses cousins se tiennent autant que possible à l'écart sans trop se faire remarquer. Ils n'ont aucune consigne précise. Ils marchent en queue de l'armée, mollement houspillés par des petits chefs plus occupés à piller et à faire bombance, exécutent des corvées, portent de l'eau, se donnent un air affairé. Ils guettent l'occasion, sous quelque forme qu'elle se présente.

Le roi Clotaire, âgé de douze ans, est, paraît-il, de la partie, ainsi que sa mère, la reine Frédégonde. Inaccessibles aux traîne-savates de l'arrière-garde. Serait-ce l'occasion ?

Prise de court par la soudaineté de l'agression, Brunehaut a appelé en hâte le ban et l'arrière-ban. Une fois encore, pressée par le péril, elle s'est résignée à faire franchir le Rhin aux bandes dépenaillées de la Germanie sauvage, son ultime recours, abominables tueurs qui arriveront trop tard et ne feront que prendre part à la curée, ravageant ce qu'ils eussent dû défendre.

L'armée de Frédégonde avance à marches forcées, dans un élan irrésistible. Celle de Brunehaut, trop hâtivement improvisée, se déploie à sa rencontre. Les deux masses humaines se trouvent face à face près de Soissons, en un lieu nommé Latifao [1]. Ce sera la bataille des trois rois, et aussi celle des trois enfants.

Car ils sont là, tous les trois, trop jeunes pour commander, mais par leur présence stimulant les énergies. Clotaire II, roi de Neustrie, du haut de ses douze ans domine ses rivaux, les petits-fils de Brunehaut, Thibert II, dix ans, roi d'Austrasie, et Thierry II, neuf ans, roi de Burgondie.

Le choc est terrifiant. Il semble qu'aucun souci de stratégie, de tactique ou d'un quelconque art militaire n'anime les chefs. On fonce en hurlant, en une furieuse

1. Aujourd'hui : Laffaux.

rage de tuer. On fauche les têtes, on troue les ventres, c'est l'orgie du massacre.

Les recrues enrôlées de force sous les étendards de Neustrie comprennent soudain à quoi elles servent. Placées en avant de la ligne d'assaut, poussées dans le dos par les javelots et les épées massives des fantassins du premier rang, ridiculement armées de bâtons à la pointe durcie au feu, elles ne peuvent que courir en hurlant, droit devant elles, droit à l'ennemi, folles de terreur, véritables boucliers humains chargés de recevoir les haches de jet et les javelots, désarmant ainsi le guerrier qu'achèvera le fantassin. Un faux pas, une hésitation, c'est le crâne fendu.

En plein combat, des chefs de guerre, jusqu'ici en apparence fidèles à Brunehaut, renient leur parole et passent à l'ennemi avec leurs hommes, accueillis par une Frédégonde qui voit de nouveau la fortune lui sourire et promet un duché à qui lui apportera la tête de la gueuse. Il est juste de dire que ces défections avaient été dès longtemps préparées, à la barbe de Brunehaut qu'enivraient ses triomphes politiques.

Le soir tombant voit la déroute éperdue des armées d'Austrasie. Frédégonde, cependant, n'aura pas la satisfaction suprême de brandir par les cheveux la tête de son ennemie. Brunehaut a pu s'échapper, ainsi que les deux petits rois.

La victoire de Frédégonde est écrasante. La reine aux maléfices pourrait, sur son élan, pousser jusqu'à Metz, jusqu'au cœur du royaume de Thibert, tandis que son aile droite, par Chartres et Orléans, envahirait la Burgondie, royaume de Thierry. Elle n'a garde. Elle mesure ses forces, les sait insuffisantes. Elle se heurterait, au nord-est, aux farouches contingents d'outre-Rhin, marée humaine inépuisable et sanguinaire ayant enfin eu le temps de se rassembler : Thuringiens, Alamans, Frisons, Huns, Slaves, trop nomades pour qu'elle puisse les acheter par des promesses de territoires, trop dévoués à Brunehaut qu'ils vénèrent à l'instar d'une Walkyrie, une fille de Wotan le Très-Haut. Au sud, elle devrait affronter les armées venues d'Auvergne et d'Aquitaine, redoutables unités organisées sur le modèle des anciennes légions.

Sagement, elle décide de consolider son pouvoir dans les provinces conquises et d'arrêter là l'invasion. Elle sait aussi qu'une horde franque victorieuse doit sur-le-champ fêter la victoire. Tandis qu'elle récompense les chefs transfuges par des distributions de domaines, de dignités... et de sacs bien remplis de monnaie d'or, l'armée se donne du bon temps.

Rien de plus sinistrement banal que l'orgie d'une armée victorieuse. Le décor obligé en est l'incendie, tout ce qui peut brûler y passe. Le pillage minutieux va de soi, avant même le viol. On coupe les doigts pour les bagues, les cous pour les colliers. Les violées avisées mordent leurs lèvres et ravalent leurs cris, elles ont vite appris que rien n'est plus désagréable au guerrier qu'une femme qui hurle pendant qu'il la besogne. Une morte encore chaude fait moins d'histoires. De toute façon, on égorge, après, pour le plaisir. Pour le plaisir aussi on envoie s'écraser contre un mur la tête des enfants tenus par un pied : on s'amuse à lire l'avenir dans la cervelle éclatée...

Ceux parmi les recrues forcées qui n'ont pas été massacrés au premier choc — il y en a ! — glanent les miettes des vainqueurs, font les bravaches, sont les plus ardents à la tuerie : ils ont eu si peur !

Enfin l'orgie de sang s'éteint et s'endort, comme toutes les orgies, dans l'ivrognerie générale qui écrase la fête sous un énorme ronflement. Quelques violées mal tuées gémissent çà et là.

V

Ils auraient dû être tués, tous les six, comme l'ont été tant des leurs. Comme les autres recrues, ils se tenaient en avant du premier rang d'hommes en armes, ils sentaient dans leur dos le fer aigu du javelot, une poussée eût suffi, ils attendaient, immobiles, c'étaient les ordres. Ils tenaient devant eux, à l'horizontale, dirigé vers l'ennemi, un épieu, arme dérisoire dont on pouvait voir trembler la pointe.

En face, l'ennemi. Sans boucliers humains, lui, mais hérissé de fers étincelant au soleil. Un ordre hurlé. La masse compacte s'ébranle, lourdement, posément, au pas, francisque au poing. Ils vont donc attaquer d'abord à la hache de jet, arme terrible qu'une cordelette de cuir tressé relie à son poignet afin que le guerrier puisse, d'un geste sec, la récupérer une fois le crâne ouvert ou le bouclier détruit. Le second coup se donne sans lâcher la hache, il parfait le travail ou abat une nouvelle proie.

On ne bouge toujours pas. L'ennemi avance, impavide. Le voici à trois toises, distance optimale pour lancer la hache. Wilmar, dents serrées, ne quitte pas de l'œil celle du Franc qui marche droit sur lui. Si ledit œil est assez vif et l'esquive assez prompte, il peut échapper au premier jet... Enfin, bon, il se raccroche à ça. Thibert met toute sa confiance dans son bâton pour qu'il détourne le terrible tranchant tourbillonnant. Rigobert déchire l'espace en furieux moulinets, ça ne sert à rien mais ça distrait l'angoisse.

Quant aux filles, tant bien que mal vêtues en mâles, les cheveux enfouis sous des bonnets de laine, elles se sont disposées, autant qu'elles l'ont pu, en alternance avec les garçons. La petite Alma écarquille des yeux fous, bouche bée, et soudain tombe à genoux, puis s'abat tout de son long et ne bouge plus. Le fantassin qu'elle est censée protéger, désormais découvert, lève son épée, et puis s'avise qu'il se découvrirait davantage et que le gars d'en face ne manquerait pas d'en faire son profit. Il se contente de se mettre en garde. Selma et Elsa, campées sur leurs durs mollets, attendent le choc.

Encore un pas. Étonnement. Ils auraient dû lancer. Or les francisques bien affûtées pendent toujours à leurs bras. Et voilà qu'ils courent, chacun accrochant sa hache à son ceinturon, voilà qu'ils ouvrent grand les bras, poussent le hurlement d'une liesse énorme, prennent chacun à bras-le-corps le gars qu'ils trouvent en face de soi, l'enserrent dans une étreinte d'ours hilare, lui engluent joues et moustache d'une grêle de baisers sonores.

Une telle fraternisation, qui clôt pour le soldat tout espoir de butin et de rachat à rançon, dut être préparée dans la discrétion d'une trahison mûrement mijotée. Le comte austrasien Fulbert, un proche de Brunehaut, devait recevoir, pour prix de cette félonie, un duché dans le Hainaut. En allant en prendre possession, il se verra assailli par une troupe de brigands aussi nombreuse qu'une armée et militairement commandée. Il y laissera la vie. Frédégonde n'est guère prodigue de ses duchés. Ainsi, en promesse, peuvent-ils resservir plusieurs fois.

Toujours est-il que cette bataille de dupes aura été le salut des cousins-cousines. Ils font le point à l'écart, tandis que flambe l'orgie et que hurle le massacre. On n'a pas pris garde à eux. N'ayant pas d'ennemi vaincu à dépouiller, la soldatesque se paie doublement sur le croquant.

Selma la brune ôte son bonnet, secoue sa tignasse de nuit autour de ses joues si pâles. Elle raconte :

— Le gars avec qui je faisais équipe m'avait à la bonne. Après l'affaire, je m'étais affalée dans l'herbe, contre un arbre, pour me remettre un peu de tout ça. Il me dit : « Attends, petit gars. Je sais ce qu'il te faut. » Il s'en va, et voilà qu'il revient en tirant deux bonnes femmes par la main. Elles ne disaient rien. Dociles comme des génisses qu'on mène au taureau. Il en enlace une, me montre l'autre : « Elle est à toi, petit. Soulage-toi le corps, rafraîchis-toi l'âme. » Ayant dit, il abat ses braies, le voilà le cul nu et tout le bazar à l'air. Et puis il trousse la fille jupes par-dessus tête et te vous la besogne, hardi petit ! Elle se laissait faire, passive et molle sous les coups de cul. Ça ne lui a pas plu, alors il l'a pincée pour la faire un peu crier. Quand il a eu fini, il nous a vus, l'autre dondon et moi, qui le regardions sans rien faire. Il me dit : « Profites-en, petit gars ! C'est du gâteau, cette grosse, j'en suis sûr ! Ou bien c'est-y que tu serais puceau ? Attends, je vais te montrer ! » Moi, je dis en vitesse : « Chez nous, on ne fait pas ça devant le monde. Tu vois, comme ça, ici, pas moyen, je ne pourrais pas. Il me faut la solitude et la tranquillité. » Il s'étonne : « Ah, ouais ? Moi, je trouve ça bon partout, et encore meilleur s'il y a des copains. » Mais enfin il m'a laissée partir avec ma géante — une blonde qui me dépassait de la tête et pesait bien le poids d'une truie prête à mettre bas. Elle m'a suivie sans dire mot. Arrivées dans un bosquet très à l'écart, je lui ai dit de s'en aller, de courir vers les bois retrouver les siens, s'il en restait. Elle a eu l'air étonnée. D'abord. Et puis, je crois bien, déçue. Avec peut-être quelque chose comme du mépris.

Thibert commente :

— Que veux-tu, si les grosses blondes ne sont pas de ton goût...

Tous rient. Wilmar s'inquiète :

— Où est Alma ?

— La petite Alma ?

— Tu en connais une autre ? Elle n'est pas ici. Qui d'entre nous l'a vue en dernier ?

— Moi, dit Thibert. Je me souviens. Elle était tombée. Elle gisait à terre.

— Blessée ?

— Je ne crois pas. Elle est tombée avant la ruée. Ça avait l'air d'un malaise. Après, dans la pagaille, je n'y ai plus pensé.

— Il faut la retrouver. C'est la fille du frère de mon père, autant dire ma petite sœur. Elle ne peut être en mauvais cas, puisque les « nôtres » ont gagné, et sans combat. On a dû l'emmener quelque part pour la ranimer.

— Cherchons. Mais la nuit tombe.

Ce qui est arrivé à la petite Alma.

Sigmund, fils d'Oskar, est, comme les copains, plutôt surpris lorsque, au lieu d'une francisque en pleine figure, c'est un gaillard hilare qui lui arrive droit dessus et lui ouvre grand les bras en hurlant : « Camarade ! On est amis ! On marche ensemble, vous et nous ! » Cependant il se remet vite, c'est un vieux de la vieille qui la connaît dans les coins, les changements d'humeur et d'alliances chez les grands ne le surprennent pas, non plus que les reniements sur le champ de bataille. Il ouvre donc les bras, à son tour, pour la franche accolade. Son nouvel ami, trébuchant sur quelque obstacle, perd l'équilibre et lui tombe dessus, nez en avant, avec un juron. Tous deux, dirigeant de concert leurs regards vers le sol, voient en quoi consiste ce fâcheux obstacle : c'est le corps inerte du jeune conscrit qui s'est affalé tout à l'heure.

Le soulagement de n'avoir pas à se battre ouvre les cœurs à la compassion. Les deux soudards se baissent, saisissent, qui aux pieds, qui aux aisselles, le corps gracile et, avec des précautions de mères ourses, le déposent à l'écart, sur un tertre de gazon.

Gotflüth, fils d'Ogier, s'éponge le front et, hochant la tête :

— C'est très jeune. Ça n'a pas la force.

Sigmund, fils d'Oskar, répond :

— C'est bien assez vieux pour mourir. C'est tout ce qu'on leur demande.

Gotflüth trouve que les gens de Frédégonde sont bien durs de cœur. Il ne répond pas, se met en devoir d'ouvrir la tunique de chanvre grossier afin de dégager la poitrine du garçon. Et là, il se fige, yeux incrédules, menton pendant. Il bredouille :

— Camarade, vois-tu ce que je crois voir ?

— Quoi donc ?... Oh ! Saint Jésus-Christ !

— Tu le vois aussi, donc ? C'est bien une fille !

Il a crié cela un peu fort. Un peu trop fort.

Le seigneur Lantéric, à cheval, parade parmi les troupes en compagnie de Fulbert le traître, sans honte, riant à pleine gorge du bon tour que les deux compères viennent de jouer à Brunehaut.

Quand son ouïe se trouve quelque peu saturée des ovations sauvages que lui prodiguent les piteux vainqueurs afin de se bien persuader de leur propre droit à la gloire, Lantéric dirige son cheval vers un lieu plus paisible, où le suivent Fulbert ainsi que les hommes d'armes de leurs gardes personnelles. C'est alors que certain cri lui fait dresser l'oreille :

— C'est une fille ! s'exclame Gotflüth.

Promenant ses regards alentour, Lantéric constate lui aussi que « c'est une fille ». Chose qui ne suscite chez lui aucun étonnement, puisque ce qu'il voit est en effet une fille, allongée sur l'herbe, les tétons à l'air. Pourquoi s'ébahirait-il d'une telle évidence ? Le seul sujet d'étonnement, ici, serait justement l'étonnement même des deux guerriers à genoux de part et d'autre de la donzelle et dont l'un vient de pousser ce cri. Lantéric flaire là-dessous un petit mystère. Or Lantéric, homme d'intrigues, est friand de mystères. Et puis — il s'en avise — la fille est accorte, les tétons de belle tenue. Il fait halte, s'enquiert :

— Holà, camarades — il est volontiers familier avec le troupier —, dites-moi un peu. Qu'y a-t-il donc de si surprenant à ce qu'une fille soit une fille ?

Sigmund répond, avec toute la déférence qu'on doit au général en chef :

— Seigneur duc, le surprenant est en cela que cette fille était tout à l'heure garçon, et même guerrier combattant, vu que son poste était en première ligne, juste devant moi.

— Elle est belle.

— Elle est femelle. Elle s'est trouvée mal au moment de l'entrée en contact avec l'ennemi. Si bien que je n'avais plus de protection, moi. L'assaut n'eût pas été de simulacre, je me faisais bel et bien défoncer le portrait. Je profite de ce que tu es là pour protester énergiquement et t'annoncer que si le commandement nous envoie comme recrues des bataillons de gonzesses, je ne rempilerai pas, ça non !

Lantéric n'écoute pas. Se caressant le menton, il considère la belle évanouie, un sourire dans l'œil. Il se tourne vers l'escorte :

— Qu'on la porte dans ma tente !

Sigmund, très à cheval sur les principes, objecte :

— Seigneur, cela ne se peut pas. Elle ne fait pas partie du butin. Ce n'est pas une captive, pas du tout, mais bien un vainqueur. Elle est des nôtres.

C'est dans un sourire, un sourire des dents, cette fois, que Lantéric répond :

— Ce qui est nôtre est par conséquent mien, tu en es d'accord ?

La guerre n'est plus qu'une promenade militaire, qui d'ailleurs prend fin bientôt, Frédégonde n'ayant pas les moyens d'une campagne d'extermination. Brunehaut, durement étrillée, se tiendra tranquille pendant un bon moment. Les contingents levés en masse pour l'occasion sont licenciés, des bandes de gens de guerre sans emploi courent les routes, ravageant les campagnes avec plus de férocité que la guerre elle-même. Les recrues forcées deviennent brigands.

Ils sont réunis au soir autour d'un feu de camp, tous les cinq, rêvant de leur terre d'Armor mais bien décidés à ne pas quitter les lieux avant d'avoir retrouvé Alma. Ils font le point de ce qu'ils ont appris. Wilmar a peut-être glané quelque chose :

— Un bruit court. Un guerrier se serait révélé être une femme. Une vierge. Elle aurait fait des prodiges, poitrine au vent — on insiste beaucoup sur la poitrine. Épée et hache aux poings, elle aurait abattu les têtes d'ennemis comme épis à la moisson. Des éclairs lui sortaient des yeux, des trompettes sonnaient dans le ciel... Enfin, bref, ce serait grâce à elle que nous avons... je veux dire : que Frédégonde a gagné.

Selma la brune ne voit pas le rapport :

— Où veux-tu en venir avec ta Walkyrie ? Les légendes vont vite, on le sait. Toutes ces brutes sont encore tellement païennes, au fond. Il leur faut du merveilleux. Quand les prêtres de leur Christ entendront ces sornettes, ils les leur feront rentrer dans la gorge.

Rigobert lève la main :

— Ou bien ils remplaceront la Walkyrie par leur Sainte Vierge... Mais il ne faut pas négliger le fait. Toute légende procède d'un fait réel. Dans notre cas, je retiens ceci : un homme, un guerrier, était en réalité une femme. Ça vous dit quelque chose ?

Selma en convient :

— C'était notre cas, à toutes les trois.

— Nous savons qu'Alma est tombée à terre au moment du choc. Qui nous dit que ses nichons n'en ont pas profité pour prendre l'air ?

— De bien beaux nichons, je dois dire.

Elsa fait la moue :

— Trop gros. Enfin, il y en a qui aiment.

— Justement, vraiment beaux.

— J'ai dit : gros.

— C'est la même chose.

— Permets...

— Je veux dire que c'est elle qui avait le plus de mal à les maintenir écrasés sous les bandelettes taillées dans une tunique.

— Dans ma tunique.

— Dans ta tunique, d'accord. Il n'est pas interdit d'imaginer que, dans le désordre de sa chute, les bandelettes se soient desserrées et que les tétons d'Alma aient brusquement surgi au nez des gars qui se trouvaient tout près.

— Tu parles d'une vierge guerrière ! Elle est tombée dans les pommes à la seule vue de l'ennemi !

— Mon vieux, la légende se nourrit de tout, et de préférence de l'invraisemblable. Ce qui compte, c'est l'envie de quelque chose d'inouï. Une fille — une belle fille —, apparue en plein combat, suggère l'intervention des forces invisibles en faveur de la cause pour laquelle on se bat — d'autant plus facilement que la cause est douteuse. Le reste, les détails, ça s'invente au fur et à mesure, dans l'excitation du moment.

— Admettons. Alma la douce est devenue déesse de la guerre. Ensuite, qu'en ont-ils fait ?

— Eh bien, d'après ce que j'ai pu entendre à droite et à gauche et en éliminant le par trop invraisemblable — certains l'ont vue, de leurs yeux vue, monter au ciel dans un char de feu ! —, le duc Lantéric, qui commande l'armée...

— L'amant de la Frédégonde, tu veux dire ?

— Celui-là même. Il serait accouru rendre hommage à l'héroïne et lui aurait fait les honneurs de sa propre tente, qu'il aurait mise à sa disposition.

Rigobert lève la main.

— Résumons. Ce qu'il y a d'un peu solide là-dedans, c'est que le duc Lantéric garderait chez lui une fille aux gros nichons qui pourrait bien être notre Alma.

Selma la brune est impressionnée :

— Vous croyez que ce Lantéric l'a posée sur un autel et lui adresse de ferventes prières, comme à une divinité païenne ?

— Son chapelain ne permettrait pas. D'après ce que je crois connaître du seigneur Lantéric, j'imagine que c'est un tout autre genre de culte qu'il lui voue, beaucoup plus terre à terre.

— Tu veux dire qu'il la traiterait en captive faisant partie du butin ? En esclave dont on peut user à sa guise ? Ce serait violer les lois sacrées de la guerre !

— Les lois sacrées, c'est le vainqueur qui en décide.

Thibert ne se nourrit pas d'aphorismes amers. Il lui faut de l'action :

— Bon. Qu'est-ce qu'on fait, nous, dans tout ça ?

Wilmar, la tête pensante de la bande, énonce, tout en comptant sur ses doigts :

— Premièrement, nous assurer qu'il y a bien une fille plus ou moins captive dans la tente de Lantéric, et que cette fille est notre Alma. Deuxièmement, s'il s'agit bien d'elle, la délivrer. Troisièmement, éliminer la sale bête.

Elsa traduit, bien que ce ne soit pas absolument nécessaire :

— Frédégonde.

Rigobert a suivi bien attentivement, en comptant lui aussi sur ses doigts. Aux trois doigts déjà dressés il ajoute l'annulaire, disant :

— Quatrièmement, trouver de quoi subsister dans ce pays ravagé tout en nous protégeant contre les bandes de ravageurs et contre les sbires de Frédégonde et de son Lantéric.

VI

La reine Frédégonde n'a aucune raison de prolonger sa présence à l'armée. Après Latifao, elle a grand'hâte d'effectuer son entrée victorieuse dans Soissons, sa ville capitale, où le peuple lui prépare un triomphe, où les grands du royaume lui rendront hommage en une cérémonie inaugurant les prémices des rites de la suzeraineté féodale. L'indispensable Lantéric accompagne sa souveraine, suivi d'un interminable cortège de chariots débordant de butin. La guerre nourrit la guerre.

Parmi ces chariots, l'un d'eux, soigneusement bâché afin que rien ne se puisse soupçonner de ce qui se trouve à l'intérieur, est gardé, de façon discrète mais efficace, par un parti de gardes saxons, bêtes fauves que chacun sait dévoués au favori jusqu'à la mort.

La reine voyage en litière. Elle joue avec un petit singe que l'empereur de Constantinople avait offert à Brunehaut et que celle-ci, en pleine déroute, dut abandonner ainsi que presque tous ses bagages. Le roi son fils caracole à son flanc droit, Lantéric à son flanc gauche, excipant d'ordres à donner pour effectuer de rapides allers et retours jusqu'au mystérieux chariot. Lantéric est un maître fourbe. Sa manœuvre est parfaite. La reine ne peut rien voir, rien soupçonner.

La reine voit tout, soupçonne le pire.

Soissons accueille sa reine victorieuse. Soissons est en liesse.

Liesse sans lendemain. Le fléau que traînent à leur suite les armées en marche, cette mort hideuse qui tue plus sûrement que l'ennemi, ce cauchemar qui défigure avant de tuer, la variole, épouvante de ces temps, a fait son entrée en ville en même temps que les vainqueurs[1].

L'épidémie galope et ricane, son haleine empuantit les rues, les gens ne sortent plus d'entre leurs murs, les mères cachent leurs enfants sous leur tablier, les charretées de cadavres bringuebalent sur le pavé, les cortèges de pénitents noirs psalmodient les litanies du repentir, on n'arrive pas à enterrer assez vite, alors on brûle. Des charniers embrasés monte une fumée lourde.

Frédégonde se réfugie à Braisne. Lantéric l'y suit, bien sûr.

Lantéric est tourmenté. Sa grande affaire devrait être la politique. Or, là n'est pas son tourment. Maire du palais de Neustrie, agissant au nom de son roi, il a fort à faire avec les suites de cette guerre si rondement menée : réorganisation du royaume, incorporation des provinces conquises, prébendes à distribuer aux transfuges clercs

1. La variole tua à elle seule plus de monde que la peste, le choléra, les famines et les guerres réunis. On lui donna le nom plus familier de « petite vérole » lorsque la grosse vérole eût été importée d'Amérique par Christophe Colomb.

ou laïcs ayant trahi leur reine et leur foi, gens d'Église à maintenir dans les limites qu'ils cherchent sans cesse à transgresser... À tout cela il fait front, et brillamment, mais son souci et, pour tout dire, son cœur, sont ailleurs.

Ils sont entre les poings obstinément serrés de cette petite paysanne découverte sous les loques d'une recrue forcée ramassée on ne sait où, ils sont dans ces yeux hostiles d'animal pris au piège, ils sont dans ces formes épanouies que démentent les joues enfantines, ils sont... Lantéric est amoureux, voilà. L'amour vous saute dessus quand il veut. Il ne se commente ni ne s'explique. Il se subit. Lantéric subit. Il n'a pas l'habitude. C'est très pénible. Et c'est très bon.

Puisque Lantéric aime, Lantéric voudrait ce qu'on veut quand on aime. Alma — c'est tout ce qu'il sait d'elle, son nom : Alma — ne veut pas. C'est tout simple. Et intolérable. Elle ne parle pas. « Non » se dit sans parler. Elle se recroqueville, s'écrase contre le mur, cache son visage dans ses bras, dans ses cheveux blonds. De tout son corps elle dit « Non ». Lantéric attend que ce corps dise « Oui ». Ou ne dise rien. Ne s'oppose plus.

Lantéric ne comprend pas. Ne se comprend pas. Il se passe en lui de l'invraisemblable. Quand une petite lui fait envie, il claque des doigts et elle le suit. Pas toujours servilement. Il est beau, Lantéric, il en a affolé plus d'une. À commencer par la reine, qui le rudoie, le trompe, l'avilit, le bat, même, mais l'aime autant qu'elle est capable d'aimer. Frédégonde est sa chose autant qu'il est la sienne. Tant de complicité, entre eux, tant de plaisirs... Tant de crimes !

Lantéric découvre les affres et les délices du désir frustré. C'est quelque chose de nouveau. Il explore en dilettante ces sensations déconcertantes. Il a tout son temps.

Ils sont réunis dans la cave où dort Rigobert, qui a trouvé de l'embauche chez un vieux Gaulois négociant en vins que la guerre a privé de son commis, recruté de force comme tant d'autres, mais qui, lui, n'en est pas revenu.

Ils ont suivi de loin le cortège royal jusqu'à Soissons. Ont noté la présence du chariot si bien bâché, si bien gardé. Lors du départ pour Braisne, se tenant à distance, ils ont pu vérifier que le chariot et son secret étaient encore du voyage.

Trois heures de marche le long de la Vesle séparent Braisne de Soissons. Cela n'eût pas suffi pour arrêter la contagion si Lantéric n'avait fait établir un cordon serré de gardes saxons autour de la villa royale et du village de Braisne, avec ordre de mettre à mort quiconque essaierait de le franchir. Les cinq étaient passés juste avant la mise en place de ce cordon.

Wilmar résume la situation :

— Nous en sommes sûrs, maintenant : Alma est prisonnière de Lantéric, qui occupe un bâtiment séparé du corps principal de la villa royale. Les Saxons de sa garde prétorienne sont d'une vigilance extrême. Il nous faut étudier un moyen de faire échapper Alma. Pour cela, l'un de nous doit se trouver dans la place.

Un détail tourmente Elsa :

— Qu'est-ce que ce Lantéric peut bien vouloir à Alma ? Croirait-il donc à ces sornettes de vierge guerrière ? En ce cas, que ne la présente-t-il solennellement à la foule comme témoignage de la bienveillance du ciel pour Frédégonde et son fils ? Tout au contraire, on dirait bien qu'il la dissimule à la reine elle-même.

— Je ne comprends pas. Alma nous expliquera tout cela quand nous l'aurons tirée de là.

Toute villa patricienne bâtie par les Romains est dotée, entre autres éléments de confort, de caves, parfois considérables et réparties sur plusieurs niveaux empilés. On y trouve l'hypocauste, lieu du vaste foyer jamais éteint qui chauffe l'air et le fait circuler dans toutes les pièces de l'édifice par des gaines noyées dans la maçonnerie. Le combustible — inépuisable — est le bois des forêts d'alentour, entassé en piles bien régulières à portée du foyer. Ces caves comportent aussi des réserves de vin de diverses provenances. Les Romains huppés, se voulant fins connaisseurs, mettaient à vieillir des crus réputés dans des amphores plantées debout dans un lit de sable, à la romaine, ou dans des fûts de chêne aux douves bien ajustées, à la gauloise. Les Barbares, se piquant de raffinement, s'empressèrent d'imiter les Romains en ce goût, certes plus facile à pratiquer que celui des belles-lettres et de la rhétorique cicéronienne.

C'est ainsi que Rigobert, promu commis à tout faire d'un négociant en vins fins, se voit appelé à livrer ces liquides prestigieux dans les caves de la résidence royale, aussi bien dans celles de la villa proprement dite où séjournent le roi et sa mère que dans celles du pavillon séparé qu'occupe le seigneur Lantéric, Maire du palais et favori affiché de la souveraine.

Livrant, classant et rangeant ses précieux récipients,

Rigobert circule à son aise dans le labyrinthe souterrain. Un jour, il peut annoncer à ses compères :

— Je sais où elle est. Je sais comment y aller. Je sais comment l'en faire sortir. Il faut être deux. Un dedans : moi. Un dehors. Pas plus.

Wilmar dit :

— Je serai dehors. Ensuite ?

— D'abord, nous l'amènerons ici même. Elle en sortira dans un tonneau vide. Les gens ont l'habitude de me voir circuler avec mes amphores et mes tonneaux. Quant aux gardes du cordon sanitaire, ils n'interdisent le passage que dans un sens. On peut sortir de Braisne, on ne peut pas y rentrer. J'aurai une charrette à bras. Tu pousseras derrière.

— Et après ?

Rigobert a un geste insouciant :

— Après... On verra !

Une cave, en tout temps, ça manque de lumière. Une cave la nuit, c'est ténèbres sur ténèbres. Rigobert sait où il va, il a soigneusement repéré les lieux. Mais ce n'est pas possible, ces murs bougent, ils se transforment, se moquent de lui ! Ils ont des angles aigus là où ils n'en avaient pas, se dérobent là où ils devraient se tenir au garde-à-vous, se voûtent à hauteur de visage là où l'espace s'ouvrait, libre et amical... Et cognent, et griffent, et ricanent. Rigobert ne retient pas toujours le juron qu'appelle la douleur.

Enfin, il y est. C'est bien cet escalier, sa main tâtonnante rencontre le tesson de reconnaissance qu'il y a déposé. Marche à marche, il gravit les degrés rugueux.

Il émerge en un lieu qui, après ce périple dans l'obscurité totale, lui semble baigné de lumière. En fait, un chétif rayon de lune se faufile par une de ces impostes semicirculaires que les architectes romains ménageaient audessus des portes. Le lieu semble être un vestibule. Rigobert se repère et, sans hésiter, se dirige vers un corridor s'ouvrant sur la droite. Là, de nouveau, la nuit.

Il est tellement absorbé par le double souci de ne pas se tromper de chemin et d'éviter de donner l'alarme qu'il ne prend pas garde à certain épaississement de l'ombre qui semble s'être condensée à quelque distance derrière lui et s'attacher à ses pas.

Un autre corridor, à angle droit. À l'autre bout, la clarté livide de la lune se coule sous la peau de bœuf qui ferme une porte sans descendre jusqu'en bas. Rigobert reconnaît cette porte. C'est là. Il reconnaît aussi autre chose : les deux pieds chaussés de sandales réglementaires baignant dans la lueur timide, pieds vraisemblablement prolongés vers le haut par les jambes et le reste de l'anatomie d'un factionnaire posté devant la porte. Ceci n'était pas prévu. Lantéric deviendrait-il méfiant ? Alma aurait-elle tenté de s'échapper ? De toute façon, voilà qui bouscule le programme.

Quand ça commence à tourner de travers, ça ne s'arrête plus. Voilà maintenant qu'un léger choc — oh, très léger, à peine un attouchement — fait tressaillir l'épaule de Rigobert. Qui sursaute. Essaie de retenir le cri qui lui monte aux lèvres. Y parvient. Se retourne, l'arme au poing. Reçoit en plein visage une bouffée de parfum. Suave, très suave. Enivrant, même. Mais surprenant, étant donné les circonstances. Un doigt se pose sur ses lèvres — doigt féminin, doigt aristocratique —, un

« Chut ! » se glisse dans son oreille qu'une bouche effleure — ah, cette bouche !

Le « Chut ! » était superflu. Rigobert n'est nullement en humeur d'entonner une marche militaire. Ce « Chut ! » n'en porte pas moins une indication : celui — celle, plutôt — qui le souffla montre un souci de discrétion qui, ne serait-ce que sur ce point, la rapproche de Rigobert. Tout bien pesé, Rigobert décide d'attendre la suite.

Elle ne tarde pas. Une main légère mais pleine de fermeté se referme sur le bras de Rigobert, lui imprimant un mouvement tranquillement impérieux vers une certaine direction. Ici intervient un facteur nouveau. Rigobert n'a jamais connu la femme. Il s'en fait une idée très élevée, tout simplement mystique. En ce moment, l'émoi qu'il ressent ne doit rien au danger couru, rien non plus à sa mission si mal engagée. Il est tout entier, cet émoi, causé par ceci : cet être merveilleux qui me touche, c'est une femme, une femme jeune, une femme divinement belle — il n'en coûte rien de viser au mieux du mieux —, une femme qui sent bon. Une femme.

Et Rigobert fond. Et Rigobert suit. Contour indistinct glissant dans la nuit, elle l'a pris par la main et l'entraîne. Un corridor, encore. Une lueur tremble au loin. C'est une petite lampe à bec que tient une autre femme, devant une porte basse. Et puis c'est le froid du dehors.

Rigobert n'est plus sur terre. La porteuse de lumière marche devant, protégeant la flamme de sa main. Rigobert pourrait distinguer les traits de son enchanteresse. Il n'ose. Baisse le nez. Crainte, aussi, de la déception ? Non. Rigobert ne peut plus être déçu. Il a suffi d'un « Chut ! ». C'est pour la vie. Et pour la mort.

Tous trois pénètrent, par une entrée discrète, dans un bâtiment plus vaste. S'il n'était transporté bien loin hors de ce monde, Rigobert reconnaîtrait la villa royale.

Il ne saurait dire comment il se fait qu'il se trouve maintenant là, dans cette petite pièce richement meublée, debout devant un lit de repos à la romaine où, appuyée sur un coude, une femme l'examine, songeuse. Cette femme.

Il a compris qui elle est. Qui pourrait-elle être d'autre ? Le mal rayonne d'elle. Le mal et ses séductions. Elle est la destructrice, elle est l'ensorceleuse. Soit. Elle est tout cela, et pis encore. Il est sa chose. Dès ce premier instant. Il n'en a pas décidé, il n'y est pour rien. Il vivait en attente de cela, il le sait maintenant.

Il doit la tuer. Il va la tuer. Il l'aime assez pour cela. Lui seul l'aura aimée assez.

Frédégonde, son examen terminé, interroge :

— Qui es-tu ?

— Rigobert, dame reine, fils de Chlodobert, de la fratrie du Hun Blond.

— Du Hun Blond ? Voyez-vous ça ! Comment se porte Petit Loup ?

Rigobert est surpris, et puis il se dit que, venant d'elle, rien ne doit surprendre.

— C'est mon oncle, par les femmes. Il était absent quand les Saxons nous ont pris.

— Les Saxons ont eu de la chance ! Que faisais-tu chez le seigneur Lantéric ? Non, ne me le dis pas, je sais : tu voulais faire évader ta femme, que Lantéric retient prisonnière.

— Je suis venu pour la sauver, oui, mais elle n'est pas ma femme, seulement ma nièce.

— Par les femmes.

Rigobert n'y voit pas malice.

— Ah, non. Par les mâles.

— Je vais te faire un grand plaisir, Rigobert. Cette fille, tu vas la faire sortir. Et sans te cacher. Je suppose que quelqu'un attend dehors ?

— Wilmar. Mais, dame reine, le seigneur Lantéric ? Les hommes d'armes de la garde ?

— Sache, petit, qu'il y a ici quelqu'un au-dessus du seigneur Lantéric, quelqu'un à qui la garde obéit avant d'obéir au seigneur Lantéric.

— Pardonne-moi, dame reine, je ne voulais offenser personne. Alors, si tu veux bien donner tes ordres à la garde, je sors avec Alma — elle s'appelle Alma — et nous rejoignons Wilmar, qui attend dehors et doit trouver le temps long. En leur nom et au mien, sois remerciée, bien que, je te l'avoue, je ne comprends pas ce qui nous vaut cette faveur.

— Tu es grand, tu es fort, tu es beau, tu as une âme d'enfant. Il est bien vrai que, si je m'écoutais, je ferais couper la tête à cette... Alma — c'est bien ça ? — et peut-être aussi à ce petit voyou de Lantéric. Apprends ceci : c'est pour toi que je me contente de la jeter dehors.

Rigobert s'incline, gagne la porte. Sur un geste de la reine, un garde, surgi de nulle part, barre l'issue, la lance en arrêt. Frédégonde s'explique :

— La fille sort. Toi, tu restes ici. Avec moi.

Alma est retrouvée. Rigobert est perdu. De lui, aucune nouvelle. On craint le pire. On veut espérer. On se dit que la délivrance d'Alma s'accorde mal avec la mort de celui qui voulut la délivrer. On imagine des moyens de savoir ce qui se passe derrière les murs bien gardés de la résidence royale.

Rigobert, captif de luxe, va de découverte en découverte. D'abord, celle de sa propre capacité de passion. Il ne savait pas qu'il pouvait aimer à ce point. Il en est épouvanté et, en même temps, apaisé : c'est ainsi que cela devait être, l'ordre des choses est sauf. Un amour aussi démesuré, aussi fou, aussi hors nature, ne peut mener à rien de sensé. Il faut qu'au bout de ce délire il y ait la catastrophe. Rigobert est un garçon simple et direct. Il voit clairement les conséquences, et les accepte.

Il ne se leurre pas, sait fort bien que, de la part de la reine, il n'y a qu'un caprice. La dévorante le rejettera comme elle l'a pris... S'il attend jusque-là. Rigobert ne se laissera pas prendre de vitesse.

Jusqu'ici, Frédégonde n'est pas rassasiée. Elle s'enivre de cet amour qu'elle suscite — en s'aidant de philtres puissants, dit-on —, elle ne se lasse pas du parfum de son propre pouvoir. Séduire est pour elle un plaisir plus fort que l'orgasme même, et moins fugitif. Sûre de son emprise, quand Rigobert lui demande la faveur d'aller rassurer sa famille, elle la lui accorde, sachant bien qu'il ne peut que lui revenir.

Ce n'est pas vers la cave où gîtent ses cousins que se dirige Rigobert, campé sur un cheval des écuries royales, mais droit vers les berges de la Vesle. En ce lieu bucolique il explique au garde qui veille au strict respect de la quarantaine — garde qui sait de quel crédit jouit à la cour le dernier amour de la reine —, qu'il a l'intention d'aller se baigner en un endroit charmant qu'il connaît, un peu plus loin en aval et très légèrement en dehors de la limite permise. Le garde sourit, empoche ce que, discrètement, Rigobert lui a glissé dans la main et laisse ses regards se perdre dans les lointains.

Rigobert n'abuse pas. Le temps d'un bon bain et d'un séchage au soleil, il reparaît, cligne de l'œil et regagne le palais.

La reine s'inquiète :

— Qu'as-tu donc, bel enfant ? Tes joues sont brûlantes, tes lèvres sèches, tu sembles faire effort pour me sourire. Où est ta belle ardeur ?

Elle ajoute, dans un sourire : « Je ne te plais plus ? » Mais c'est pure coquetterie. Elle lit la réponse extasiée dans les yeux de son amant. Oh, certes, elle lui plaît, c'est un mot bien faible. Mais c'est vrai qu'il n'est pas en train, le bel animal. Voilà maintenant qu'il frissonne, qu'il claque des dents, voilà qu'il se plie en deux et — mais oui ! — qu'il vomit.

Empoisonné ? C'est ce qui vient tout d'abord en tête à Frédégonde, qui tant usa du poison. Par qui ? Lantéric ? Mais Lantéric ne s'est jamais soucié de ses passades, il sait bien qu'il n'a rien à craindre. Alors ? Elle pâlit : la maladie ? L'épouvante dont on ne parle pas ici, dont on ne veut pas savoir qu'elle tue comme avec une faux audelà du cordon de gardes ? Frédégonde bondit loin de la couche souillée.

Elle fait appeler son médecin, qui s'approche avec répugnance, fait brûler de l'encens et d'autres aromates puissants contre les miasmes, se tient à deux bonnes toises de distance, fronce le nez et ne peut que confirmer le pire : variole.

Rigobert est maintenant allongé sur le sol. Il va crever là, tout seul, personne n'osera franchir le seuil de cette pièce. Frédégonde, depuis la porte, a un dernier regard pour le pestiféré qui fut, quelque temps, un merveilleux cadeau du destin. Sous ce regard, Rigobert, dressé sur les coudes, la fièvre irradiant de ses yeux, crie son amour, et quelque chose d'autre aussi :

— Dame bien-aimée, sache que je meurs de mon fait. Toi aussi, tu vas mourir. Par moi. Je suis allé en ville, là où le mal court les rues, dévorant tout. J'ai recueilli sur un mort le jus de ses pustules. Je me suis insinué ce jus de mort sous la peau. Il y a dix jours de cela. Dix jours, c'est le temps que demande le mal pour mûrir et puis éclore. Tout au long de ces dix jours, mes caresses t'ont infectée. Tu vas bientôt souffrir ce que je souffre. Tu vas mourir, mon amour. Rien n'y peut. Et c'est bien ainsi.

L'agonie de Frédégonde est atroce. Une telle puissance de vie l'anime qu'elle lutte contre l'inéluctable comme on s'empoigne en corps à corps. Les hideuses pustules dévorent l'adorable visage, dont rien ne subsiste. Survivrait-elle qu'elle serait à tout jamais un objet d'horreur.

Quand tout espoir est banni, la reine, sentant venir la fin, demande qu'on lui amène son fils le roi. L'enfant, maintenu à bonne distance, doit tendre l'oreille pour distinguer ces mots peinant à se former dans une bouche qui n'est plus qu'ulcères :

— Seigneur mon fils, tu auras été mon seul amour. Tout ce que j'ai fait, je l'ai fait pour toi. Sois-en digne.

En un effort déchirant, elle parvient à crier :

— Venge ta mère !

L'enfant roi, muet, l'œil sec, regarde intensément. On l'emmène bien vite.

VII

— Où tu vas, je vais.

— Où vous allez, je vais.

Quand une telle affirmation est assénée, poing sur la hanche, par une Minnhild en tenue de voyage et redoublée par un Fleur tout à fait décidé, on sait, si l'on s'appelle Petit Loup, que toute opposition serait salive perdue. On saute donc en selle, on dit à Griffon : « Allons-y, cher ami ! » et l'on fait comme si l'on était comblé d'aise — ce que l'on est, effectivement.

Les jumelles ont été confiées à Cloarec, qui les rapatriera en Armor, où il les laissera à Vannes, chez le roi Hoël. Elles resteront sous la protection du souverain jusqu'au retour de Petit Loup, ainsi que celui-ci s'en explique dans une lettre qu'emporte Cloarec. Hoël III lui doit bien ça.

Ils ont débarqué au port de Leuconaus[1], blotti dans la baie de la Somme. Suivant à la trace les armées de Frédégonde, ils ont remonté le cours du fleuve, franchi l'Aisne, tâchant de glaner rumeurs et renseignements

1. Aujourd'hui : Saint-Valéry-sur-Somme.

concernant les enrôlés de force provenant d'Armorique, mais il y en a tant, et de tant de provenances, que leur récolte reste bien maigre.

De nouveau la grande mouvance de la guerre a mis les campagnes sens dessus dessous. Trouver de quoi manger devient un problème là où sont passées les bandes allant rejoindre l'armée.

Un matin, Fleur fait la remarque que la route semble s'être vidée. Plus de contingents de soudards allant joyeusement à la curée — ou à la mort — en scandant de lourds chants de marche teutoniques. On avance dans un désert. Et voilà que la route se peuple à nouveau, mais le mouvement s'est inversé. Un reflux de guerriers hilares, chargés de fardeaux hétéroclites mais toujours d'une certaine valeur marchande : du butin. Qui dit butin dit bataille, et bataille gagnée.

Certains, formés à la discipline romaine, restent groupés en bon ordre derrière leurs chefs, enseignes et bannières hautes, le butin empilé avec soin dans des chariots que tirent des bœufs. Dans les chariots, parmi les meubles, les statues et la vaisselle, des femmes résignées. Les prisonniers mâles marchent, enchaînés, en queue de colonne. Ceux qu'on ne pourra pas vendre, on s'en servira comme cibles pour le tir à l'arc.

Ils questionnent. Ils apprennent qu'une grande bataille a eu lieu, non loin de là, dans la région de Soissons, en un lieu nommé Latifao. Les armées de Brunehaut ont été écrasées, mises en totale déroute. La reine Frédégonde, victorieuse, a licencié le trop-plein du ban, et voilà pourquoi on rentre chacun chez soi, avec ce qu'on a pu ramasser de butin si on ne le perd pas aux dés d'ici-là, car la route est longue et les tentations nombreuses. Les recrues ? Oh, les recrues, celles du moins qui sont en vie et entières, elles font comme les copains : elles se débrouillent.

Tout ça complique les choses et ne fait pas leur affaire. Pour en discuter, ils se sont assis à l'ombre douce d'un tilleul. Ils en profitent pour se restaurer d'un repas rapide tandis que les chevaux en font autant dans l'herbe tendre du talus.

Tout près, quelques glorieux rescapés du combat commentent bruyamment leurs exploits, chacun n'écoutant que soi. Fleur donne un coup de coude à Petit Loup. Tous deux se font attentifs. Il est question d'une femme, une vierge guerrière surgie d'on ne sait quel Walhalla — d'autres parlent d'un archange femelle tout à fait chrétien — qui a fait grand massacre d'ennemis et a donné la victoire à la reine Frédégonde, ce qui prouve bien que...

On diverge sur les détails, mais tous tombent d'accord sur ce fait : il y a eu miracle. Et de s'extasier en chœur. Une seule voix n'est pas d'accord, une seule voix mais émise par un organe d'une puissance telle que cette voix couvre les autres. Que dit-elle, cette voix de stentor et de profanation ?

— De la blague ! Je l'ai vue de près, moi, votre héroïne, votre archange ! Je l'ai touchée. Elle est tombée dans les pommes à la seule vue des gars d'en face ! C'était une pauvre gamine déguisée en homme, voilà tout.

On pousse les hauts cris. On fait taire le tueur d'enthousiasme, lequel, vexé, se lève, esquisse, du tranchant de la main gauche frappant la saignée du coude droit, le signe universel du plus insultant mépris, tourne le dos et quitte les lieux. Petit Loup le rattrape, lui tend sa gourde de peau où clapote un vin clairet, que l'autre furieux, machinalement, accepte. S'étant rafraîchi le gosier et l'âme, il se torche la moustache d'un revers de main et entreprend de convaincre sa nouvelle assistance. Petit Loup oriente son récit :

— Tu l'as vraiment connue de près, toi, la vierge guerrière ?

— Vierge, ça, je ne sais pas. Je ne suis pas allé y mettre le doigt. Guerrière, tu dis ? Sûrement pas ! Écoute. Je suis Sigmund, fils d'Oskar. Voilà bientôt quinze ans que je traîne mes braies de champ de bataille en champ de bataille. Autant dire que je la connais dans les coins. Ce gars-là — oui, c'était encore un garçon, à ce moment-là —, on me le colle devant moi, en avant-première ligne, pour ainsi dire, vu que la première ligne, la vraie, c'était moi, avec les copains, bien sûr. On avait chacun un petit gars comme ça devant nous. Des fois, des vieux. Pour recevoir le premier choc, si tu vois.

— Des boucliers vivants, en somme.

— On peut dire ça comme ça. Mais ils avaient leur chance, faut pas croire. Un épieu, ça peut faire mal, bien manié ! Alors, voilà ceux d'en face qui avancent, la hache au poing. Moi, bien planqué derrière le petit gars. Et le voilà qui se laisse aller par terre de tout son long. La peur, tu comprends. Et moi, tout nu devant l'autre et sa hache. Ça m'a foutu un coup, tu peux croire. Heureusement que le micmac était arrangé. On se tombe dans les bras, on s'embrasse, et vive la reine ! Et puis, à deux, on a porté le jeunot à l'écart, on lui donne de l'air, et voilà une paire de tétasses qui nous saute au nez ! Tu parles d'une surprise. Là-dessus, le seigneur Lantéric s'amène et se fait porter la fille dans sa tente, pour en faire ce qui s'en fait habituellement, je suppose. J'étais pas d'accord, mais qu'est-ce que je suis, moi, hein ?

— C'est tout ?

— C'est tout. Où que tu vois de la vierge guerrière, là-dedans ? À la réflexion, peut-être qu'ils l'avaient ramassée pour faire la pute et que le métier lui a pas plu ? Qu'elle a mieux aimé se faire tuer que se faire tringler ? Va savoir...

— Tu as raison. Rien de merveilleux là-dedans. As-tu remarqué si elle avait des copains ?

— Écoute. Je peux rien affirmer, mais il m'a bien semblé qu'ils étaient quatre ou cinq jeunes à s'inquiéter. Comme s'ils étaient ensemble, maintenant que tu m'y fais penser.

— Où peut-on trouver le seigneur Lantéric ?

— Là où est la reine, là est Lantéric.

Minnhild n'aime pas les énigmes. Elle s'impatiente :

— Alors ? En fin de compte : Alma ? Pas Alma ?

Fleur avance un argument :

— Les gros nichons, ça pourrait être elle.

Minnhild, les yeux ronds, regarde son fils.

— Tu as remarqué ça, toi !

Fleur rougit, un peu.

— On dirait bien que tout le monde la définit par ses nichons.

Petit Loup confirme :

— De fait, c'est ce qui saute aux yeux.

Minnhild pince les lèvres :

— La grosseur n'est pas forcément un critère de beauté.

Fleur s'emballe :

— Ceux d'Alma sont gros et très beaux.

Petit Loup juge qu'il est temps d'avancer un autre argument :

— Se trouver mal au moment du danger, ça aussi ça lui ressemble assez.

— Elle est très émotive. Je l'ai vue blêmir parce que j'écrasais une puce.

— Troisième point en commun : Alma est blonde, très blonde. Je ne sais si la fille dont nous parlons est blonde, mais, par contre, je sais que Lantéric aime à la folie s'entourer d'esclaves blondes.

— Ça le change de son pruneau quotidien.

Fleur n'aime pas qu'on dise du mal des dames. Il annonce bien vite :

— Enfin, il y a ces « quatre ou cinq jeunes ». Ça correspond.

Petit Loup voudrait passer aux actes. Il résume :

— Voyons un peu. Là où est Frédégonde, là est Lantéric, ce n'est pas moi qui l'ai dit. Là où est Lantéric, là est la mystérieuse créature qui est peut-être Alma. Là où est Alma, là sont les cinq autres, car eux aussi veulent la délivrer. Donc, là où est Frédégonde, là se trouve tout le monde. Élémentaire.

— Donc, à Soissons !

Bien avant d'arriver à Soissons, ils rencontrent de petits groupes de citadins exténués, chargés de paquets et d'ustensiles, tirant charrettes ou poussant brouettes, et qu'une commune panique rend hagards. Pressés de questions, ces pauvres gens expliquent que le mal de la mort s'est abattu sur la ville, qu'on ne peut plus ni y entrer ni en sortir, qu'eux-mêmes ont pu passer de justesse. Non, ils ne sont pas malades, non, non ! Ils ont échappé aux miasmes, ils n'en transportent pas sur eux, non, non, ils le jurent sur l'Évangile ! Où vont-ils ? Ils ont un geste vague. Par là, vers les forêts, là où l'air n'est pas souillé par le souffle des mourants... La reine ? Oh, la reine, elle a dès longtemps quitté Soissons pour Braisne, c'est là qu'elle est.

C'est là qu'il leur faut aller.

Ils ont, par un large détour, évité Soissons, puis, suivant le cours de la Vesle, bien avant Braisne se sont heurtés aux gardes saxons qui, lance en arrêt et arcs bandés, leur ont intimé l'ordre de faire demi-tour.

Personne ne passe. Des gens sont là, qui errent, désemparés. Épouses dont le mari est confiné de l'autre côté, familles coupées en deux... Et le mal frappe, au hasard, parmi ces gens, faisant le vide autour du pestiféré.

Fleur, dont la triomphante jeunesse ne croit pas au mal, va, vient, interroge, cherche une faille dans le dispositif. Il a beaucoup lu, Fleur, stimulé en cela par son père et par le climat studieux, hérité du Hun Blond, qui est celui du clan. La bibliothèque familiale est aussi fournie que celle de bien des abbayes, et contient moins de billevesées. C'est ainsi que Fleur a appris que, lorsque survinrent les premières ruées barbares, les somptueuses villas des patriciens romains durent s'entourer de défenses et, prévoyant le pire, creusèrent un réseau de souterrains débouchant loin dans la campagne en des points secrets. Il croit en avoir repéré un. C'est une espèce de petit tumulus qui cache un mausolée antique, une chose assez modeste, une ruine entièrement enfouie sous les ronces et toute une verdure vorace.

Après avoir tourné autour en chat qui a reniflé l'odeur de la souris, il se décide, tire son couteau et taille dans la végétation folle. Tandis que, courbé, il s'active, il lui semble entendre des froissements de broussailles à contretemps de ses propres efforts. Sans se retourner ni s'interrompre, il risque un regard entre ses jambes écartées. Et il voit. Une silhouette preste disparaît derrière un buisson. Petit Loup lui a enseigné à ne jamais rien négliger, le danger est partout. En trois bonds, Fleur, lame en avant, est sur l'être furtif, lequel, avec un cri, recule, trébuche et tombe. Fleur se penche, d'une main enserre un cou gracile, s'étonne :

— Une fille !

S'étonne encore, plus fort :

— Alma !

Un autre étonnement lui fait écho, teinté de soulagement, celui-là :

— Fleur !

Puis, bien ensemble :

— C'est toi ? Qu'est-ce que tu fais là ?

Au lieu de répondre à cette question qui, après tout, peut bien attendre, on s'enlace, on s'embrasse, on se pleure de joie dans les bras l'un de l'autre, on se laisse tomber côte à côte sur l'herbe, on savoure l'émotion douce.

Il faut quand même bien qu'on en vienne aux explications. Fleur commence :

— Tu t'es échappée ?

Alma baisse le nez. Son regard fuit celui de Fleur.

— Je te raconterai. Toi d'abord.

— Oh, c'est tout simple. Nous vous suivons à la trace depuis que nous sommes tombés, en revenant de Rennes, sur ce que les pirates saxons ont fait. Cette trace nous a menés, non sans mal, jusqu'ici. C'est donc bien toi la vierge guerrière descendue du ciel qui a donné la victoire à Frédégonde ?

Elle ouvre de grands yeux :

— C'est ce qui se dit ?

— Dans toute l'armée. Une fille de Wotan, ou de Dieu le Père, va savoir, enfin une créature crachant la foudre, qui frappait de taille et d'estoc et abattait les têtes comme faucheur à la moisson.

Alma pouffe :

— Je me suis évanouie de peur rien qu'à voir s'avancer ceux d'en face. Je n'ai rien vu. Quand je suis revenue à moi, j'étais allongée dans une tente, celle du seigneur Lantéric.

Sa voix a déraillé sur ce nom. Fleur note cela. Il note aussi comme une réticence, il ne sait trop quoi. Il a l'impression de devoir arracher les mots. Il suggère :

— Et depuis, ce Lantéric te retient prisonnière.

Elle hoche la tête, concède :

— On peut dire cela comme ça.

Fleur s'avise tout à coup d'un fait d'évidence :

— Mais tu t'es échappée, puisque te voilà hors les murs.

Elle le regarde, hésite, et tout soudain éclate en sanglots, se colle à lui, enfouit sa tête dans le creux de son épaule :

— Elle m'a fait jeter dehors. La reine. Il n'a rien pu faire. Elle est la reine, tu comprends ? Elle a bien vu que c'était plus qu'un caprice. Beaucoup plus. Il m'aime. J'en suis sûre. Et moi, je me refusais ! Je ne voulais pas être traitée en esclave, en prise de guerre. Folle que j'étais !

Elle se redresse, le visage noyé de larmes, empoigne à deux mains la tunique de Fleur, le secoue :

— Folle, folle, oui, folle ! Esclave, pas esclave, qu'est-ce que ça pouvait faire ? Je n'avais jamais aimé, je croyais le détester, il était l'homme de proie, et moi... Maintenant, je le sais, je l'aime, je l'aime, je l'aime !

Fleur ne sait trop que dire. Les fureurs de la passion amoureuse ne font pas encore partie de son univers intime. Pourtant, ce pincement, là, dans la poitrine... Il ramène Alma au récit des événements :

— Une fois dehors, tu n'as pas rejoint les autres ?

Elle renifle, se passe l'avant-bras sur les yeux :

— Ils m'attendaient. Il y a eu un marché. Elle gardait Rigobert, elle me laissait aller. Comme si elle me faisait un cadeau !

Elle plisse le nez. Fleur sent venir les sanglots. Il questionne, vite :

— Que fais-tu donc là, toute seule ?

Elle hésite, hausse les épaules, se résigne :

— Bon. Autant te dire. Chez lui, il y avait des plans. Il ne sait pas que je sais lire, et aussi déchiffrer cartes et plans. Une fille, n'est-ce pas...

— Chez nous, filles et garçons savent lire, calculer, et bien d'autres choses encore.

— Nous sommes comme ça, hé oui. C'étaient des plans de la villa, du temps des Romains. Le domaine est immense. Il y a des souterrains. J'ai bien étudié la chose. À ce moment-là, c'était pour m'évader, folle que j'étais !

Elle se frappe le front, grimace... Elle va pleurer. Fleur enchaîne :

— Je savais qu'il devait y avoir des souterrains. Je cherchais une issue. J'ai repéré celle-ci. Car c'en est une, n'est-ce pas ?

— C'en est une. Et je vais y pénétrer sur-le-champ. Je croyais l'utiliser pour m'enfuir, je l'utiliserai pour rentrer.

— Tu vas...

— Je vais le rejoindre, oui. Il me cachera. Il m'aimera. Il me laissera l'aimer.

— Si « elle » te prend...

— Elle me fera tuer. Et alors ? Plutôt ça que vivre sans lui. Et il ne sait même pas que je l'aime ! Il ne le sait pas, comprends-tu ?

— Une question, encore. Pourquoi, t'ayant récupérée, la bande ne s'est-elle pas enfuie ?

— Ah, oui : à cause de Rigobert. Ils ne veulent pas partir sans Rigobert.

— Ça devient compliqué, cette affaire.

— Rigobert dit qu'il a un travail à terminer, qu'il ne partira pas avant.

Ce souterrain n'en finit pas. Il y fait fort noir, il se tortille en angles imprévus, il est souvent obstrué par des éboulis ou des racines, mais, dans l'ensemble, il s'est plutôt bien conservé. Ah, le travail romain, on ne le dira jamais assez ! Enfin, genoux et coudes ensanglantés, visage barbouillé, tout encoconnés de toiles d'araignées, ils débouchent dans ce qui paraît bien être le fond d'un puits, d'une citerne, plutôt, pour l'instant à sec et présentant, à une certaine hauteur, une ouverture par laquelle, s'entr'aidant, ils se faufilent pour se trouver dans un recoin ignoré d'un vaste sous-sol, probablement quelque part sous un des bâtiments de la villa royale. Un peu de lumière filtre de rares soupiraux. Ils tâtonnent, trouvent des degrés de pierre, les gravissent, parviennent à une porte close. Ils y collent l'oreille.

Ils entendent un tumulte. Cent voix mêlées en un tohu-bohu où rien de sensé ne se distingue, à part une globale impression de terreur incrédule. À force d'attention, ils finissent par distinguer ces mots, inlassablement ressassés : « La reine ! La reine est morte ! » Et aussi ceux-là : « Le mal est entré ! Sauve qui peut ! »

La porte ne ferme que de l'intérieur, par un simple loquet de bois. Ils l'entrebâillent avec prudence, se faufilent. C'est une cour intérieure vouée au service, on ne les remarque même pas, l'heure est à d'autres soucis.

Alma pose sa main sur le bras de Fleur :

— Tu leur expliqueras. Si tu peux. Je sais, c'est dur à admettre. C'est ainsi. Je vais à lui. S'il veut de moi.

Fleur proteste avec chaleur. Trop de chaleur ?

— Qui ne voudrait de toi ?

— Peut-être est-il déjà loin. La contagion...

— C'est un lâche ?

— Pour ce que j'en sais, oui. Et même pire que ça.

— Et tu l'aimes ?

Elle a un sourire qui n'en est pas un, un sourire qui veut dire : « C'est comme ça. » Fleur entrevoit ce que les poètes entendent par « l'insondable âme féminine » et se demande furtivement si les chrétiens n'auraient pas raison, qui dénient toute espèce d'âme à cette moitié du genre humain. Il s'en tient aux choses pratiques :

— Où trouverai-je les autres ?

Elle le lui dit. Et puis ils se quittent.

Puisque la mort a passé outre, la quarantaine devient dérisoire. À la faveur du désordre qui s'ensuit, Fleur rejoint Petit Loup et Minnhild, puis les emmène là où il sait retrouver la bande. Les quatre restant sont sous le choc de la mort de Rigobert, auquel Fleur ajoute le choc de la décision d'Alma.

L'annonce de la mort de Frédégonde secoue la Neustrie. On est persuadé que Brunehaut va en profiter pour attaquer. Il importe, si l'on n'est pas pute à soldats ou détrousseur de cadavres, de s'éloigner au plus vite de ces lieux probables des futurs combats.

C'est ainsi que la route du retour voit un beau matin chevaucher sept cavaliers, dont la particularité est d'être répartis sur trois chevaux suivis d'une mule. Quatre montures pour sept voyageurs, compte boiteux, compte de misère. C'est que les aléas de l'aller ont dévoré le pécule rapporté de Rennes. Alors, on a fait au plus juste.

Griffon vient en tête, portant, outre Petit Loup, Wilmar, fils de Gondemar, écartelé en croupe. Puis vient, baissant la tête, Bleuette, la blanche haquenée, partagée à sa grande honte entre Minnhild et Selma la brune. Zéphyr, le cheval de Fleur, porte, en sus, Elsa la câline, ce n'est pas Alma mais ça console bien. Sur la mule, monture sans gloire mais peu partageuse, Thibert le rouquin oublie le déshonneur en se disant que lui, du moins, jouit de ses aises.

S'il est vrai que les peuples heureux n'ont pas d'histoire, il l'est aussi que les voyages sans histoire sont heureux. Tel est celui-ci.

Hélas, tout voyage a un terme, toujours arrive le bout de la route. Là-bas les attendent le deuil, et la ruine, et les larmes, et tout à recommencer.

Deuxième partie

... PAS LE VENIN !

VIII

À Vannes, capitale de l'Armorique libre, en l'an 612[1] de l'incarnation de Notre Seigneur le Christ Jésus, dans une salle de son palais réservée aux entretiens confidentiels, le roi Hoël III reçoit en audience privée deux hommes de mine et de vêture plutôt modestes : Petit Loup et son fils, Fleur.

À l'entrée des deux hommes, le roi, mains au dos, l'air soucieux, arpente le dallage de granit poli, en long, puis en large. Il interrompt son périple monotone, vient à ses hôtes, tend les mains :

— Tu es venu, Petit Loup. Tu as fait promptement. Ah, tu as amené ton fils ? Après tout, ce n'est pas plus mal.

— Seigneur roi, si tu tenais à me voir seul, il fallait le préciser. Ton messager m'a seulement transmis ton désir de ma venue. Si tu le veux, Fleur m'attendra dehors.

1. Pour la commodité de la lecture, les dates sont données ici selon la nomenclature actuelle. Les Mérovingiens comptaient les années à partir du jour de l'accession du roi au trône, ce qui conduit à des calculs assez compliqués.

— Je n'ai pas cru devoir préciser. Il me semblait que cela allait de soi. Mais puisque ton fils est là, qu'il reste.

— D'autant, seigneur roi, que ce que tu me diras, je le lui aurais répété. Car, vois-tu, je n'ai rien de caché pour Fleur.

Il complète, dans sa moustache :

— Non plus que pour sa mère.

Le roi, apparemment rassasié de promenade entre quatre murs, se laisse choir sur un siège de fer aux pattes croisées et à appuie-bras, meuble assez rébarbatif tempéré par un coussin de soie à pompons brodé de ces animaux fantastiques qu'affectionnent les Celtes de par-delà les mers. Il désigne à ses hôtes un banc de bois plutôt fruste dont ils s'accommodent.

Hoël III, fils d'Alain, petit-fils de Judicaël, le menton dans la main, se tait, réfléchissant à ce qu'il va dire, ou plutôt à la façon dont il va le dire. Il lève les yeux, les plante dans ceux de Petit Loup comme pour le sonder jusqu'au tréfonds de l'âme. Petit Loup ne bronche pas. Fleur se fait attentif, cela promet d'être intéressant. Le roi parle :

— Petit Loup, je sais ce que mes pères doivent à ton aïeul, je sais ce que je vous dois, à toi et aux tiens. Je sais aussi que je n'ai peut-être pas toujours répondu à ton attente aussi pleinement, aussi spontanément que tu l'espérais et que, soyons franc, tu étais en droit de l'espérer. Un roi ne fait pas toujours ce qu'il voudrait...

Il laisse la phrase en suspens et esquisse un furtif froncement de sourcils, c'est là le maximum de contrition qu'un roi puisse concéder. Petit Loup en prend note, sachant bien qu'un tel exorde prépare une exigence enveloppée d'une prière, c'est ainsi que font les rois. Se gardant bien d'acquiescer aux battements de coulpe de Hoël III, impassible il attend la suite. La voici :

— Je ne me mêle guère, tu le sais, des affaires des royaumes francs qui nous entourent. Je m'efforce, tout comme mes prédécesseurs, et jusqu'ici avec quelque succès, de maintenir l'Armorique hors de leurs intrigues et de leurs querelles. J'ai bien assez à faire avec ces pirates saxons dont l'impudence n'a d'égale que la férocité — ici le roi, se souvenant, rougit —, mais tu sais cela, hélas. J'ai beaucoup plus de soucis encore du fait de ces Celtes pouilleux fuyant leur Brittonie devant d'autres Saxons, que nous accueillîmes d'abord fraternellement mais qui, peu à peu, sont devenus une ruée énorme, irrésistible, et submergent déjà les contrées près de la mer, tuant, dépossédant mes sujets et imposant leur langue, un vieux patois celtique que personne ne comprend plus ici depuis six siècles. C'est au point que l'on commence à donner à notre Armorique le nom de « Bretagne », qui est celui du lieu d'où viennent ces Brittons.

Le roi marque un temps. Petit Loup, étonné, a écouté cet inutile exposé d'une situation que, comme tout un chacun, il connaît fort bien. Et puis il s'est dit que Hoël III raconte n'importe quoi pour retarder le moment d'en venir au cœur du problème. Le roi s'éclaircit la gorge et reprend :

— Ce n'est qu'après mûres réflexions que je me suis décidé à te prier de venir. Une espèce de cas de conscience, vois-tu. Tu sens mon embarras. Il est dû à ce que je me vois contraint de faire taire mes principes sur deux points. Le premier est que j'ai résolu d'aller à l'encontre de mon immuable décision de me tenir strictement à l'écart des différends qui mettent périodiquement à feu et à sang les royaumes francs. Le second, mon scrupule à mettre ta personne à contribution, toi à qui déjà je suis tant redevable.

Le roi se tait. Le silence se prolongeant, Petit Loup comprend que c'est à lui de parler :

— Seigneur roi, des deux points par toi évoqués je puis déjà déduire, tout d'abord qu'il s'agit d'une affaire concernant les royaumes francs, or il n'en existe plus que deux : l'Austrasie de la dame reine Brunehaut et la Neustrie du seigneur roi Clotaire, fils de feu la dame reine Frédégonde, qu'il s'agit ensuite d'une mission dont tu me fais l'honneur de me charger.

Le roi sourit. L'empressement des sujets à précéder la pensée royale dans l'énoncé de choses désagréables les concernant fait toujours s'épanouir les sourires royaux. Ayant assez souri, le roi, l'air mystérieux, se penche vers Petit Loup, lequel en fait autant vers lui. Leurs deux têtes s'étant ainsi rapprochées, Hoël confie, d'une voix à peine perceptible :

— La guerre va reprendre. Une grande bataille aura lieu aux confins de Neustrie et d'Austrasie. Le roi Clotaire a décidé d'attaquer. Pour venger sa mère, d'abord, et surtout pour s'emparer de la totalité du territoire des Francs.

Petit Loup se récrie :

— Mais il n'a aucune chance ! Il est beaucoup trop faible, son territoire trop restreint ! L'empire du petit-fils de Brunehaut est immense, son armée bien entraînée, ses ressources presque infinies. Et puis il peut compter sur toutes les hordes à demi sauvages qui courent par les steppes au-delà du Rhin. Même les terribles Avars, maintenant, sont ses alliés.

— Parle moins fort ! C'est justement là le point. Brunehaut a eu vent des projets de Clotaire. Elle croit les avoir connus de par l'habileté de ses espions, alors que ceux-ci étaient payés pour les lui faire connaître. Et donc, elle accepte la guerre. Elle a confiance en sa force et veut en finir une bonne fois pour toutes avec ce demi-fou sanglant de Clotaire. Le roi Thierry, son petit-fils, qui vient, je ne sais pas si tu es au courant, de battre à plate couture son frère le roi Thibert, a reçu le serment de fidélité de tous les grands d'Austrasie, et se prépare à infliger à Clotaire une défaite décisive. Jamais une campagne ne s'engagea avec ma plus grande certitude de vaincre. La Neustrie devrait être écrasée au premier choc. Or...

— Or ?

— Or tout est truqué. Ceci est un guet-apens.

— Comment cela, seigneur roi ?

— Avant qu'il n'ait rejoint l'armée, le roi Thierry sera mort.

— Assassiné ?

— Peu importe la façon.

— En quoi cela modifiera-t-il le sort des armes ? Le véritable chef, c'est la reine, c'est Brunehaut. Et puis, s'il m'en souvient bien, le roi Thierry a un fils.

— Sigebert.

— Qui deviendra aussitôt Sigebert II.

— Pourquoi pas ? Ce n'est pas là l'essentiel.

— Il est où, l'essentiel ?

— En ceci que l'armée presque entière de Brunehaut est vendue à Clotaire.

— Ce n'est pas la première fois.

— Cette fois veut être la bonne. L'affaire est menée par le seigneur Warnacaire.

— Le Maire du palais ?

— Lui-même. Qui deviendra Maire du palais de la Gaule franque réunifiée sous le sceptre du roi Clotaire. Warnacaire sera presque aussi puissant que le roi, et beaucoup plus riche.

— Je connais l'individu.

— Je tiens de source sûre que ce complot n'a pas été, comme tant de ceux qui l'ont précédé, improvisé en ralliant une poignée de leudes turbulents et en séduisant un quarteron d'évêques imbéciles. Il a été mis au point pendant des mois par Warnacaire, c'est une machine parfaitement réglée dont tous les rouages se mettront en branle au moment voulu.

Petit Loup dit, pensif :

— Comment peut-il se faire que la dame reine Brunehaut, douée de sa merveilleuse prescience pour gouverner, animée par son constant désir d'œuvrer pour le bien de tous, en vienne à susciter tant de haines ?

Cette naïveté fait brièvement sourire le roi :

— Es-tu vraiment aussi simple ? Le bien de tous, elle ne peut le faire qu'au détriment des privilèges des seigneurs locaux qui pressurent le peuple, grugent l'État et n'admettent pas qu'il y ait une autorité au-dessus de la leur. Cela, jamais les grands d'Austrasie ou de Burgondie ne s'y sont résignés, jamais ! Et, qui pis est, venant d'une femme.

— Ils supportaient, pourtant, la poigne de la reine Frédégonde.

— Frédégonde ne prétendait pas rogner sur leurs

pouvoirs. Elle les mettait au pas, oui, mais au service de ses propres turpitudes. Elle était des leurs, cupide, avide, cruelle, sensuelle, ordurière, ambitieuse... Elle les fascinait par son côté canaille de pute couronnée. Et elle est restée belle, d'une beauté perverse et affolante, jusqu'au bout. Elle a su mourir à temps. Brunehaut, elle, a soixante-huit ans. C'est tout dire.

— Frédégonde fut une ensorceleuse, certes, mais Brunehaut était belle, souverainement belle.

— Belle, oui. Mais d'un éclat — comment dire ? — sans mystère. La beauté trop parfaite, trop sage, n'excite pas le fameux cochon qui, paraît-il, dort au cœur de l'homme.

— Bref, il va y avoir guerre, et guerre truquée.

— Hélas. Mais en quoi cela nous concerne-t-il ? Je vais te l'expliquer. En ce moment, nous n'avons comme frontière commune avec la Neustrie de Clotaire qu'une petite bande de terrain, au nord, le long d'une partie du cours du Couësnon. Pour le reste, c'est-à-dire la quasi-totalité de la frontière, nous sommes mitoyens de la Burgondie, qui est possession austrasienne depuis que le roi Gontramn l'a léguée au fils de Brunehaut, Childebert.

« J'ai toujours entretenu des relations de bon voisinage avec les gens de Brunehaut. Je sais, par contre, que l'existence de cette Armorique insoumise horripile Clotaire. Si la scélératesse de Warnacaire réussit, il mettra la main sur la totalité des terres des petits-fils de Brunehaut et occupera le pays tout le long de notre frontière, du nord au sud. Nous serons à sa merci.

— Si bien que ?

— Si bien que je dois faire tout au monde pour

contrecarrer le beau projet des Warnacaire et compagnie. Il y va de la survie de l'Armorique libre.

Sur ces derniers mots, le roi s'est quelque peu laissé emporter par le tragique de l'évocation. Il redescend sur terre pour ajouter, sans emphase, cette fois, mais non sans malice :

— Il y va aussi de ta propre survie, ainsi que de celle des tiens. Tu n'es pas, à ce que je crois savoir, des plus en faveur à la cour du fils de Frédégonde.

— Seigneur roi, si, comme j'ai tout lieu de le penser, le fils a pris à son compte les griefs de la mère, en cas de victoire des Neustriens nos têtes sont d'ores et déjà bien près de quitter nos épaules.

— Sans parler des supplices préliminaires et autres bagatelles.

Petit Loup trouve que, suivant la vieille expression gauloise, on tourne autour du pot sans arriver à rien. Redressant la tête — il ne conçoit décidément pas la nécessité de continuer à se parler à voix basse, museau à museau, d'autant que l'haleine royale gagne à ne pas être reçue de plein fouet — et dissimulant son agacement sous une imperturbable affectation de respect, il dit :

— Seigneur roi, si tu veux me faire comprendre que nos destins, le tien, le mien, celui de ce grand garçon et ceux de toute la fratrie du Hun Blond sont liés, ne prends pas tant de peine, j'en suis dès longtemps bien persuadé. Je suppose que tu ne m'as pas fait venir pour pleurer ensemble sur nos sorts, mais bien pour mettre au point quelque moyen d'éviter la catastrophe dont l'idée te sera venue, je n'en doute pas.

Le compliment discrètement enveloppé dans les dernières paroles n'est pas perdu. Le roi se rengorge :

— Tu as raison. J'ai beaucoup réfléchi à tout cela et je suis arrivé à un plan d'action.

— J'en étais sûr. Quel est ce plan ?

— Il faut prévenir Brunehaut de ce qui se trame.

— Fort bien !

— Il faut la prévenir suffisamment à temps.

— Voilà.

— Il faut donc qu'un messager coure la trouver avant qu'elle ne se soit jetée tête baissée dans cette guerre qu'elle croit gagnée d'avance et qui n'est qu'un traquenard monstrueux.

Petit Loup sait très bien où le vieux renard veut en venir. Il fait l'innocent, discute gravement le projet, comme s'il n'était nullement concerné :

— Mais peut-être est-il déjà trop tard ? Peut-être le piège a-t-il commencé à fonctionner ? Peut-être les armées pourries de Brunehaut sont-elles déjà en route, avec à leur tête la reine et son petit-fils le roi Thierry ?

— Non. Une armée est une lourde machine, lente à mettre en mouvement. Si j'en crois mes informateurs, nous avons pour le moins une semaine devant nous.

— Reste à trouver le messager.

S'ensuit un silence. Le roi Hoël, les yeux dans le vague, tripote sans y prendre garde un des glands de soie qui pendent aux quatre coins de son coussin. Il parle enfin, sans regarder Petit Loup :

— Le messager, je l'ai trouvé.

Petit Loup n'a pas de gland à tripoter. Il se contente de suivre du regard les joints du dallage du sol, s'étonnant poliment :

— Ah, oui ?

— Le meilleur. Le seul en qui je puis avoir toute confiance.

— Hum ?

Le roi Hoël prend son élan et, tout à trac :

— C'est toi, Petit Loup, bien sûr.

— Ah, oui ?

Ce deuxième « Ah, oui ? » sonne différemment du premier. L'ironie s'y fait mordante, la protestation s'annonce. Le roi a senti la nuance. Il s'étonne :

— Cela te surprend ?

— Ce qui me surprend, seigneur roi, c'est que tu puisses encore voir en moi un coureur de grands chemins, un centaure piaffant des quatre fers, un aventurier à l'œil sûr, au bras fort... Cinquante-cinq années bien tassées me pèsent sur les épaules. Bien peu, par ces temps, parviennent à cet âge...

Le roi Hoël l'interrompt :

— Pour ma part, j'ai cinquante-trois ans.

— Mes compliments, seigneur roi. Maintenant, dis-moi, sauf le respect qui t'es dû, te sens-tu aussi ingambe que tu l'étais à vingt ans ?

Le roi se redresse, prend un air gaillard :

— Eh bien, pour tout te dire, quelques incommodités me compliquent la vie, mais, pour l'essentiel, bon pied, bon œil.

Petit Loup ne croit pas utile de faire remarquer combien vacillant est ce « bon » pied, combien trouble et strié de rouge est ce « bon » œil, combien mou est ce vaste bedon pendouillant, combien pitoyable ce dos plié à l'équerre... Il se contente de poser cette question :

— Seigneur roi, tel que te voilà, te sentirais-tu d'humeur à sauter, de ce bon pied, sur un cheval plein de feu, à scruter, de ce bon œil, chaque buisson de la route, à galoper dans un tourbillon de poussière tout au long de quelques centaines de lieues, à te battre au besoin, à dormir la tête sur une pierre, à te passer de manger et de boire..., bref, à te lancer dans cette équipée folle où tu veux me lancer ?

Hoël III a écouté avec cette patience qui, elle aussi, est la politesse des rois. Il a froncé le sourcil devant l'insolence, puis il a souri du sourire qui rappelle qui est le maître, et maintenant il dit :

— Moi, je suis le roi.

Petit Loup n'a plus qu'à s'incliner. Ce qu'il fait.

C'est alors qu'il se sent légèrement tiré par la manche. Il se retourne. Fleur, qui a jusqu'ici joué les personnages muets, se tenant respectueusement en arrière, le sollicite du regard. Petit Loup l'invite à prendre la parole :

— Fleur, mon fils, si tu as quelque chose à dire, fais-le à voix haute et adresse-toi au seigneur roi. Il n'est point lieu d'entretenir des conversations privées en sa présence.

C'est donc tourné vers le roi que le jeune homme présente sa proposition :

— Seigneur roi, j'ai vingt-sept ans, moi. Je suis, crois-je, bon cavalier, c'est du moins l'avis de mon père, qui s'y connaît. Je ne crains pas le froid, ni les périls, ni la fatigue. J'ai plus d'une fois chevauché en de rudes entreprises au côté de mon père ou pour mon propre compte. Et puis...

Il hésite. Le roi l'encourage :

— Et puis ?

— J'admire depuis toujours la dame reine Brunehaut.

Je la connais par les récits qu'ont faits d'elle mon père, ma mère et, avant eux, mes grands-parents, car elle est fort en dévotion dans notre clan. Je nourris d'elle une image merveilleuse. Je veux, puisque l'occasion s'en présente, lui consacrer de grandes choses. Si je dois y perdre la vie, c'est de grand cœur que je lui en ferai l'hommage.

Il conclut, en toute simplicité :

— Seigneur roi, je suis l'homme qu'il te faut.

Le roi Hoël est fort touché. Il le dit :

— Jeune homme, le sang du Hun Blond coule dans tes veines. Tu es un noble cœur. D'autre part, je ne doute pas de ta force, ni de ton courage, ni de ta ténacité. Mais il ne s'agit pas seulement, ici, de vaincre maint péril et d'arriver à bon port. Encore faut-il parvenir jusqu'à la reine et la convaincre. Elle est fort sur ses gardes. Elle aura tendance à voir dans cette démarche une manœuvre de ses ennemis pour la dissuader d'entrer en guerre, ce qui ne pourra que la renforcer dans la certitude de sa supériorité.

« Vois-tu, cette mission exige un homme en qui la reine ait une absolue confiance. Ton père est cet homme. Ton père partira.

Petit Loup lève la main. Le roi, d'un signe, acquiesce :

— Parle.

— Seigneur roi, cette absolue confiance de la reine à mon égard, il est vrai qu'elle exista. Depuis certaine affaire très secrète dont je fus le principal instrument et dont, par conséquent, je connaissais toute la trame[1], la prudence de la reine Brunehaut m'a voué à la mort, ainsi que mon épouse Minnhild, car la mort est le plus

1. Voir *Les Reines rouges.*

sûr garant du silence. Nous avons pu échapper aux assassins mais nous n'avons certainement pas reconquis la confiance de la reine.

Le roi se caresse le menton.

— Ce silence, tu l'as gardé jusqu'à ce jour ?

— Nul être au monde n'a jamais rien su de l'affaire, pas même mon fils bien-aimé, ici présent.

— Donc, la reine a pu constater que le secret fut parfaitement gardé. Elle ne peut que t'avoir rendu sa confiance.

— Il ne m'a pas été donné de la revoir depuis cette terrible affaire. Cela date de bien des années. Pardonne-moi, seigneur roi, si je ne puis t'en dire le nombre exact, cela pourrait te mettre sur la voie.

— Si je ne m'abuse, ton épouse, Minnhild, fut, en ses jeunes années, fort proche de Brunehaut ?

— Elles vinrent ensemble d'Espagne où règnent les Wisigoths. C'était pour le mariage de la princesse Brunehaut avec le seigneur roi Sigebert. Minnhild, amie très chère de Brunehaut, était sa demoiselle d'honneur.

— Tu évoqueras le passé, cela rapproche et attendrit. Allons, va faire tes adieux à ta famille, et en selle !

Le roi se lève. L'entretien est terminé. Le père et le fils saluent d'une brève inclinaison de la tête. Le roi gagne la porte. Sur le seuil, il se retourne :

— Emmène donc ce grand garçon. Il peut t'être utile. De toute façon, il est au courant.

Fleur, radieux, s'écrie :

— Seigneur roi, merci !

Petit Loup hausse les épaules.

IX

Ils chevauchent, pensifs. Fleur sent qu'il n'est pas temps d'extérioriser sa jubilation intime. Petit Loup laisse échapper un gros soupir. Fleur veut lui faire savoir qu'il compatit, d'homme à homme :

— Maman ?

Nouveau soupir, encore plus gros :

— Quoi d'autre ? Ta mère, eh oui.

Troisième soupir :

— Je peux te jouer d'avance, avec les gestes et les mimiques, la succession des questions et des répliques, des exclamations, des indignations et des poings sur les hanches.

— Elle ne voudra pas nous laisser partir ?

— Tu n'y comprends rien. Elle voudra venir avec nous.

En effet, quand, la porte bien close, ils annoncent, avec mille circonlocutions, qu'il leur faut partir sur-le-champ pour un lointain voyage dont ils ne peuvent prévoir la date du retour et dont ils doivent taire la destination, la soupçonneuse Minnhild ne se satisfait pas d'une aussi vague perspective. Il lui faut du solide et du précis, à Minnhild.

Mais, contrariant les prédictions de Petit Loup, elle se tait, lèvres serrées, jette dans un sac de cuir quelques nippes, dans un chaudron de fer quelques instruments culinaires, dans un panier d'osier une demi-douzaine d'œufs durs, un jambon, une pièce de lard et une imposante miche de pain de froment, charge tout cela sur Bleuette, fille de feue Bleuette[1], puis, le bagage soigneusement arrimé, s'installe à son tour sur la jolie jument et, bras croisés, toujours sans un mot, contemple les deux hommes quelque peu éberlués qui n'en finissent pas de seller leurs montures.

Il n'est guère besoin de commentaire. Petit Loup, cependant, croit devoir mettre les choses au point. Il avance, prudemment :

— Voyons, tu ne sais même pas où nous allons, ni ce que nous allons y faire.

— Où tu vas, je vais. Cela me suffit. Ce que nous allons y faire, tu me le diras quand tu jugeras utile de me le dire.

Elle marque un temps, puis :

— À mon avis, tu ferais aussi bien de me le dire tout de suite. Peut-être puis-je t'être utile dès maintenant, qui sait ?

1. C'est comme ça, dans cette famille. Les petits des chevaux portent le nom de leur père ou de leur mère. Ainsi, le Griffon actuel est le fils du désormais vieux Griffon, qui soigne ses rhumatismes dans les pâquerettes en compagnie de la première Bleuette.

Petit Loup, assez piteux, regarde son fils, qui lui rend son regard. Tous deux haussent les épaules. Et bon, quoi... Petit Loup se décide :

— C'est une mission.

— Secrète, bien sûr ?

— Archisecrète.

— Dangereuse ?

— Mortelle.

— C'est la moindre des choses. Donc, chez Brunehaut.

— Chez Brunehaut.

Elle lève les bras au ciel, s'écrie :

— Et tu m'aurais laissée de côté ? Alors que je suis l'ingrédient essentiel de ta mission !

— Comment cela ?

— Brunehaut ! Ma chère, ma très aimée Brunehaut ! Sache, petit homme, que je suis la clef magique qui ouvre à deux battants son cœur, moi, Minnhild.

— Cela, c'était autrefois. Avant...

— Avant, pendant, après, toujours, grand benêt ! Ma reine a bien vite compris que son secret était en absolue sécurité entre mes mains — et les tiennes. De loin en loin, quand un de ses courriers a affaire en Armorique, il ne manque jamais de me transmettre plein de tendresses de sa part.

— Voilà qui est nouveau. Tu ne m'en as jamais rien dit.

— Ce sont mes petits secrets.

— Et moi qui, pendant toutes ces années, nous croyais sans cesse menacés de mort par les sicaires de l'ingrate Brunehaut !

— Ce n'était pas plus mal. Cela t'a maintenu vigilant à l'égard de tous les assassins. Or ceux de Frédégonde ou de son fils n'ont pas cessé d'être à nos trousses, eux. Allons, en selle ! Tu m'expliqueras en route.

Quitter discrètement ce hameau où tout est vie commune n'est pas chose facile. Les habitations sont assez éloignées les unes des autres pour que chacun se sente bien chez soi, mais aussi suffisamment rapprochées pour que les hommes puissent rapidement faire bloc en cas d'attaque. La funeste descente des pirates saxons, il y a seize ans de cela, aura du moins servi de leçon. Une double enceinte de pieux serrés, liés entre eux et pointus du bout, enveloppe le village, des guetteurs se relaient jour et nuit pour assurer une garde permanente. Les morts ont été brûlés, les maisons reconstruites, les familles tant bien que mal reconstituées.

Des témoins de la vie « d'avant », il ne reste, mis à part Petit Loup, Minnhild et Fleur, absents au moment du massacre, que les quatre rescapés de Latifao et les deux jumelles. Chacun-chacune d'entre les quatre a fait souche mais, curieusement, pas entre eux, comme s'ils voulaient oublier l'épisode calamiteux. Quant à Livoflède et à Béroflède, les deux jumelles flamboyantes, elles ne sont pas en puissance d'époux. Sans doute dégoûtées du mâle par les ardeurs rebutantes du gros abbé, ouvrant les yeux sur elles-mêmes elles se sont mutuellement découvertes adorablement belles et, cédant à cet attrait jusqu'en ses ultimes conséquences, ont décidé de s'adorer l'une l'autre, ce qui équivaut à adorer chacune son propre reflet[1]. Cela ne gêne personne ici, ce village est un lieu hors du siècle, de ses croyances et de ses interdits. Et puis, elles sont si belles et si gentilles que leur seule double apparition réjouit les cœurs.

Les trois voyageurs se voudraient furtifs. Ils ne peuvent éviter de rendre leurs saluts aux bras qui gaiement s'agitent, de répondre aux rires des moutards qui galopent à la rencontre des chevaux... Ils n'ont pas à répondre aux questions des curieux, il n'y aura pas de questions. C'est ainsi, chacun vaque à ses affaires, se confie ou ne se confie pas, ça le regarde, personne ne se formalisera.

Minnhild charme les loisirs de l'étape par des propos badins :

— Fleur, mon fils, perle de mes yeux, tu as vingt-sept ans bien sonnés. Tu n'es pas marié. Ce n'est pas un reproche, rien qu'une constatation. Je ne te cache pas que, tout en me gardant bien de faire pression sur toi, il m'arrive de déplorer que tu n'aies pas encore déposé un poupon entre mes bras dodus. Ça me manque, vois-tu. Ce doit être l'âge. Quarante-huit ans, même joliment portés — foin de la modestie ! —, c'est plutôt l'âge de se brûler la langue en goûtant les confitures que de se taler les fesses au galop d'une grande carcasse de cheval — pardon, ma Bleuette, je parlais en général. Mais aujourd'hui je m'estime heureuse de savoir que tu ne

1. De vraies jumelles lesbiennes posent un cas de conscience délicat tant au psychiatre qu'au lexicologue. Y a-t-il plutôt homosexualité incestueuse, plutôt narcissisme ? Ou du narcissisme comme terme ultime de l'homosexualité ?

laisses pas un nourrisson au foyer alors que tu risques fort de ne pas revenir de ce voyage, ou d'en revenir en morceaux inutilisables pour entretenir un ménage.

— Mais, maman, n'est-ce pas là ce que tu as fait toi-même quand tu es partie avec papa pour cette terrible aventure du...

Petit Loup, qui jusqu'ici dévorait en silence un maître morceau de lard maintenu de l'index sur une maîtresse tranche de pain, rugit, la bouche pleine :

— Plus un mot, fils ! N'en dis pas plus. Tu en as déjà trop dit.

Fleur, surpris, se tourne vers sa mère. Minnhild ne dit mot mais, gravement, de la tête, approuve.

Le Mans, Orléans, Sens, Troyes... Bientôt Metz. Ils ont brûlé les étapes. Cette queue de printemps est aigrelette, piquetée d'ondées. Chevaux et cavaliers n'ont que très supportablement souffert de la poussière et de la chaleur. Le long du chemin, les rumeurs de guerre imminente se sont faites plus insistantes au fur et à mesure qu'ils gagnaient vers l'est. Ce sont même, maintenant, des formations de fantassins en armes, menées par un arrogant petit seigneur à cheval et disciplinés autant qu'il est possible à des guerriers francs de l'être, qui, de plus en plus nombreux, encombrent la route. « La reine Brunehaut a fait lever l'arrière-ban », remarque Petit Loup.

Il se demande dans quelle mesure ces soudards sont dans le secret de la comédie scélérate qui va se jouer. À la réflexion, il se dit que le secret n'en doit certainement pas transpirer hors des puissants bénéficiaires du complot, leudes, évêques, capitaines, unis dans la grande trahison. Minnhild, pour sa part, cherche sur ces faces brutales les marques de la duplicité et de la sournoiserie, s'étonne de ne pas les y déceler. Fleur, un épi aux dents, se laisse aller au plaisir de la chevauchée, pensant qu'il sera bien temps de prendre souci, le moment venu.

Ils se sont arrêtés pour se restaurer à l'ombre d'un chêne solitaire, un peu en retrait de la route, tentés par la source qui jaillit là pour emplir en gazouillant une vasque naturelle, domaine d'une population de grenouilles coassantes.

Ils mordent à mâchoires d'affamés dans la tendre chair d'un poulet acheté à un paysan qu'ils surprirent en train de clore sa masure avant de se sauver dans les bois avec sa famille et ses pauvres biens par peur — justifiée ! — des soldats, et qui fut bien étonné d'être payé. Quittant la chaussée, un individu se dirige droit vers eux, visiblement un moine, à la robe en loques, aux pieds nus tout écorchés, à la barbe grise plutôt hirsute. La main tendue du bonhomme dit assez ce qui l'amène.

— Pour l'amour du Seigneur Christ Jésus, éructe la vilaine barbe.

Petit Loup n'aime pas les moines, qu'il juge paresseux et semeurs de troubles. Il renverrait bien celui-là à ses patenôtres. Minnhild est moins entière. Sa naturelle affabilité l'incite à présenter courtoisement au pique-assiette tonsuré, posée sur une épaisse tranche de pain, la carcasse du poulet et les bribes qui y adhèrent, c'est tout ce qu'il en reste, mais c'est le plus succulent. Petit Loup fronce le nez, c'est son morceau préféré qu'on offre ainsi, sans lui demander son avis, au premier enfroqué venu.

Le moine s'empare du tout comme si c'était un dû, le pose sur une souche moussue qui se trouve là, s'agenouille sur l'herbe, esquisse un signe de croix et marmonne ce qu'il est d'usage de marmonner avant d'attaquer un repas. Puis il mastique à belles dents, broyant indifféremment, sous de formidables molaires, os, viande et viscères. Le bruit est impressionnant. Petit Loup constate :

— Au moins, homme de Dieu, tu n'as pas mal aux dents.

Le moine tourne vers lui deux yeux où brûle un feu inquiétant :

— Le seigneur Dieu m'a fait cette grâce, qui s'étend au reste de ma personne. Tout cela fonctionne à merveille, et c'est tant mieux car j'en ai bien besoin pour courir par le monde prêcher Sa plus grande gloire.

Il se signe. Minnhild, qui, bouche bée, l'a contemplé bâfrant, lui décoche ce compliment :

— Moine, si tu étais un cochon, il vaudrait mieux te tuer tout de suite que te nourrir, bien que tu n'aies guère de lard sous la couenne.

C'est une gaillardise. Le moine rit poliment. Un rire qui fait froid dans le dos. Avisant une gourde aux formes généreuses qui prend le frais sous le filet d'eau de la source, il s'en empare sans façon et boit comme il a mangé, c'est-à-dire solidement. De la gourde tenue à bout de bras au-dessus de sa tête il fait jaillir un jet guilleret de ce vin de Loire qui sut rendre moins monotone le long voyage. Il repose la gourde quand la dernière goutte lui a humecté la barbe. Connaissant les usages, il pousse le bruyant soupir du convive comblé, le fait suivre d'un maître rot moulé à la louche, marmonne quelques mercis au Créateur, n'en marmonne aucun pour ses hôtes, se signe et, s'allongeant sur l'herbe et appuyant sa tête sur la souche matelassée de mousse élastique, se prépare, selon toute vraisemblance, à attaquer la première étape d'un petit somme réparateur.

Petit Loup a sur le cœur sa carcasse de poulet, et aussi la pleine gourde de vin de Loire — c'était le fond du tonnelet —, et par là-dessus les façons plutôt abruptes du moine. Il estime devoir en tirer quelque compensation, des renseignements, par exemple. Les moines errants traînent leurs grandes oreilles un peu partout, ils glanent des bruits qui, pour l'homme averti, peuvent signifier des choses... C'est pourquoi, ignorant délibérément les préparatifs somnifères du moine, il s'assied en tailleur tout contre la tête tondue et lance un essai de conversation :

— Moine...

La réponse est un rugissement :

— On me dit « mon père ».

— Pourquoi pas ? Mon, donc, père, tu as cheminé parmi les gens de guerre et ceux des champs. Tu as approché des personnages d'importance, car les serviteurs du Seigneur Dieu sont admis et honorés partout. Moi, vois-tu, je suis une sorte de négociant. Je voyage avec mon épouse et mon fils, ici présents, afin de préparer le terrain pour une entreprise mercantile que je veux monter. Je peux bien te le dire : il s'agira de racheter à prix fort les prisonniers à rançon, sans qu'il soit besoin pour eux de perdre leur temps et leur patience en pourparlers, allées et venues et autres tracasseries qui peuvent prendre des mois et même des années. Moi, je leur avance l'argent tout de suite. Leur famille me remboursera plus tard, avec, bien sûr, des intérêts couvrant la rémunération de mon empressement. Il me faudra, cela va de soi, prendre des garanties... Bref, je te demande, à toi, homme éclairé par le Seigneur Christ Jésus, ce qu'il en doit être de cette guerre qui pourrait commencer dans ces tout prochains jours, à ce qui se dit.

Arraché à sa sieste, le moine grogne :

— Tu es donc bien riche ?

— Je représente un groupe de personnes ayant les moyens de la chose. Je ne puis en dire davantage.

— Tu ferais mieux de faire don de cet or à des religieux qui, au nom de Dieu et du Seigneur Christ Jésus, sont mieux placés pour œuvrer en ce sens.

Le moine, maintenant bien réveillé et furieux de l'être, soudain tonne :

— Tu préfères amasser l'or en tablant sur le sort des armes ! Tu t'enrichis sur le malheur ! Satan est en toi !

Petit Loup commence à se demander si, dans la hâte de l'improvisation, il a choisi le bon prétexte. Il se feint bonasse :

— Allons, allons. Ce n'est pas moi ni mes amis qui faisons les guerres. Nous nous efforçons, au contraire, d'en adoucir les injustices. Cette guerre, le roi Thierry et sa mère la dame reine Brunehaut vont la gagner, n'est-ce pas ?

L'irascible soldat du Christ n'est sans doute pas habitué à arroser son déjeuner de ce vin de Loire au goût léger, aux effets traîtres. Il ne s'est pas méfié, et voilà, lesdits effets se manifestent. Sa sainte colère l'emporte, et l'emporte trop loin. Il vaticine, index dressé, postillonnant :

— Ah, ah ! La Brunehaut, hein ? Son petit roi Thierry ! Petit roi de merde ! Il croit qu'il part pour la guerre ! Il se pavane sur son grand cheval ! Il se voit déjà chargeant à la tête de ses braves !

La suite se perd dans un ricanement qui n'en finit plus. Petit Loup, à qui certains mots ont fait dresser l'oreille, perd patience. Empoignant à l'échancrure la robe crasseuse du moine, il le secoue :

— Quoi, le roi Thierry ? Parle !

L'autre hoquette :

— Va demander à Satan. C'est ton ami. Il te le dira.

Il part de son rire idiot. Fleur constate :

— Saoul comme un cochon.

Minnhild décide d'essayer de la douceur féminine. Elle écarte un Petit Loup par trop exaspéré, prend le moine entre ses bras ronds, pose la tête tonsurée sur sa tendre poitrine, la berce, dit « Là, là... », sent l'apaisement rendre flasques les membres et lourde la tête, et, avant que le moine ne sombre dans le bienheureux sommeil de l'ivrogne, lui chante sur un air de berceuse :

— Dodo, petit moine... Oublie tes soucis. Le vilain petit roi Thierry tombera de cheval et se fera très mal, très très mal, et ce sera bien fait pour lui... Voilà, voilà...

Au bord de l'inconscience, l'homme d'Église n'en est pas moins l'esclave de la vérité. Avant de se laisser glisser dans les délices de l'oubli, il a le temps de préciser, à voix pâteuse :

— Pas tomber de cheval. Hi, hi... Pas monter à cheval. Mal au ventre. Coliques. Chier partout. Couic ! A pus, petit roi.

Et puis il ronfle. Minnhild, sans brusquerie, repose la tête du moine sur son oreiller de mousse. Tous trois se regardent. Petit Loup dit ce qu'il y a à dire :

— Le poison. Ils ont combiné d'empoisonner le roi Thierry avant qu'il n'entre en campagne. Toujours les mêmes méthodes. Frédégonde revit en son fils.

C'est Fleur qui lance :

— En selle, donc ! Au triple galop jusqu'à Metz !

X

À la mort de la reine Frédégonde, en 597, le pouvoir était passé sans trop de contestation à son fils Clotaire, pour lequel elle avait jusque-là exercé la régence. L'insinueux Lantéric perdait une amante complaisante mais gagnait en influence. Il se promettait, se sachant indispensable, de hausser la fonction de Maire du palais, créée par lui pour son profit à l'imitation de ce qui se faisait en Austrasie, jusqu'à la toute-puissance.

En Austrasie-Burgondie, cependant, la reine Brunehaut ne baissait pas les bras. Après avoir épuré et réorganisé l'armée, elle s'était lancée, flanquée des deux jeunes rois ses petits-fils, à la tête d'une puissante horde, droit vers le nord afin d'effacer la honte de Latifao et de récupérer les provinces perdues. En l'an 600, l'écrasante victoire de Dormelles permit la reconquête de la totalité du territoire et même bien au-delà puisque la Neustrie en son entier était à la merci des vainqueurs. Le roi Clotaire était en fuite. La règle eût voulu qu'on le prît et qu'on le mît à mort. Brunehaut s'y refusa, lui fit grâce de la vie et alla jusqu'à lui concéder un royaume, petit mais vivace, s'étendant de l'estuaire de la Seine à l'estuaire de la Somme. Elle n'aurait pas dû. Elle paiera très cher sa clémence.

Quatre ans plus tard, Clotaire, sur l'instigation de Lantéric, franchit la Seine et envahit à nouveau les terres de Thierry, qui réagit, écrase les Neustriens et s'installe dans Paris pour y attendre l'armée alliée de son frère Thibert. Cette fois encore, Clotaire peut s'échapper. Mais les petits-enfants de Brunehaut triomphent, la reine voit prendre vie son grand rêve d'unité de la Gaule franque.

C'était compter sans les aléas de la politique et de l'intrigue. Thibert, roi d'Austrasie, faible de caractère et trop sensible au charme féminin, tombe amoureux fou d'une belle esclave, dont il fait une reine, la reine Bili. Cette petite gourde ambitieuse, jalouse de Brunehaut, est un jouet entre les mains des grands d'Austrasie, toujours prêts à comploter et à trahir. Sous son emprise, Thibert s'allie à Clotaire, réduisant à rien les bénéfices de la victoire de son frère et donnant au fils de Frédégonde une puissance et une légitimité nouvelles.

Les deux frères désormais ennemis s'affrontent à Carisiac [1], sans livrer combat. Protade, Maire du palais et, dit-on, amant de Brunehaut, est assassiné par les leudes complices de l'ennemi. Brunehaut vengera sa mort, c'est-à-dire sévira parmi les leudes, parfois de façon atroce. S'ensuit une fastidieuse énumération de fourberies et de traquenards, de rébellions ouvertes ou sournoises, de massacres et de contre-massacres... Car les grands jamais ne se plieront au pouvoir d'une femme et, qui pis est, d'une femme décidée à unifier le royaume et à lui

1. Aujourd'hui : Quierzy.

donner des lois, alors qu'ils n'ont en tête que de le morceler en parcelles où chacun d'eux serait maître absolu et à même de dévorer les parcelles voisines.

Thibert le rêveur est de plus en plus l'instrument docile des nobles rebellés, qui jettent dans son lit une nouvelle beauté, Téodehilde. Il l'épouse après avoir fait étrangler la reine Bili, laquelle se montrait trop ambitieuse, décidément. Thibert est un roi pieux, l'adultère lui répugne, jamais deux épouses à la fois ! Il donne asile et subsides au tapageur moine irlandais Colomban, ennemi juré de Brunehaut et créature des conjurés.

Au printemps 612, c'est contre leur frère et petit-fils, allié imbécile de leurs pires ennemis, que Thierry et Brunehaut s'arment en diligence. La campagne s'annonce brillante. Une première bataille, à Toul, voit l'écrasement de la formidable armée de Thibert, qui fuit vers le Rhin, vers l'ultime recours des hordes hirsutes de la Germanie profonde. Thierry le poursuit. Un nouveau choc à lieu à Tolbiac, sur les lieux mêmes où, un peu plus d'un siècle plus tôt, Clovis, l'ancêtre, après avoir failli perdre la vie, battit d'extrême justesse les Alamans, aidé en cela, dit-on, par son invocation au « dieu de Clotilde ». Nouvelle victoire, épouvantablement sanglante, de Thierry. Thibert, cette fois encore, a pu fuir, mais il est rattrapé et livré à son frère, qui, après l'avoir amené devant Brunehaut, le fait proprement étrangler.

Mettant à profit la guerre des deux frères, Clotaire annexe Tournai et tout l'ancien territoire des Francs saliens, que lui avait d'ailleurs promis Thierry contre sa neutralité. Mais, la victoire acquise, qu'en est-il des promesses ? Thierry entre en fureur. Il aurait donc à si grand'peine tiré les marrons du feu pour ce troisième larron ? Il ne peut l'admettre.

Thierry, sur l'élan de sa victoire, se sent invincible. Il passe le reste de l'année à renforcer son armée tandis que Brunehaut s'attache, au besoin par la manière forte, à amener les leudes d'Austrasie à prêter serment d'allégeance à son petit-fils, désormais seul roi d'Austrasie-Burgondie.

Ainsi commence l'an 613 qui, tout l'atteste, verra l'ultime défaite de Clotaire et le triomphe définitif de Brunehaut sur Frédégonde et sa lignée. Galswinthe, Sigebert, Childebert, Praetextatus et tant d'autres martyrs seront vengés. D'au-delà du Rhin jusqu'aux Pyrénées, des marches de Bretagne jusque par-delà les Alpes, la paix de Brunehaut régnera sur le monde franc.

À Metz, chez la reine Brunehaut. Le chef des gardes du palais se tient devant la reine.

— Qui y a-t-il, Diederich ?

— Dame reine, des étrangers sont là, qui veulent parler au roi Thierry. Suivant tes ordres, les gardes ne les ont pas laissés passer. Ils ne leur ont pas dit non plus que le roi n'est pas ici, ni où ils pouvaient le trouver.

— Eh bien, bon. Les gardes ont appliqué la consigne. Pourquoi me déranges-tu ?

— C'est que ces trois-là insistent beaucoup. Ils veulent absolument te parler s'ils ne peuvent parler au seigneur roi. Ils laissent entendre qu'il y va de la vie du roi, ils refusent de quitter la place tant qu'ils n'auront pas été admis auprès du roi ou de toi-même.

— De quoi ont-ils l'air ?

— De trois cavaliers fourbus sur trois chevaux exténués.

— Des assassins s'y prendraient plus subtilement. À moins que... Des illuminés ? De ces moines exaltés qui courent les routes, prédisant la mort ignominieuse de la Jézabel, de la grande Babylone ?

Elle soupire.

— La grande Babylone, c'est moi. Ces ignares croient qu'il s'agit d'une femme, d'une prostituée couverte de stupre, d'or et de pierres précieuses ! Alors ?

— Ce ne sont pas des moines. Du moins n'en ont-ils pas la vêture. Ils portent celle de paysans aisés mais ont plutôt, dans la tournure, quelque chose d'assuré, je dirais de militaire. L'un d'eux est une espèce de géant, monté sur un cheval colosse. Ah, j'oubliais : il porte une hache par le travers du dos. Je dis bien une hache de bûcheron, pas une hache d'armes.

Brunehaut tressaille, se lève à demi, ses yeux brillent :

— Un géant. Une hache. Tu es sûr ?

— Dame reine, c'est assez peu commun pour m'avoir frappé. Des deux autres, l'un semble dans la force de la jeunesse, l'autre, minuscule, a le verbe impérieux, quoique fort aigu, comme d'une voix de femme, si tu vois.

— Oh, oui, je vois !

— Je les fais saisir et mettre à la torture ?

— Tu les amènes ici avec les plus grands égards.

— Dame reine, tu nous es trop précieuse, tu n'as pas le droit de risquer. Trop de mauvaises gens veulent ta mort, alors que la guerre est si proche. Tes armées ont beau être les plus fortes, elles se débanderaient aussitôt si...

— Diederich, sache que je ne puis être davantage en sécurité que lorsque ces gens sont auprès de moi.

— Permets-moi au moins de poster des hommes sûrs et bien armés dans la pièce contiguë. Ils se feront discrets.

— Si cela peut te rassurer... Mais, encore une fois, de ceux-là je ne risque rien. Va.

Ils sont en effet bien crottés. Ils tiennent debout à grand'peine. C'est bien eux. Brunehaut s'est levée, elle court à eux. Minnhild ploie le genou, elle la relève, la serre contre elle, joue contre joue, l'embrasse, l'écarte à bout de bras pour mieux la contempler, la retrouver, la serre derechef sur sa poitrine. Minnhild laisse couler les larmes du bonheur.

— Tu ne changes pas, petite ! Je t'aurais reconnue entre mille. Un peu plus ronde, peut-être ? Ce n'est pas plus mal, tu étais comme un moineau plumé. Mais pas un fil blanc, pas une ride !

— Si. Au coin des yeux. Regarde bien.

— Je ne vois rien.

— Quand je souris...

— Eh bien, souris ! Mais ton sourire est tel qu'on ne voit que lui. Qui songerait alors à scruter le coin de l'œil ?

— Tu es trop indulgente, ma reine. D'ailleurs, tu peux l'être, tu ne te fais aucun tort. Tu es belle au-delà de toute comparaison.

— Disons que je vieillis courtoisement. Je m'efforce de ne pas devenir un épouvantail...

— Mais trêve de papotages de femmes. Ne voici-t-il pas Petit Loup, mon champion ?

Elle tend sa main, coutume qu'elle apporta de la cour des Wisigoths d'Espagne et qu'affectent de mépriser les Francs rugueux. Petit Loup s'incline, effleure de ses lèvres la royale main. Il a fait ça d'instinct. Il se tourne vers le jeune homme, qu'il présente :

— Notre fils, Fleur.

Elle apprécie :

— Superbe gaillard.

Fleur rougit. C'est que, dans la voix de la reine, l'admiration se nuançait d'une nette concupiscence, qu'elle ne cherchait d'ailleurs pas à cacher. Minnhild, à qui rien n'échappe, note cela. Elle admire qu'à soixante-huit ans passés la reine continue à juger les mâles selon des critères d'étalons. Elle se dit « Quelle santé ! » et se promet à tout hasard de veiller à ce que l'ogresse ne se mette pas en tête de dévorer son nourrisson à elle.

Petit Loup estime qu'on est en train de se perdre en mondanités. Il intervient abruptement :

— Dame reine, où est le roi Thierry ?

Ramenée sur terre, Brunehaut prend conscience que ses fidèles sont accourus de bien loin dans un dessein précis. Soudain toute légèreté la quitte. C'est une face anxieuse qu'elle tourne vers Petit Loup :

— Tu ne te serais pas mis en route si tu n'avais de solides motifs d'être inquiet. À mes gardes, tu as parlé de cas de vie ou de mort. Explique-toi.

— Dame reine, c'est le roi Hoël III d'Armorique qui m'envoie vers toi et vers le roi ton fils.

— Il t'a sans doute remis quelque message, une lettre signée de son nom et cachetée à ses armes.

— Il ne m'a rien remis de tel. Un message aurait pu être intercepté si l'on m'avait pris. Le roi Hoël sait que tu te fies à ma parole plus qu'à de l'écrit, fût-il mille fois scellé et paraphé.

— Il a raison. Ce message est donc oral.

— Il l'est.

— Récite-le.

— Dame reine, le roi Hoël me charge de te faire part de la certitude absolue où il est que toi et le roi ton fils serez sous peu victimes d'une trahison bien grande et minutieusement machinée.

— Quelle est-elle ?

— La formidable armée que vous avez réunie afin de mener la guerre chez le roi Clotaire est entièrement gangrenée par les chefs mêmes que vous lui avez donnés. Les grands de ce royaume, dans leur quasi-totalité, se sont vendus à Clotaire. Tu vas au-devant d'un désastre. Clotaire a organisé d'avance le dépeçage de l'Austrasie et de la Burgondie pour en distribuer les morceaux aux traîtres. Le partage est déjà fait, les traités signés sous serment sur les reliques et l'Évangile. Ton clergé même est dans la conspiration, avec la bénédiction de ce moine d'Irlande, ce Colomban, qui te hait.

Brunehaut a écouté, le poing sous le menton. Elle semble méditer un instant, puis elle questionne :

— Le roi Hoël t'a-t-il dit d'où il tient cela ?

— Il n'a pas cru devoir le faire.

— Cependant, il est sûr de son fait ?

— Au point de me faire tout quitter sur l'heure et galoper jusqu'ici plus vite qu'il n'était possible.

— J'ai confiance en Hoël. C'est une vieille canaille, mais il ne me tromperait pas. S'il s'inquiète pour moi, c'est qu'il y a des raisons de s'inquiéter. Je pense cependant que, là-bas dans son Armorique, il ne saurait être au courant de tout. Je ne conteste pas que ce pou de Clotaire ait pu manigancer le dépeçage de ce royaume pour appâter les grands et les inciter à trahison. C'est de bonne guerre. Ne l'eût-il pas fait, j'en serais la première étonnée. Sache que, de mon côté, j'ai d'avance partagé les dépouilles de Clotaire entre les chefs de mon armée.

Les subtilités de la politique scandalisent l'honnête Petit Loup. Il s'étonne :

— C'est-à-dire...

— C'est-à-dire les mêmes à qui Clotaire a promis monts et merveilles, c'est bien cela. Ils se donneront — se vendront, plutôt — à celui qu'ils estimeront le plus apte à s'assurer la victoire, quitte à tourner casaque sur le champ de bataille. Il n'y a là rien de bien nouveau, ni de bien alarmant. Ce sont des brutes cupides, lâches, versatiles, que je sais fort bien manier.

— Donc, tu ne tiendras aucun compte de l'avis du roi Hoël ?

— Au contraire ! Je vais organiser une grande parade avant le départ de l'armée pour la campagne. Mon petit-fils le roi prendra le commandement en chef et fera solennellement jurer fidélité et obéissance, non seulement aux leudes, mais à tous les soldats. Et je double chaque chef important par un *missus*[1] tout dévoué à ma personne et ayant pouvoir de vie et de mort sur quiconque. Qu'en penses-tu ?

— Dame reine, tu veux vraiment le fond de ma pensée ?

---

1. *Missus* : envoyé, représentant du maître.

— Telle quelle. Toute nue.

— Eh bien, dame reine, j'ai devant les yeux le visage du roi Hoël alors qu'il me parlait. J'entends ses paroles. Je suis persuadé qu'il s'agit cette fois de quelque chose d'infiniment plus dangereux que tout ce que tu as pu affronter jusqu'ici. Les leudes te haïssent, ils haïssent ta façon de gouverner et ta conception de l'État, ils rejettent toute autorité, pas seulement la tienne, ils tiennent le roi Clotaire en lisière, en font ce qu'ils veulent, et c'est pour cela avant tout qu'ils se donnent à lui. Qu'il soit seul roi de la Gaule germanique, ce sera en fait leur pouvoir à eux qui sévira.

« À mon avis — puisque tu me fais l'honneur de me le demander, dame reine —, il ne faut pas entreprendre cette guerre. Pas maintenant. Ton souci devrait être de reprendre tes leudes en main, d'établir solidement ton autorité dans le royaume de ton fils, et non de courir une aventure aux données truquées.

Petit Loup s'est pris au jeu. On lui demande son avis, il le donne. Maintenant il s'aperçoit qu'il a parlé un peu trop, et un peu péremptoirement. Il se tait, confus mais satisfait d'avoir fait entendre ce qu'il estime être la voix de la raison.

Avant que la reine, dont le sourire ironique laisse augurer la réponse, ait pu ouvrir la bouche, Minnhild se jette par le travers de la conversation et lance, pleine d'alarme :

— Petit Loup, tu causes, tu causes et tu oublies le plus pressé ! Dame reine, il faut que tu m'écoutes. Ton petit-fils le roi est en danger. Un moine... Sur la route... Ils veulent empoisonner le roi... Il faut le mettre en garde. Vite !

Cette fois, Brunehaut, visiblement, s'alarme :

— Un moine ?

— Il était ivre, mais très menaçant. Et il semblait tout à fait convaincu.

— Même si ce n'est là qu'une fausse alerte, on ne saurait être trop prudent.

Petit Loup brusque les choses :

— J'y cours. Où est le roi ?

— Sur le Champ de Mars. Il assiste au départ des premiers contingents. Il salue l'armée, l'évêque la bénit, enfin le roi boit avec chaque chef à la victoire et à la santé des combattants.

Petit Loup n'est plus là. Fleur non plus.

Sur l'immensité du Champ de Mars grouille la multitude guerrière. Les divers contingents amenés par les grands leudes des deux royaumes associés ne parviennent pas à s'ordonner suivant les harmonieuses géométries qu'eût aimé contempler le roi Thierry, élevé par sa mère dans le culte de la discipline romaine. L'insoucieux désordre germanique fait du vaste espace voué aux parades et aux manœuvres militaires un champ de foire bariolé et bruyant.

Le roi Thierry se tient devant sa tente, de conception tout à fait romaine, elle, en toile pourpre avec une frange dentelée bordée de galon d'or. Thierry II est équipé en imperator victorieux. Foin des braies teutonnes, des bottillons lacés sur le mollet, de la poitrine nue sous le court gilet de peau d'ours sans manches, foin de la surabondante quincaillerie d'or et de pierres de couleur dont raffolent les chefs barbares ! Il porte jupette, caleçon collant coupé à mi-jambe, sandales et cuirasse de cuir bouilli moulée et renforcée de plaques d'or. Son casque ne s'orne pas de cornes de taureau, d'ailes de rapace, voire de bois de cerf, mais se réduit au strict protège-tête romain avec protège-joues à charnières et modeste plumet rouge au sommet. Seule concession à la germanité : les somptueuses boucles fauves ruisselant sur ses épaules, ornement obligatoire des rois chevelus sans lequel nul ne saurait prétendre régner sur le peuple franc. Ce jeune roi d'à peine trente ans ne manque certes pas de majesté. Si sa mère confisqua à son profit les réalités de l'autorité, du moins sut-elle en développer chez lui les apparences.

Près de lui se tiennent, à sa droite le puissant Maire du palais Warnacaire, à sa gauche le seigneur Albouin, palatin, en fait *missus* de Brunehaut, dévoué à la reine jusqu'à la mort. Un peu en retrait, un groupe de cavaliers étincelants sur qui ruissellent bijoux et parures si prisés des Francs.

On amène au roi son cheval de parade, bête fougueuse splendidement harnachée. Au moment de s'y hisser, il réclame :

— J'ai soif ! Écuyer, à boire ici !

Un jeune garçon se présente, portant une cruche qu'il tenait fraîche par le moyen d'un linge humide. À ce moment, jailli on ne sait d'où, surgit un personnage barbu, un moine, qui, précédant l'enfant, s'interpose entre lui et le roi auquel, se jetant à genoux, il tend une gourde grossière :

— Seigneur roi, j'ai fait bénir cette eau par le seigneur pape pour ton usage. J'ai parcouru sur mes jambes la longue route de Rome jusqu'ici. Bois. Cette eau te donnera la victoire et te protégera de tout mal.

C'est l'instant précis où Petit Loup, suivi de Minnhild et de Fleur, parvient devant la tente royale. Ils ont pu s'approcher sans peine, ce qui, en soi, est déjà inquiétant. Minnhild, le doigt tendu, s'écrie :

— Le moine ! C'est le moine !

Inutile de préciser quel moine. Fleur a bondi, il saisit le moine à bras-le-corps, le tire en arrière, le jette à terre, l'y maintient, un genou sur l'estomac. Le roi n'a pas bronché. Warnacaire non plus. Albouin, par contre, a tiré du fourreau son scramasaxe qu'il présente, pointe en avant, à la gorge de Fleur. Il questionne :

— Il se passe ici des choses qu'il faut que tu m'expliques, jeune homme. Qui es-tu ? Pourquoi t'en prends-tu à ce moine ?

Minnhild ne permet à personne de menacer son enfant. Elle décoche tout à trac une maîtresse paire de gifles au seigneur Albouin, saisit dans son petit poing la lame menaçante et, en même temps, s'explique avec une volubilité remarquable :

— Seigneur roi, ce moine veut t'empoisonner ! Lui ou d'autres, enfin, sale engeance ! Il l'a dit. Il était saoul. Quand on est saoul, on dit la vérité, il y a même un proverbe latin qui l'affirme. Seigneur roi, je suis Minnhild, la reine ta grand'mère a dû te dire, Minnhild, sa bien-aimée Minnhild, je suis venue te sauver, celui-là est mon fils, Fleur, un bon garçon, fais saisir ce moine et dis à ceux-là de s'écarter !

« Ceux-là », ce sont les hommes d'armes de la garde rapprochée qui, avec quelque retard, se sont groupés en cercle serré autour de ce méli-mélo qu'ils ne comprennent pas très bien. Le roi, lui, commence à comprendre. Il constate :

— Tu es Minnhild. Bien. Donc, celui-ci est Petit Loup. Et cet autre, tu viens de le dire, est ton fils.

Il ordonne :

— Qu'on saisisse ce moine. Qu'on amène un esclave.

Le moine est saisi, l'esclave amené. Amenée : c'est une esclave femelle, une toute jeunette aux bonnes joues, aux nattes battantes, au sourire incrédule mais plein d'espoir. Le roi l'a demandée...

— Qu'on lui fasse boire de l'eau de cette gourde.

Minnhild crie :

— Seigneur roi, non !

Le roi fait un signe, le bras d'un garde entoure le cou de Minnhild, une main velue lui clôt la bouche. Plusieurs lames homicides sont pointées sur les parties tendres de Petit Loup et de Fleur.

On tend la gourde à la petite. Elle rit. C'est pour cela qu'on l'a amenée devant le seigneur roi ? Pour boire de l'eau ? Cela l'amuse. Elle lève la gourde à bout de bras, boit à la régalade. Coquette, elle se tourne vers le roi, se dit qu'elle lui a peut-être, sans s'en douter, tapé dans l'œil. Pourquoi pas ? Allez savoir : la reine Frédégonde, la reine Bili, d'autres, n'ont pas commencé autrement. Elle lui demande, avec une effronterie calculée :

— Encore ? Ou bien ça va comme ça ?

Le roi, sourcil froncé, attentif, dit seulement :

— Bois.

Elle boit. Et boit. Mais voilà que son sourire se change en une affreuse grimace. Voilà qu'elle laisse choir la gourde, voilà qu'elle porte les mains à sa gorge, voilà qu'elle crie, mais son cri s'étrangle et devient râle, voilà qu'un rictus hideux retrousse ses lèvres noires sur ses gencives noires, et puis qu'elle s'abat au sol où elle se tord, et rue, et arrache l'herbe, et se tend comme un arc qu'on bande, et puis retombe, inerte. Morte.

Tous se taisent. Dans le silence, un sanglot : Minnhild. Le roi n'a pas bronché. Il ordonne :

— Qu'on mette le moine à la torture. Il a des complices. Puis qu'on lui coupe les pieds et les mains. S'il en réchappe, qu'on le lâche. La mort ne le punirait pas assez.

L'évêque chargé de bénir l'armée et de lui assurer l'aide bienveillante du Seigneur Dieu s'avance alors, bonnet[1] en tête, crosse au poing. Il se campe entre le roi et le prisonnier.

— Cet homme est d'Église. Il échappe à ta justice, seigneur roi. Je le réclame pour un tribunal ecclésiastique.

Le visage de Thierry est devenu de pierre.

— Évêque, il y a régicide et lèse-majesté. Double crime. Cela ne te regarde en rien. Tiens-toi le pour dit ou bien je devrai penser que les complices de ce scélérat ne sont peut-être pas à chercher bien loin.

L'évêque s'incline et rentre dans le rang, mais certain grondement sourd provenant de la foule des grands seigneurs donnerait à croire que plusieurs ne lui donnent pas tort.

Le moine a écouté, comme détaché de ces choses. Il s'est laissé garrotter, mais il résiste quand on veut l'emmener. On dirait qu'il attend. Qu'il attend quoi ? Un rictus erre sur ses lèvres minces.

---

1. Les évêques ne porteront la mitre que beaucoup plus tard.

Le roi s'adresse à Minnhild :

— Je n'oublierai pas.

Il l'a dit sans sourire. Cela tombe bien, elle non plus n'a pas envie de sourire. Et puis, comme si de rien n'avait été, il reprend le fil des choses là où il l'avait laissé :

— J'ai soif, écuyer.

Le jeune gars s'empresse, emplit un gobelet d'argent à la cruche, le présente au roi. Le roi boit, tend le gobelet vide :

— Encore. Cette eau est bien fraîche.

Pourquoi, tandis que le roi buvait, le rictus du moine qu'on emmène s'est-il accentué ? C'est ce que se demandent Minnhild et Petit Loup.

La réponse leur est bientôt donnée. Le roi, ayant bu, a passé le pied dans l'étrier pour se hisser sur le palefroi splendide dont se rehaussera sa majesté. Mais qu'est-ce ? Il a passé le pied, mais il ne se hisse pas. Cramponné des deux mains au pommeau de la selle, il reste comme ça, coupé en plein élan, plié sur on ne sait quelle souffrance. Enfin il se redresse, essaie un sourire, confie à Warnacaire :

— Je ne sais ce qui m'a pris. Un coup de colique. Mais c'est passé.

Warnacaire sourit :

— Tu auras mangé trop de cerises, seigneur roi. C'est la saison, il est difficile de résister.

Albouin ne sourit pas. Ni ne parle. Il considère à la dérobée le visage du roi, où les cernes profonds des orbites dramatisent la pâleur des joues.

Minnhild, terrorisée, regarde Petit Loup :

— Si c'est ce que je crains — et que tu crains, je le vois bien — l'affaire était diaboliquement montée. Un empoisonneur étant démasqué d'extrême justesse, comment aurait-on pu penser qu'il n'était qu'un comparse sacrifié et que le véritable danger était encore à venir ?

— D'autant que le premier, je veux dire le moine, aurait très bien pu réussir.

— Mais, après tout, qui nous dit qu'en effet le roi n'a pas mangé trop de cerises ?

— Dans cette famille, quand on a mal au ventre, ce n'est jamais une affaire de cerises.

— Affaire de cerises ou de prunes, ce n'est en tout cas plus la nôtre, mais celle des médecins. Je crois que, sur ce point, nous pouvons faire confiance au seigneur Albouin pour y pourvoir.

Fleur est songeur. Il demande :

— Je voudrais bien qu'on m'explique comment ce moine — si moine il y a —, que nous avons laissé ivre mort dans un champ de navets encore assez loin sur la route de Metz, a-t-il pu se trouver au Champ de Mars avant nous qui avons brûlé la chaussée ?

— Bien vu, fils. Cela suppose qu'il n'était peut-être pas aussi saoul qu'il le donnait à voir et que, s'apercevant qu'il avait trop parlé, il a hâté le mouvement.

— Cela suppose aussi qu'il disposait de chevaux et de relais, et que par conséquent il existe une machination puissante qui ne renoncera pas facilement. La reine Brunehaut devrait bien prendre plus au sérieux les avis du roi Hoël.

— En ce qui nous concerne, nous avons transmis le message dans les délais. Ce que la reine en fera ne nous concerne plus.

— Alors, on rentre à la maison ? Qu'en penses-tu, maman ?

— Ce serait le plus sage.

— Mais... ?

— Mais, depuis que j'ai revu ma Brunehaut, et que je puis mesurer dans quels périls elle se débat, j'aurais l'impression de fuir, de trahir. Attendons un peu. Après tout, ce n'est peut-être qu'une colique.

Ce n'en est pas une.

Au long de l'après-midi, les douleurs de ventre, d'abord espacées, se font de plus en plus fréquentes. Plus violentes, aussi. Sur le soir la fièvre apparaît, augmente rapidement, ne cède à aucune des médications proposées tour à tour par les médecins royaux d'autant plus intéressés à la guérison que, en cas de mort du malade, ils seront sacrifiés sans pitié. Le roi se répand sous lui en excréments fétides et en vomissures ensanglantées. Vers le milieu de la nuit, la fièvre tombe. Thierry repose, apaisé, dirait-on. Les médecins s'entre-regardent. Aucun n'ose prendre le pouls du roi, aucun n'ose approcher de ses lèvres le petit miroir de cuivre poli. C'est Albouin qui, les écartant, se risque à le faire. Il se relève, sinistre, du plat de la main abaisse les paupières du roi. Thierry II est mort.

Les gardes veillent à ce que les médicastres ne se glissent pas furtivement au-dehors. Ils auront des comptes à rendre à la terrible reine. Sur un geste d'Albouin, ils les emmènent.

Nul n'avait osé prendre sur soi pour aller prévenir la reine grand'mère de la soudaine incommodité du roi. On avait d'ailleurs longtemps cru — ou voulu croire — à un simple malaise digestif, puis, les choses s'aggravant, chacun avait craint le premier mouvement de l'impétueuse Brunehaut. Le pire étant advenu, c'est tout naturellement à Albouin qu'il incombe d'affronter le chagrin de la reine.

Il n'est personne au monde qui puisse se vanter d'avoir vu pleurer Brunehaut depuis l'assassinat de Sigebert, il y a de cela trente-huit ans. Elle était bien jeune alors, et aimante comme elle ne devait plus jamais l'être. Elle avait compris que sa vie parmi ces peuplades aussi fourbes que violentes où triomphait ce génie du mal, Frédégonde, serait une suite sans fin d'affrontements, de trahisons et de deuils. Elle avait choisi la lutte et s'était juré de ne jamais laisser voir son désarroi.

La mort subite de Thierry, dans des circonstances tellement semblables à celles qui avaient entouré la mort de son fils Childebert, alors que, comme aujourd'hui, elle se préparait à asséner le coup fatal aux menées de Frédégonde et de son fils, ne peut être attribuée à la maladie. L'écuyer — ou prétendu tel — qui avait servi l'eau mortelle n'a pas été retrouvé. Le moine est mort sous la torture sans avoir parlé. Mais il n'est nul besoin de leurs aveux pour savoir à coup sûr d'où vient le crime : de Clotaire II, ou plutôt de l'industrieux et tenace Lantéric, son âme damnée.

Tout d'abord effondrée, autant sous le désastre de son grand projet soudain réduit à rien que sous le chagrin, la reine ne laisse pas s'écouler les heures sinistres de la nuit fatale dans les stériles complaisances de l'accablement. À l'aube, elle a pris son parti, établi un plan, commencé son exécution.

Ce plan est simple, à première vue. Il peut se résumer

ainsi : « Le roi est mort, vive le roi ! » Thierry laisse un fils, ce fils lui succède et prend la tête de l'armée.

Oui, mais Thierry laisse aussi quatre autres enfants, dont trois fils. Suivant l'incontournable coutume des Francs, le royaume doit être divisé en parts à peu près égales et réparti entre les enfants mâles. Se conformer à cette règle serait aussi diviser l'armée et perdre un temps précieux en des contestations à n'en plus finir, c'est ce qui se passe chaque fois. Brunehaut vient enfin de fonder l'unité du royaume et celle du commandement de l'armée, elle ne consentira pas à voir détruire son œuvre et compromettre le succès de la campagne.

La reine, bravant la coutume et les leudes hostiles, prend une mesure révolutionnaire. Elle décrète que désormais le fils aîné seul héritera de la totalité du patrimoine. Ce fils, âgé de onze ans, a nom Sigebert, hommage rendu à l'époux bien-aimé jadis assassiné par les sicaires de Frédégonde. Prenant de vitesse les menées des contestataires avant qu'ils n'aient pu s'organiser, elle institue le droit d'aînesse, proclame son arrière-petit-fils Sigebert II seul roi des Francs d'Austrasie et de Burgondie et organise en un tournemain une cérémonie imposante où elle fait acclamer le roi par l'armée et par tous les leudes qu'elle a pu rassembler. Sans se faire prier, ils prêtent le serment de fidélité et d'obéissance, jurant sur les saints Évangiles de mourir sur place plutôt que de trahir ce serment.

Petit Loup sourit amèrement quand il entend jurer, main droite levée, l'autre appuyée sur le Livre sacré, des hommes dont il connaît les accointances et les desseins secrets, tels ce Warnacaire, cet Arnulf, ce Pépin, cet Herpo, tous grands dignitaires à la cour du nouveau roi, tous vendus à l'ennemi, tous agents du roi Clotaire !

XI

L'immense Rhin, père des fleuves, s'enfonce dans la forêt originelle qui s'ouvre soudain en une lumineuse clairière où s'épanouit Worms, ville royale. C'est ici le domaine des puissants et sauvages Thuringiens, là même où le roi Childéric, chassé du trône des Francs saliens pour ses libertinages, séduisit la reine Basine, épouse de son bienfaiteur, et conçut d'elle celui qui devait devenir le grand Clovis, créateur d'empire fondateur de dynastie et maître fourbe.

Venant de Metz, l'armée du tout nouveau roi Sigebert II s'avance majestueusement. Un peu trop majestueusement, peut-être, pour une troupe qui monte au combat avec l'intention d'en découdre. Brunehaut a forcé sur l'aspect décoratif. C'est qu'il faut subjuguer ces farouches Thuringiens et tous ces peuples à demi sauvages que jamais le Romain ne put soumettre.

C'est donc un cortège de parade plutôt qu'une armée. En tête caracolent fièrement les onze printemps du roi Sigebert, côte à côte avec les insolents soixante-huit hivers de son arrière-grand'mère. Brunehaut a jugulé son chagrin, surmonté ses appréhensions et, telle une divinité guerrière descendue du Walhalla, porte haut le front et redresse une taille restée souple, montée sur un palefroi blanc assez rétif pour mettre en valeur l'aisance de sa cavalière à le dominer. La chevelure éclatante de blancheur bouillonne hors du casque à la romaine, la poitrine généreuse darde deux éminences que soutient discrètement l'artifice sous-jacent. De même que le petit roi, elle porte le manteau de pourpre usurpé aux Césars, et l'étoffe somptueuse s'étale en nappe sur les larges croupes des chevaux de parade.

Une foule de seigneurs étincelants de joyaux et d'armes doublées d'or finement ciselé chevauche à leurs côtés. On y reconnaît le Maire du palais Warnacaire, plus éclatant que quiconque, et, plus discret, l'indispensable Albouin.

Éblouis ou non par ce déploiement de faste, les Thuringiens, alliés traditionnels, acceptent d'enthousiasme et rassemblent toutes les troupes qu'ils peuvent rameuter. Mais voilà que des espions rapportent que l'armée de Clotaire refuse le combat. Il fait reculer ses troupes jusque derrière l'Aisne. Il est bon à cueillir, le capon ! Un seul coup de bélier et ce sera la victoire.

Les préparatifs vont bon train pour cet assaut décisif. La défaite du félon doit être totale. Elle ne le sera que s'il n'échappe pas, laissant ses soldats se faire exterminer, ainsi que ce fut le cas tant de fois. L'activité fébrile des veilles de combat anime le camp. Un plan de bataille est mûrement élaboré, discuté, mis au point, accepté. Chaque chef sait ce qu'il doit faire. Jamais victoire ne fut plus sérieusement préparée.

Petit Loup, Minnhild et Fleur ont suivi l'armée, bien à contrecœur, n'étant guère friands de carnage ni d'orgie d'après-tuerie, mais ils ont fini par céder au désir de la reine, à qui sa Minnhild retrouvée rend, par sa présence, confiance en son destin. Minnhild apprécie d'une grimace :

— Me voilà talisman et porte-bonheur.

Docte, Petit Loup fait remarquer :

— Ce n'est pas une raison pour commettre un pléonasme.

— Je commets, moi ? Et comment as-tu appelé ça ?

— Un pléonasme. Cela signifie que tu dis deux fois la même chose sous deux formes différentes.

— Explique un peu.

— Un talisman est un porte-bonheur. Et vice versa.

— Si tu le dis... C'est très vilain, un... Ton machin, là ?

— Affreux. Ça rend laide une jolie bouche.

— C'est que tu pourrais bien avoir raison, sais-tu ? Voilà que je sens nettement la laideur sur ma bouche. Tu ne vois pas ce qu'on pourrait y faire ?

Afin que Petit Loup constate les dégâts, elle tend ses lèvres, rapprochées en cul-de-poule et allongées vers l'avant en museau de fouine. Petit Loup se penche, examine la chose, avance à son tour les lèvres et fait ce qui doit être fait. Cela prend un certain temps. Fleur regarde ailleurs.

À vingt-huit ans, Fleur n'a pas encore pris femme, chose remarquable, chose, en ces temps, suspecte. S'il arrive à Minnhild de le déplorer, elle se dit qu'il n'a tout simplement pas encore trouvé celle qui doit venir — celle qui, trop souvent, ne vient pas, et qu'on remplace alors par ce qu'on a sous la main, haïssable résignation.

Elle voit d'un œil amusé comment Fleur cueille la fleur de rêve dans les bras des filles du clan, parfois dans ceux de femmes en puissance d'époux, mais alors hors du clan, et même loin du clan, ainsi qu'elle le lui a impérieusement recommandé. Car il plaît, son fils ! Elle se dit furtivement que si elle avait connu un garçon lui ressemblant, Petit Loup eût été en grand danger de... Un visage lui vient à l'esprit, un visage barbouillé de noir, un visage qui en est trois [1]... Mais où mène cette pente ? Minnhild se ressaisit. C'est de son fils qu'il s'agit. Elle tremble pour lui, et puis, se remémorant, elle sourit, soupire, comprend.

Ceci posé, Minnhild ne voit pas. Elle, qui est tout œil, ne voit pas où se portent les regards de Fleur. Elle ne le voit pas parce que cela fait partie des choses qui n'existent pas, qui ne peuvent pas exister, et donc auxquelles l'œil, comme l'esprit, est aveugle. Que regarde Fleur ?

Fleur regarde l'amazone septuagénaire.

C'est ainsi. Oh, il conçoit tout le ridicule de cet attrait. Il en ressent l'anomalie, il pense même « la monstruosité ». Il ne se leurre nullement quant à l'authenticité des appas qui le captivent. Il sait les artifices, les fards, les teintures, les corsets, les étais bien cachés, tous les trompe-l'œil. La révélation de la ruine que cache tout cela ne le surprendrait pas. Il imagine le pire, il l'accepte, il s'en délecte, il s'exalte, il pleure de n'y avoir pas accès. Parce que cette ruine, c'est elle.

Et c'est à elle qu'il s'est donné.

---

1. Voir *Les Reines rouges.*

Solidement appuyée sur la rivière d'Aisne, au nord-est de Reims, l'armée de Clotaire attend le choc. Un rapide coup d'œil d'ensemble suffit à mettre en évidence son infériorité numérique. Face à elle sur la plaine se déploie la formidable coalition des troupes de Brunehaut, que le petit roi Sigebert, du haut de son grand cheval, commande en personne, assisté, il est vrai, par un quarteron de guerriers qui ont fait leurs preuves.

Du haut d'un monticule particulièrement bien situé pour offrir une large vue sur le futur champ de bataille, la reine Brunehaut, montant un fougueux cheval bai plus approprié aux fatigues du combat que son palefroi de parade, donne un dernier coup d'œil avant d'ordonner l'assaut. Car il semble bien que l'ennemi n'ait pas l'intention d'attaquer. Il faudra donc aller le débusquer.

Un peu en arrière de la reine et de ses conseillers, Petit Loup, lui aussi, examine les positions, combine les manœuvres, suppute les imprévus. Sa mine est sombre. Fleur s'en aperçoit :

— Papa, qu'est-ce qui ne va pas ? Tu devrais te réjouir. La bataille est gagnée d'avance. L'immonde Clotaire va payer, pour lui et pour sa mère. La Gaule sera enfin unie, la paix de Brunehaut assurée pour des siècles.

C'est Minnhild qui répond :

— Il y aura un grand carnage. Des hommes vont mourir par milliers. Ensuite il y aura le massacre des blessés, les détrousseurs de cadavres, les vainqueurs ivres de vin, de stupre et de butin répandus par les campagnes, le sac des villes, les femmes violées, les enfants égorgés, les hommes réchappés du massacre emmenés en esclavage comme du bétail... L'horrible routine des guerres.

— Oui. Hélas, on ne peut l'éviter. Mais songe que ce sera la dernière guerre. La dernière, entends-tu ? Celle qui tuera toutes les guerres. La reine hait la guerre. Elle ne la fait que pour mieux la tuer.

Petit Loup s'abstient de relever ce trait de naïveté juvénile. Il est de plus en plus soucieux tandis que, main en visière, il laisse errer ses regards le long de la ligne de front de l'armée ennemie. Il marmonne, pour lui-même :

— Ils n'ont pas l'air de s'en faire, en face ! Vraiment pas. Alors que l'affrontement est imminent, ils rompent les rangs, ils vont, ils viennent, ils jouent aux dés, se défient au bras de fer, cassent la croûte... Les chefs bavardent par petits groupes, j'en vois même qui rient à gorge déployée. Le moins qu'on puisse dire, c'est que ces gaillards-là n'ont pas peur. Or, le choc promet d'être rude. Voilà qui devrait donner à penser à ceux qui, chez nous, ont la charge de penser.

Fleur, que l'inquiétude de son père commence à gagner, demande, agacé :

— Mais enfin, que crains-tu ? Ils sont insoucieux ? Tant pis pour eux ! Ils n'en seront que plus faciles à battre.

— Ce que je crains ? Je ne sais trop. Tout ce que je peux dire, c'est que ça pue. Ça empeste.

Il se tait, hésite, se décide :

— Fleur, va trouver la reine. Il ne faut pas attaquer. Elle t'écoutera, toi. Elle t'a à la bonne.

Fleur rougit.

— Que lui dirai-je ? Que mon père, saisi de je ne sais quel doute, de je ne sais quel pressentiment qu'il ne peut lui-même expliquer, lui conseille de renoncer au combat ?

— Dis-le-lui comme tu voudras. Sois convaincant.

Fleur fait faire volte-face à sa monture, ému de l'occasion qui lui est offerte de s'adresser à la reine, angoissé par le message incohérent qu'il doit lui transmettre.

La reine et ses conseillers se tiennent à quelques pas de là. Quelques pas suffisent à sceller les destinées. Fleur n'a pas le temps d'arriver jusqu'à la reine. Il la voit lever le bras, puis l'abaisser, geste décisif, geste irrattrapable. À ce signal, tout le long du front, les trompes de guerre lancent leur rauque appel, les buccins à la romaine hurlent leur clameur d'airain, un formidable cri leur répond. Il n'est plus temps.

C'est alors que la lumière entre à flots dans l'esprit de Petit Loup. Il s'écrie :

— Warnacaire ! Il n'est pas auprès du roi ! Ni à la tête de ses hommes ! Non plus que ceux du clan Pépin : Arnulf et les autres ! Ils sont passés à l'ennemi ! Trahison ! Trahison !

Il n'est plus temps.

Quelque chose d'inouï advient sur la plaine immense. À l'appel des troupes, le petit roi, bien droit en selle, lève le bras, le baisse, crie « En avant ! » et, en effet, il avance. Seul.

Seul. Son armée, d'un seul bloc, d'un même mouvement, a exécuté un demi-tour, et maintenant elle court, l'armée, elle court, dos à l'ennemi, droit devant elle. Sans avoir combattu.

La masse ennemie se met en marche.

Jamais victoire n'avait semblé plus assurée. Jamais trahison ne fut aussi parfaite. Tout avait été combiné de longue date entre Warnacaire, porte-parole et animateur de la cabale contre Brunehaut, et les conseillers intimes de Clotaire. Les grands d'Austrasie et de Burgondie étaient du complot. Leur ostentatoire soumission, le bruyant enthousiasme, même, qu'ils avaient montré à l'avènement du petit roi Sigebert, n'étaient que calcul et fourberie expressément dictés par Warnacaire et ses complices. L'armée tout entière était dans le secret de la crapuleuse comédie et, d'avance, se réjouissait d'avoir à la jouer. Même les contingents que commandaient les rares fidèles inébranlables de Brunehaut étaient gangrenés. Leurs chefs sont dès la première minute égorgés sur place par leurs propres hommes.

De son observatoire, la reine voit cela. Le demi-tour a été si parfaitement exécuté qu'on pourrait croire à une manœuvre d'ensemble bien réglée. Brunehaut comprend immédiatement qu'elle est trahie et mesure quelle est l'ampleur de la trahison. Tout est perdu. Elle a un cri :

— Le roi !

Petit Loup donne des genoux, Griffon bondit, se taille un chemin dans la masse des fuyards hilares, bouscule ce qui fait obstacle, renverse, écrase, piétine, tandis qu'Adèle, la hache invincible, tourbillonne à hauteur de têtes.

L'enfant roi est enfin rejoint. Une multitude hurlante l'entoure, des mains s'accrochent à ses vêtements, cherchant à le désarçonner. D'abord abasourdi, ne comprenant pas pourquoi, au signal d'attaquer, ses beaux soldats se sont soudain débandés avec d'ignobles rires, pleurant des larmes de rage et de honte il avait éperonné son cheval et courait, seul, sus à l'ennemi. Ce que voyant, les hommes de sa garde personnelle avaient voulu s'emparer de lui pour le livrer au roi Clotaire, qui n'eût pas manqué de leur en donner bonne récompense.

Adèle, qu'on eût pu croire rouillée par toutes ces années d'inaction, s'en donne à cœur joie dans cette cohue malfaisante. Frappant du talon du fer, comme toujours, Petit Loup cabosse les têtes et plie les épaules, tandis que Sigebert, frappant d'une épée à sa taille avec des « Han ! » furieux, se découvre dangereusement. Petit Loup, ayant fait le vide alentour, saisit à bras-le-corps l'enfant qui se débat et lui donne force coups de pied, le cale sur l'encolure devant lui et part au galop, abandonnant la royale monture et son harnachement aux charognards comme butin de consolation.

Quand la reine avait crié « Le roi ! », Fleur, obéissant au même réflexe que son père, avait lancé son cheval, mais Petit Loup avait impérieusement ordonné :

— Non ! Toi, veille sur la reine !

Fleur ne demandait pas mieux.

XII

Conscient de l'imminence du péril comme de l'importance du fardeau qu'il porte, Griffon, fils de Griffon, crinière au vent, poussant un hennissement qui éclate en un ricanement formidable, tel un de ces chevaux de l'Apocalypse, bêtes terrifiantes piétinant les constellations et dévorant les soleils, fonce droit devant lui. Qui ne s'écarte pas assez vite est mis en pièces. Cette fois, il va dans le sens de la déroute générale, dont il dépasse bientôt la tête pour galoper enfin en terrain libre.

Tête baissée sur l'encolure, Petit Loup doit déployer toute la puissance de son bras pour maintenir l'enfant roi et l'empêcher de se jeter à bas. Sigebert, écumant de rage, martèle de coups de poing le visage de son sauveur, criant :

— Laisse-moi ! Je suis le roi ! Je t'ordonne de t'arrêter et de me laisser aller ! J'ai dit : j'ordonne ! Obéis ou je te ferai couper la tête.

— Si je t'obéissais, seigneur roi, tu serais aussitôt pris et livré au roi Clotaire, qui te ferait égorger. Et cela, je ne le veux pas. Je t'amènerai à la reine. À vous deux, vous gagnerez la prochaine bataille.

— Tu dis n'importe quoi ! Tous sont vendus à Clotaire, tu le sais bien. Tous, tous ! Il n'existe pas sur terre d'endroit où nous cacher. Alors, tué pour tué, autant l'être en me battant. Tu vois bien qu'il ne me reste que ça : mourir l'épée au poing, et tâcher d'emmener avec moi quelques traîtres. Préfères-tu que je contemple le sourire de mon oncle Clotaire quand on m'ouvrira la gorge devant lui ?

Petit Loup, la gorge serrée, ne répond pas. L'enfant a raison. À quoi bon cette course folle ? Aussi loin puissent-ils galoper, ils seront partout en pays ennemi. Clotaire désormais règne sur les Gaules tout entières, et même au-delà. Austrasie, Burgondie, Aquitaine et Neustrie sont un seul royaume, dont il est le maître absolu, avec la complicité enthousiaste des leudes qui le lui ont servi sur le plat d'argent de la trahison. Les peuples voisins, ceux dont Brunehaut avait su se faire des alliés, Thuringiens, Saxons, Avars, Alamans, Lombards d'Italie, sont ou seront bientôt à sa dévotion... Ne pas y penser ! Foncer, foncer, droit devant ! Sans savoir où... Il vient à Petit Loup un embryon d'idée, un vague espoir à quoi, peut-être, se raccrocher. Il demande :

— La dame reine Brunehaut a filé de son côté, avec l'assistance de quelques fidèles, dont mon fils. J'ai constaté de mes yeux qu'elle a pu s'échapper. As-tu une idée de l'endroit où elle pourrait avoir l'intention de se rendre ? Un refuge, une forteresse, que sais-je ? Elle a certainement prévu quelque chose. Peut-être même t'a-t-elle fixé un rendez-vous pour le cas où les choses tourneraient mal ?

L'œil de Sigebert lance des éclairs :

— Ça ne pouvait pas tourner mal. La reine, pas plus

que moi, n'a coutume d'envisager des positions de repli. Qui prépare la défaite ne croit pas à la victoire.

Petit Loup apprécie en lui-même : « Voilà un gosse qui aurait fait un roi hors du commun, un roi à poigne. Il n'aurait pas supporté longtemps la mainmise de son arrière-grand'mère sur ses prérogatives. Il y aurait bientôt eu de l'égorgement dans l'air, ou de l'empoisonnement, peut-être. Quelle famille ! » Tout haut :

— Fouille bien ta mémoire. N'y a-t-il pas, s'il m'en souvient bien, de l'autre côté des monts Jura, au bord d'un lac, chez les Helvètes, aux confins du royaume, un lieu où séjourne une dame Téodelaine, ta parente ?

— Ma tante Téodelaine ? Si fait. Dans un village. Près de Noidenolex[1].

— À défaut de mieux, c'est au moins un but. La reine y sera. Peut-être. Où pourrait-elle être, sinon ? Nous verrons bien. Une fois là-bas, nous aviserons.

— J'aviserai. Moi. Je suis le roi. N'oublie pas.

« Attrape ! » pense Petit Loup. Soudain, l'enfant s'inquiète :

— Mes petits frères !

— N'étaient-ils pas avec la reine, seigneur roi ?

— J'ai vu au loin la reine qui fuyait, entourée de cavaliers dévoués, je n'ai pas aperçu la litière où étaient Corbus et Mérovée. Par contre, j'ai pu discerner Childebert, il galopait loin en avant, accompagné par un jeune leude qui tenait son cheval par la bride.

— On peut donc espérer que le seigneur Childebert est hors de danger.

1. Aujourd'hui : Neuchâtel.

L'enfant, de ses petits poings crispés, martèle la poitrine de Petit Loup. Il crie, dans un sanglot :

— Comment pourrait-il être hors de danger sur une terre où tout désormais obéit à Clotaire ? Même s'il franchissait les Alpes pour demander asile aux Lombards, ceux-ci le livreraient, ils ont trop peur des Francs.

Petit Loup, estimant avoir pris une assez confortable avance sur une armée victorieuse qui, même si le combat ne fut qu'un piteux simulacre arrangé de part et d'autre, n'en entend pas moins se payer de ses fatigues sur les dépouilles des « vaincus », ce qui nécessite un certain temps, Petit Loup, donc, permet à Griffon un galop moins soutenu que ce train d'enfer dont il ne s'est jusque-là pas une seconde départi. L'enfant ne l'entend pas de cette oreille. Il donne durement du pied dans l'encolure de Griffon, du poing dans le vaste poitrail de Petit Loup.

— Pourquoi ralentis-tu l'allure ? Je ne t'ai pas donné l'ordre de ralentir.

— Griffon est fatigué. Je le laisse un peu souffler.

— Souffler ? Quand les tueurs galopent à mes trousses ? Ils ne ménageront pas leurs chevaux, eux ! Ne prendront pas le temps de les laisser souffler ! Ils me veulent, te dis-je ! Allons, qu'on m'éperonne cette grosse bête !

— Oh, oh, seigneur roi ! Pour un combattant tout à l'heure si enragé d'en découdre et de mourir l'épée au poing, te voilà bien ardent à la fuite !

— C'est qu'il n'est plus question d'épée au poing, mais bien de crever saigné comme un porc au-dessus d'une bassine, ce qui n'est guère glorieux, conviens-en... Mais qu'est-ce là ?

Ils s'approchent. C'est une litière, à n'en pas douter.

De ces véhicules suspendus qu'affectionnent les dames d'importance, surtout quand elles voyagent avec des enfants. Richement ornée. Versée dans le fossé, les brancards tendus vers le ciel en suppliants. Vide. Sigebert saute à terre :

— C'est une de nos litières. Je la reconnais. Où sont mes petits frères ?

Pas ici, en tout cas. Les coussins de soie éventrés jonchent l'herbe, il a neigé des plumes tout autour, il traîne çà et là quelques gobelets, des jouets de bois peint... Pas d'enfant.

Petit Loup, à son tour, met pied à terre. Il fait le tour de la litière renversée, se gratte la nuque, examine l'herbe foulée, les fleurs des champs saccagées, s'éloigne, lentement, sans quitter le sol des yeux. Sigebert s'emporte, frappe du pied :

— Que fais-tu donc ? Tu vois bien qu'ils n'y sont pas ! Ou bien ils sont déjà loin devant, par l'effet de je ne sais quel miracle, ou bien ils ont été livrés aux gens de Clotaire. De toute façon, nous perdons notre temps. Je t'ordonne de monter en selle.

Pour toute réponse, Petit Loup, relevant la tête, affirme :

— Seigneur roi, si la chose t'intéresse toujours, je puis t'annoncer que tes frères sont là.

— Là ? Où ça, là ?

— Au bout de cette piste. Suis-moi.

L'enfant, surmontant avec peine sa panique, suit le colosse. La piste des herbes froissées mène à une sorte de tumulus envahi par la végétation et situé en contrebas de la chaussée, si bien qu'on ne peut, de la route, apercevoir l'ouverture, un gros trou que clôt une claie de châtaignier tressé enguirlandée de ronces.

D'un coup de pied, la claie légère vole en éclats, l'ouverture est dégagée. Il faudrait se mettre à quatre pattes pour entrer, attitude imprudemment exposée que se garde bien d'adopter Petit Loup. Il se borne à crier :

— Ohé, là-dedans ! Qu'on se montre !

Des cris aigus se faufilent au-dehors, cris d'animaux ou cris d'enfants, vite étouffés. Puis, plus rien. Adèle saute au poing de Petit Loup. Elle s'abat, une seule fois, sur le tumulus creux, l'effondre à moitié. Une tête surgit d'entre les débris et les mottes. Cette tête offre la particularité d'être absolument noire. Sa noirceur, cependant, n'atténue pas son expression principale, qui est la résolution. Petit Loup n'a pas encore ouvert la bouche que déjà cette tête a pris les devants, et ses propos sont empreints de la véhémence outragée de l'occupant légitime dont on saccage le logis sans prévenir.

Et voilà que, tout à coup, le débit récriminant est coupé net. La bouche courroucée reste béante — ce rose dans tout ce noir ! — sur un grief qu'elle ne formulera pas. L'homme noir jaillit hors de ce qui fut son domicile pour se jeter aux pieds de Petit Loup dont il enserre les genoux à pleins bras. Il ne récrimine plus. Il balbutie des paroles d'extase :

— Seigneur de la hache ! C'est donc toi ! Il y a si longtemps... Je savais que nous te reverrions. Je le dis sans cesse à mes frères.

Petit Loup, troublé, saisit le bonhomme aux épaules, le tient à bout de bras, le considère de toute l'acuité de son attention. Et, mais oui, sous tout ce noir se discernent des traits... Un peu empâtés, un peu ravinés, mais bien reconnaissables.

— Charbonnier ! Tu es un des charbonniers[1] !

— Tu m'as reconnu, seigneur de la hache ! Tu m'as reconnu !

— Et... tes frères ?

— Ils sont là, seigneur, ils sont là ! Je les appelle. Ho, vous autres ! Voyez un peu qui est là !

Deux autres têtes noires surgissent, comme des diables. Cela en fait trois. Le compte y est. Effusions. Quand tous trois ont à loisir baisé les genoux du seigneur de la hache, l'un d'eux — va savoir lequel ! — demande, d'une toute petite voix :

— Et... comment va-t-elle ?

Question attendue. Question inévitable. Petit Loup s'y tenait prêt. Il a passé l'éponge, Petit Loup. Non. Il a fait mieux. Il a compris, il a accepté. Quand même, le passé aurait pu prévenir. Y mettre les formes. C'est un peu brutal. Petit Loup prend sur lui. Ces trois-là sont devant lui, tremblants, il sait bien de quoi. Depuis tant d'années, ils ont nourri cet amour au plus profond d'eux. L'émerveillement est en eux, éblouissant, à tout jamais. Comme en lui-même. Oh, comme elle le mérite, l'amour qu'elle inspire ! Petit Loup sent lui monter les pleurs, pleurs d'un reste de vieille peur, d'attendrissement sur soi, sur les trois barbouillés, ses frères en elle, pleurs d'amour, d'amour, d'amour... Où qu'elle soit en ce moment, Minnhild ne peut pas ne pas ressentir la brûlure de cet amour, de ces amours en faisceau.

— Elle va bien.

1. Voir *Les Reines rouges.*

C'est tout ce qu'il trouve à dire.

— Elle... Elle pense à nous ; parfois ?

Comme il tremble en demandant cela ! Et comment y répondre ?

— Elle ne me le dit pas. Mais ses sourires disent que oui.

Le roi s'est tenu en dehors de ces effusions et de ces nostalgies. Lorsqu'il juge que l'attendrissement a eu plus que sa part, en roi bien élevé il tousse discrètement dans le creux de sa main, puis, en roi qui garde le sens des réalités, il prend sur lui de rappeler :

— Il me semble que cette piste était censée nous mener à mes petits frères.

C'est pourtant vrai ! Petit Loup, ramené au temps présent, va pour interroger les hommes noirs lorsque celui d'entre eux qui, jusqu'ici, a parlé pour tous, tombe à genoux devant l'enfant roi :

— Seigneur roi, tu es notre seul roi selon la nature, tu es le sang de Clovis et de Brunehaut...

Le roi, flatté au fond, ne perd pas de vue l'ordre des urgences :

— Abrège ! Mes petits frères, croquant !

— Ils sont là, seigneur roi, ils sont là ! Quand la litière a versé, les soldats censés défendre les seigneurs tes frères ont dételé les chevaux, ont sauté dessus et se sont sauvés au triple galop. Mes frères et moi, nous avons vu tout cela sans être vus. Les petits pleuraient. L'un s'était fait du mal. Nous les avons emmenés dans notre cabane. Ils sont là. Viens les voir.

— Il n'en est pas question. Trouve-nous un cheval. Je le monterai avec mon frère Corbus. Toi, Petit Loup, tu prendras avec toi le petit Mérovée, qui n'a que six ans et ne saurait pas se maintenir en croupe.

— Des chevaux, par les temps qui courent, ce n'est pas ce qui manque, seigneur roi. Tiens, voilà justement une jument baie toute sellée qui vient par ici, courant comme une folle, droit devant elle. Elle a jeté à bas son cavalier, pour sûr. C'est peureux, ces bêtes-là.

La jument a fière allure, mais ses yeux fous, sa bouche grande ouverte au vent de la panique, disent assez sa terreur incontrôlée. Les trois charbonniers, adoptant aussitôt, sans même s'être concertés, les dispositifs d'une manœuvre savante qui donnerait à penser qu'en marge de leur industrie avouée du charbon de bois ils pourraient bien pratiquer plus discrètement celle de voleurs de chevaux, parviennent en un tournemain à bloquer l'animal entre les deux extrémités d'un solide cordage de chanvre, tandis que le troisième frère saute en selle et calme de la voix et du geste la jument frémissante.

Les deux enfants royaux sont extirpés du repaire semi-souterrain et installés sur les chevaux suivant la répartition ordonnée par Sigebert. L'un d'eux, le petit Corbus, pleurniche, il s'est écorché le genou quand la litière a versé. Petit Loup y jette un œil : peu de chose, un rien de peau lacérée. Il nettoie le bobo à l'eau fraîche, ce qui calme le petit.

Sigebert trépigne d'impatience. Enfin, tout est paré, il crie : « En selle ! » Lui-même, aidé par un charbonnier qui lui présente ses deux mains enlacées, saute sur l'échine de la jument baie, son frère est hissé en croupe derrière lui tandis que Petit Loup, chevauchant Griffon, prend en charge sur l'encolure le prince Mérovée, bien calé devant lui.

Trois statues de basalte font la haie pour saluer leur départ. Des yeux des charbonniers coulent des larmes de suie. Larmes d'attendrissement, larmes d'appréhension : la mort court les chemins. Ils agitent la main. Celui des trois qui, décidément, semble remplir l'office de porte-parole, crie, s'adressant à Petit Loup, puisque Sigebert ne lui prête nulle attention :

— Dis à la reine que nous l'aimons. Dis-lui que ce que nous faisons, nous le faisons pour elle.

Plus ému qu'il ne voudrait, Petit Loup affirme :

— Je le lui dirai.

Le charbonnier, enfin — et, sous la couche de charbon, on pourrait le voir rougir —, ose proférer la seule chose qui lui tient à cœur :

— À « elle », dis-lui que tu nous a vus. Que nous ne l'oublierons jamais. Dis-le-lui.

Petit Loup acquiesce d'un hochement de tête. À quoi bon les mots ? « Elle » saura. Et versera de douces larmes.

Sigebert prend la tête. Plus son royaume lui échappe, plus il tient à marquer qu'il est le roi. Petit Loup lui laisse bien volontiers cette satisfaction, quitte à reprendre la direction des opérations quand surgira le danger. Le roi lève le bras :

— En avant !

À ce signal pondéré répond le hurlement de Petit Loup :

— Aux armes ! Trahison !

Il a crié « Trahison ! », c'est le mot qui lui est venu. Ce n'est pas exactement de trahison qu'il s'agit, plutôt d'un effet immédiat de la trahison générale. Les éclaireurs avancés de l'armée de Clotaire, ayant facilement rattrapé puis dépassé les fuyards de l'armée de Brunehaut dont ils ont laissé au gros des leurs le soin de les dépouiller dans la bonne humeur mutuelle, ces éclaireurs, chargés d'une mission toute spéciale : capturer le roi Sigebert, la reine Brunehaut et tout ce qu'ils pourront rafler de leur parenté et descendance, ces éclaireurs sont là.

Ils ont franchi la crête, ils dévalent la pente de toute la vitesse de leurs chevaux, ils crient leur haine et leur joie féroce, ils ne brandissent pas d'armes, ils ont ordre de ne pas tuer, les otages doivent être ramenés bien vivants, la mort sera pour plus tard, devant le trône du vainqueur. Elle sera lente et douloureuse.

Il n'est plus question de fuir. Avant que les deux chevaux n'aient pris le galop ils seraient encerclés. Il faut donc faire face.

Déjà Adèle la bonne hache a sauté entre les paumes de Petit Loup, déjà un cercle d'acier infranchissable protège Griffon et son compagnon, serrés flanc à flanc. Sous ce cercle de mort, Sigebert frappe à tour de bras de son épée réduite, de taille et d'estoc, crie « Tue ! Tue ! », fort enragé à l'empoignade, n'ayant pas conscience que, suivant la consigne, les assaillants évitent de blesser sa trop précieuse personne.

Tout cela traîne. La chose aurait dû être réglée en un clin d'œil. Or, elle dure, elle s'éternise. Les Neustriens ne sont qu'une dizaine, ça semblait largement suffire, à l'usage c'est bien peu pour abattre le mur tourbillonnant de l'alliance Petit Loup-Griffon-Adèle. Surtout quand on ne peut qu'assommer sans tuer. Et voilà maintenant qu'un élément imprévu vient au secours du bon droit. Un assaillant, soudain, porte la main à la tempe et s'écroule, vide les arçons, frappé par on ne sait quel projectile invisible. Et un autre... Un troisième... Leurs chevaux, privés de cavaliers, s'enfuient en hennissant. L'un d'eux traîne le sien sur les cailloux par un pied coincé dans l'étrier.

Un rapide coup d'œil renseigne Petit Loup. Ce sont les charbonniers qui entrent en guerre, postés à distance idéale de jet. Les frondes tourbillonnent, les galets lisses et ronds sifflent et ronflent, les casques volent, les crânes éclatent.

Stimulée par ce renfort inattendu, Adèle s'enflamme d'une ardeur nouvelle. Les Neustriens fléchissent. Et, d'un seul coup, se débandent. Qu'est-ce donc ? Rien d'autre que la survenue d'une bande de villageois, pique, fourche ou simple trique au poing, qui accourent, sortis d'un hameau proche, et cognent, et hurlent à cœur joie :

— Nous voulons notre reine Brunehaut ! Nous aimons notre bonne Brunehaut ! Mort à ces chiens du Nord ! Noël pour notre roi Sigebert !

Un massacre s'annonce. Malgré l'avantage d'être à cheval, les Neustriens vont succomber sous le nombre. Déjà un essaim de croquants se sont jetés sur l'un d'eux, le plus arrogant, bourdonnant comme abeilles en furie, l'ont arraché à sa selle, jeté à terre, et maintenant s'acharnent à le mettre en pièces à coups d'instruments aratoires, déshonneur suprême. Les éclaireurs neustriens, du moins ce qu'il en reste, jugent plus sage de décrocher, de s'éloigner à quelque distance, hors de portée des frondes redoutables, et de prendre patience.

Après tout, le gros de l'armée victorieuse finira bien par arriver.

Autour de Sigebert, on se congratule. Les paysans s'inclinent devant l'enfant roi, qui s'est tout de suite donné pour ce qu'il est, en dépit des réticences de Petit Loup, lequel n'oublie pas que l'on est en fuite et qu'il faut se tenir prêts à piquer des deux à tout instant. Mais Sigebert, découvrant que le menu peuple est avec lui et lui crie son amour, hume le parfum grisant de la popularité, se sent porté par le vent de l'Histoire. Il aurait volontiers sauté à terre et se serait laissé porter en triomphe par les villageois enthousiastes si Petit Loup ne l'avait maintenu de toute la force de son bras sur l'encolure de Griffon.

Les trois charbonniers, tout farauds de leurs exploits, arborent de noirs sourires en se tenant soigneusement à l'écart. Il n'est jamais bon pour eux d'approcher les paysans, même en période de liesse. Tout charbonnier est homme des bois, plus ou moins garou, plus ou moins compère des êtres inhumains et des forces maléfiques qui se glissent derrière les troncs ou flottent au-dessus des marécages, un peu braconnier, un peu voleur de poules, beaucoup trousseur de pucelles et, dit-on, mangeur de petits enfants. Par là-dessus, sorcier, cela va de soi. Les charbonniers sourient, de loin.

C'est au plein de ces réjouissances qu'arrive la première flèche. Un paysan, un grand rougeaud, soudain gonfle les joues, avance les lèvres et fait « Ouf ! » Les yeux lui sortent de la tête, empreints d'une stupeur indicible. Et puis il tombe en avant, tout d'une pièce, et l'on peut voir qu'une longue tige de bois léger sort de sa nuque, prolongée par un coquet bouquet de plumes d'oiseau de couleurs vives qui vibre et fait « Dzouinng ! »

La pointe aiguë a pénétré juste là où se tapit le centre de la vie, l'organe subtil qu'il suffit d'effleurer pour abattre comme une masse le plus fort colosse.

La stupeur devient panique quand une deuxième flèche, à l'empennage de couleurs différentes, vient se ficher par le travers de la gorge d'un bouvier armé de son pique-bœuf. Tous savent ce que cela signifie : les Avars. Les terribles nains jaunes, les cruels gnomes aux yeux bridés vomis par l'Asie, les archers diaboliques, les cousins des Huns. On ne les avait pas vus depuis longtemps, ceux-là. Leur dernière incursion date de vingt ans. Brunehaut les a jugulés, par la suite a acheté leur neutralité, puis a signé avec leur Khakhan un traité d'alliance. La présente débâcle, à peine connue, réveille les convoitises. Chacun veut se tailler un lambeau à dépecer.

Les villageois s'épouvantent. Un seul cri :

— Les Huns !

Non, ce ne sont pas les Huns, mais cela ne vaut guère mieux. Un siècle après l'apogée d'Attila, un chef avar, le grand khan Baïan, a fondé un nouvel empire mongol presque aussi étendu, couvrant toute l'Europe de l'Est, des mers nordiques à la mer Noire, borné à l'ouest par les peuples soumis aux rois francs[1].

Les flèches, maintenant, pleuvent. Les villageois s'égaillent, tirés comme des lapins. Les trois charbonniers, cibles trop parfaites, s'abattent presque ensemble. Suivant leur antique coutume de combat, les Avars ne se montreront que lorsqu'ils auront tout tué.

Petit Loup pousse Griffon perpendiculairement à la

1. Il faudra attendre le règne de Charlemagne pour voir réduite, après bien des luttes et des massacres, la puissance avare.

direction d'où semblent venir les flèches, afin de rendre le tir moins facile que sur une cible qui avance ou s'éloigne dans le sens du tir. Il tire par la bride le deuxième cheval. Les enfants, blêmes de peur, n'émettent pas une plainte. Estimant le moment propice, les Avars se découvrent enfin et, la lance pointée en avant, poussant des genoux leurs petits chevaux velus, chargent.

Les Neustriens, devant la survenue de ces nouveaux prétendants à la possession du terrain ainsi que des otages — dont ils ne soupçonnent pas la valeur —, demeurent dans une prudente expectative. Mais voilà que, sur l'horizon opposé à celui d'où jaillirent les archers avares, se montrent des cavaliers nombreux dont les bannières disent assez qu'ils sont l'avant-garde de l'armée de Clotaire.

Les destins basculent. À grand renfort de gestes et de cris, les éclaireurs incitent les arrivants à les aider à encercler Petit Loup et les enfants royaux, tout en maintenant en respect les Avars, éléments isolés d'une unité de reconnaissance trop peu nombreuse face au déferlement de l'armée neustrienne.

Les Avars, prévoyant que ce sera désormais avec le roi Clotaire que se régleront les différends territoriaux et qu'il y a donc, pour leurs khans, tout intérêt à entretenir des relations de bon voisinage avec les gens dépendant de ce monarque, aident courtoisement à la capture. Les fuyards sont bientôt entourés d'un cercle serré d'arcs à la corde tendue à l'extrême de la tension, dardant sur eux autant de ces flèches empennées dont Petit Loup a pu apprécier la redoutable efficacité.

Il n'a nulle envie de mettre bas les armes, Petit Loup. Il sait trop que, pour le roi et ses frères, ce serait la mort, une mort abominable, une mort interminable, dans des raffinements de cruauté. Empêtré du deuxième cheval, il tourne et vire, maintient tant bien que mal à distance les Avars qu'ont maintenant rejoints les Neustriens, puissamment secondé par Griffon qui a l'intelligence du combat. Mais son bras faiblit, Adèle fauche avec moins d'ardeur, et soudain une corde habilement lancée s'abat sur ses épaules, son cou est pris dans un nœud coulant qui le serre sans rémission, il étouffe, sa vue se brouille, tout est noir, il vide les étriers[1]. D'autres cordes à boucle coulissante s'abattent, étranglent Griffon et l'autre cheval, les entravent aux pieds, les jettent à terre. Des mains rapaces se saisissent des trois enfants. C'en est fait.

---

1. Eh oui, les Huns, puis les Avars, pratiquaient l'art du lasso !

XIII

« Veille sur la reine ! » avait crié Petit Loup à son fils, tandis que lui-même prenait soin de l'enfant roi et que hurlaient les premiers rugissements de la panique. Fleur avait obéi à cet ordre avec d'autant plus d'empressement qu'il était sous le choc de la révélation du puissant lien qui l'attachait à Brunehaut. Et certes elle avait besoin qu'on veille sur elle, l'indomptable, en cette heure terrible où la peur, autour d'elle, changeait les dévouements en abandons, les fidélités jurées en reniements, où la brillante escorte qui l'accompagnait dans sa montée vers le triomphe s'était, d'un coup, évaporée, ne laissant qu'un vide abject où surnageaient quelques rares visages loyaux ravagés par la terreur. Car on savait qu'il n'y aurait pas de quartier. Le fils de Frédégonde voulait la mort ignominieuse de l'ennemie exécrée et l'anéantissement de sa race.

La maigre poignée de fidèles à tout crin faisant bloc autour de Brunehaut et de Minnhild avait pu tout d'abord prendre de vitesse des poursuivants trop occupés à fraterniser avec les soldats félons — et à les dépouiller en toute fraternité ! Il avait fallu rien de moins qu'une colère ravageuse du roi Clotaire pour que la chasse à la reine déchue et à ses enfants s'organisât avec méthode et acharnement.

Un choix s'impose. Descendra-t-on, par les vallées de la rivière Saône et du fleuve Rhône, vers la Provence, antique enclave austrasienne en terre burgonde, en tâchant de courir plus vite que la nouvelle du désastre, pour, de là, gagner l'Italie en longeant le rivage marin afin de se mettre sous la protection du roi des Lombards, Agilulf, lequel avait tout récemment fiancé une de ses filles à l'un des frères puînés du roi Sigebert — Brunehaut ne se rappela plus auquel précisément — et, à cette occasion, avait signé un traité d'amitié, d'alliance et d'assistance mutuelle avec le roi de Burgondie, autre frère d'entre les frères, peut-être bien le même, après tout ?

Ou bien coupera-t-on au plus court, franchissant l'une après l'autre les croupes onduleuses des monts Jura pour se jeter chez les placides Helvètes, peuple entre tous fidèle à la foi jurée ?

L'évêque Witold, vieil amoureux platonique — ? — de Brunehaut, qui, de par la force des sentiments et la fatalité des circonstances, est de l'équipée, a fort sagement opposé à la première solution envisagée que les leudes, comtes, ducs, évêques et autres dignitaires des nombreux pays à traverser étaient fort probablement tous dans le secret du complot infâme et que ce serait leur offrir une trop grande joie que d'aller courtoisement se jeter entre leurs griffes rapaces pour, ensuite, être livrés au roi Clotaire contre récompense. Le digne évêque émettait d'autre part les plus expresses réserves quant à la loyauté du roi des Lombards, qui se montrerait peut-être tout d'abord accueillant, mais ne résisterait certainement pas à l'injonction du roi Clotaire, devenu le plus puissant monarque d'Occident, d'avoir à lui livrer sa proie.

On s'était donc rallié à l'avis de Witold, lequel avis se révéla plus judicieux encore que prévu, puisque les chasseurs de têtes de Clotaire, n'imaginant pas qu'on pût fuir par ces sentes de montagne si peu propres au galop, avaient bêtement pris par le plus direct et s'étaient envolés droit au midi.

En avant-garde, deux indéfectibles, les patrices Ingomer et Rusticus, vieux ennemis de Frédégonde qui n'ont nulle clémence à espérer de son fils, scrutent halliers et éboulis propices aux embuscades. À une vingtaine de toises chevauche la reine, Minnhild à son côté. Viennent ensuite l'évêque Witold, quelques clercs et une poignée de serviteurs fidèles dans le malheur. Fleur ferme la marche, attentif au moindre bruit de galop sur ses arrières.

Afin de ménager les chevaux, qu'il ne sera certainement pas possible de changer en cours de route, on a remonté le cours de la rivières Doubs, allongeant d'autant la distance mais évitant d'avoir à attaquer de front les raides pentes jurassiennes. Ayant ainsi contourné l'obstacle, on avait pénétré dans le pays des Celtes helvètes et des Alamans par le Seuil de Bourgogne, étroite plaine étirée entre Vosges et Jura, puis, suivant la vallée du fleuve Rhin, on avait joint celle de l'Aar, que l'on avait remontée jusqu'à l'endroit où cette rivière tumultueuse naît du lac de Neuchâtel.

La reine se tient en selle comme si, victorieuse, elle passait en revue le front des troupes. Rien ne paraît sur son visage de la terrible incertitude où elle est du sort du roi et de celui de ses autres arrière-petits-enfants. Elle ne se fait aucune illusion. Il n'est pour eux nul asile, en nul endroit. S'ils n'ont été pris, ils le seront bientôt, à moins de miracle. Brunehaut est pieuse, mais d'une piété à elle. Elle professe que les miracles se méritent. Elle ne se cherche pas d'excuses. Elle n'a pas su voir agir la trahison, elle s'est laissé berner une fois encore. Elle ne s'en relèvera pas.

Elle devrait se reprocher au premier chef sa faute majeure, celle qui contenait en germe toutes les déconvenues qui devaient suivre, celle dont la conséquence implacable est l'actuelle catastrophe : l'indulgence inexplicable par laquelle, il y a de cela treize ans, après sa décisive victoire de Dormelles, elle laissa la vie à Clotaire vaincu et en fuite, et même alla jusqu'à lui faire don d'un embryon de royaume, se riant des exhortations de ses conseillers qui, lucides, réclamaient, selon la coutume, la mort du vaincu, au nom du vieil adage : « Morte la bête, mort le venin ! »

D'un esprit moins positif, elle se laisserait aller à incriminer je ne sais quel charme maléfique légué à son fils par Frédégonde, l'empoisonneuse, l'enjôleuse, la sorcière à qui obéissaient les forces obscures agissant au loin. Plus sagement, elle convient que l'euphorie de la victoire lui était montée à la tête comme un hydromel trop capiteux, et bon, quoi, le passé est le passé, le ressasser n'avance à rien, préparons-nous plutôt à affronter l'avenir, lequel, tel qu'il se présente, ne saurait être que fort court et fort calamiteux.

Minnhild la toute vive, Minnhild la frémissante, voudrait bien, à l'instar de sa chère Brunehaut, montrer un visage digne, sinon serein. Mais, moins maîtresse des sentiments qui altèrent ses traits délicats, elle laisse transparaître l'angoisse où la plonge l'incertitude quant au sort de Petit Loup, dont elle ignore tout depuis l'instant où elle l'a vu disparaître pour se porter au secours du petit roi. Minnhild voit s'ouvrir devant elle des jours d'horreur. Elle ne conçoit, au bout de l'inutile chevauchée, que sang et larmes — peut-être encore pis.

La proximité de son fils, droit et fier sur son cheval, la réconforte et la désespère. La réconforte par sa présence même, la désespère par la vision de la chair de sa chair livrée au bourreau en même temps qu'elle-même.

En bout de colonne, Fleur, cavalier solitaire, est tout à sa découverte intime. Où il va, il ne s'en soucie, puisqu'il y va avec elle. Aucune macération dans le tragique. Pour autant qu'il accorde une pensée à ce qui n'est pas le moment présent, il veut espérer. Jeunesse et espoir vont de pair, de même qu'amour et insouciance. On s'en sortira. Comment ? On verra, le moment venu.

Pour l'instant, son horizon ne s'étend pas au-delà des épaules de Brunehaut sur quoi ruisselle la blanche toison — « l'avalanche d'argent », s'extasie-t-il —, pas au-delà du dos étonnamment juvénile qui accompagne — avec quelle grâce ! — le balancement du cheval. Il ne voit pas que Minnhild, juste à côté, est au moins aussi belle — et combien plus jeune ! Minnhild est sa mère. Voit-on la femme en sa mère ?

Brunehaut, plongée dans son marasme, a-t-elle conscience du cataclysme passionnel qu'elle a déclenché ? Fût-elle à l'article de la mort, toute femme sent ces choses. Et les savoure. Brunehaut est une charmeuse. Il lui est tout naturel de charmer. Le temps a passé, l'âge a mordu sur elle, le charme, toujours, plus que jamais, est là.

D'autres se fanent, qui n'ont que la fraîcheur. Brunehaut fait mieux que durer, elle conquiert, comme toujours elle conquit. Elle accueille la ferveur de Fleur en hommage dû, en chose allant de soi. Et, mais oui, n'est-ce pas son propre cœur qui bat la chamade ? Cela l'amuse. Amoureuse ? Les limites extrêmes du comique sont franchies... Comme si cela se commandait !

Le prieur d'un couvent a consenti à offrir aux fugitifs l'hospitalité de ses murs pour une nuit, charité qu'il paiera peut-être de la vie. Le lendemain, ils atteignent la rive du lac, la longent jusqu'à sa pointe sud, de là gagnent un village où la reine entretient une de ces résidences, toujours prêtes à la recevoir, qui jalonnent les itinéraires de ces voyages éclair dont elle était coutumière. La reine retrouve là sa petite-fille Téodelaine, qui y réside.

L'automne tout autour flamboie d'ors et de pourpres. Le lac, dans cet ardent écrin, frémit sous la pluie douce. Brunehaut laisse se perdre ses regards sur la mouvante surface aux reflets fugaces. Fleur est à son côté. Ils sont seuls, elle l'a voulu ainsi.

Le lieu, l'instant sont aux alanguissements. Elle s'y abandonne, goûtant de tous ses sens, de tout son désir d'oubli, cette éternité d'une heure. Cet amour inattendu, cet amour incongru qu'elle sent s'enraciner en elle — elle accepte le mot, ne se ment plus, cesse de ricaner d'elle-même —, comme elle voudrait pouvoir le contempler grandissant, prenant force et l'envahissant toute, heure après heure, jour après jour ! Elle en vit d'avance les étapes, ressent d'avance son appréhension frémissante devant l'irrésistible progression. Devant chaque amour naissant elle redevient fillette éblouie et craintive, elle résiste, vaincue d'avance, pour la griserie de la lutte.

À cet amour-là, le temps manquera. Sachant les heures comptées, saura-t-il brûler les étapes ?

Elle devra oser le premier aveu, le premier geste. Tout au moins les susciter. Si elle ne l'aide, il se taira, mourra étouffé par son secret, il est de cette race. Du fond du vaste capuchon qui la protège de la pluie tenace mais aussi l'isole, elle sent l'envelopper son regard. La main de Fleur, forte main, main loyale, repose sur la grossière rambarde de bois brut. Elle l'effleure des doigts, la couvre de sa main. Il tremble.

Il ne parlera pas. Elle devrait le faire. À quoi bon ? La seule chose qui importe, cette chose-là n'a pas besoin de paroles. Ils restent comme ça, sa main à elle, tiède et douce, sur la main glacée. Elle sait que l'ombre du capuchon lui est propice, estompe les contours du fin visage que les rides sculptent en majesté. Coquette, elle en use. Et puis elle se rebiffe. On ne triche pas ! Elle est vieille. Il l'aimera vieille. Il aimera sa vieillesse même. Elle se voudrait hideuse, et qu'il l'adorât. D'un geste brusque, presque violent, elle rejette le capuchon.

La chevelure croule, fluviale. La tête altière se dresse, portée par le cou musculeux dont les fanons ne font que souligner la sveltesse. Elle le regarde bien en face. C'est un défi. Il ne s'y trompe pas. Elle lui fait le don suprême de se laisser voir telle qu'en sa vérité. Elle l'estime donc assez, l'aime donc assez pour cela ! Oh, comme il l'aime ! Comme elle est digne d'être aimée ! Il défaille.

Il la domine de la tête. Elle tend vers lui son visage. La pluie insidieuse s'y est condensée en deux sillons de larmes d'automne qui suivent nonchalamment le chemin tracé. C'est une invite. Il ose. Il approche ses lèvres, effleure les gouttes limpides, les boit. Et boit son odeur. Il sait alors qu'ils mourront ensemble, bientôt, très bientôt. Ce seront leurs noces. Il est impatient.

Téodelaine, petite-fille de la reine Brunehaut, a vingt-cinq ans. Elle devrait être mariée depuis longtemps. Les filles de sang royal sont unies dès la puberté — souvent même bien avant — à des garçons d'égale provenance afin de sceller des alliances profitables aux deux parties, bien que les différends politiques ou territoriaux se règlent plutôt par la violence, l'assassinat ou l'invasion. Téodelaine n'est pas mariée parce que l'abondance des rejetons femelles dans la famille issue des œuvres lointaines du grand ancêtre Mérovée est telle qu'on n'a pas encore trouvé preneur pour sa gentille personne.

Elle est pourtant fort accorte, Téodelaine. Ceci mérite d'être souligné, les filles de la lignée mérovingienne présentant trop souvent les caractères des races germaniques portés à leur plus grand degré de plénitude : jeunes ogresses blondes à l'excès, à la mâchoire redoutable, à la taille poulinière, au téton granitique, à la fesse carrée, l'ensemble tournant vite à la futaille à moustaches, terreur des maris qui ne connaissent qu'un moyen pour en venir à bout, la strangulation pendant le sommeil, à la rigueur l'empoisonnement s'ils ont les moyens de payer l'artisan expert en potions libératoires.

En Téodelaine, la rusticité mérovingienne s'est adoucie d'un copieux ajout de sang wisigothique apporté par Brunehaut. Les Wisigoths, peuple tout aussi germanique que les Francs mais moins imbu de sa pureté originelle, se sont mêlés sans vains préjugés à l'élite des peuples par eux soumis, gallo-romaine lorsqu'ils régnaient sur l'Aquitaine, latino-ibérique en Espagne. Ces deux nations au poil noir ou châtain, à la taille moins massivement imposante et plus svelte, ont communiqué à la descendance issue de Brunehaut cette souplesse, cette élégance, cette grâce, ce sens de la mesure en toutes choses qui la font rechercher en mariage par les cours ayant quelque souci de la beauté féminine chez leurs souveraines, et ceci, dit-on, jusque chez l'empereur qui règne à Constantinople, ville fabuleuse.

En ce moment, l'espiègle Téodelaine est assise — accroupie, plutôt — sur un fort exigu et fort malcommode tabouret aux pieds du siège de fer forgé adouci de force coussins où trône la reine sa grand'mère. Elle file la laine, Téodelaine, comme toute jeune personne élevée selon les bons principes, mais c'est seulement pour s'amuser et goûter un peu l'effet que ça fait. Elle préfère de beaucoup lire dans le texte les tragiques grecs ou les comiques latins dont elle dissimule les rouleaux [1] derrière des rouleaux de prières pour peu que se pointe à l'horizon quelque évêque ou quelque abbé, car il ne faut scandaliser personne.

1. Eh, oui. Le livre (*codex*) n'était pas encore d'usage courant. Les œuvres se lisaient en rouleaux (*volumen*) pas pratiques du tout, surtout pour lire en cachette.

Brunehaut n'émet aucune objection à ces lectures profanes — et même profanatrices. À la cour de son père le roi d'Espagne, les femmes nobles savaient lire, étudiaient les langues classiques, dissertaient littérature, art, sciences, philosophie, tenaient des cours d'amour et, à l'image des matrones romaines de jadis, vivaient assez librement.

Depuis un instant, la quenouillée de Téodelaine reste immobile au bout de son bâton, ses regards se perdent en quelque incolore néant, sa bouche mignonne bée à demi, entr'ouverte à la dimension exacte qui permettrait le passage d'une cerise. Brunehaut s'avise de cela, et s'en inquiète :

— Téo, chère petite, à quoi donc rêves-tu ?

La jeune fille rougit violemment, ce qui en soi est une réponse. Brunehaut l'accepte pour telle, mais la juge insuffisante. Elle demande un complément d'information :

— Tu rougis ? Serais-tu donc amoureuse ?

Rougir davantage paraît impossible. C'est pourtant l'exploit que réussit Téodelaine.

On peut considérer que cette deuxième réponse muette confirme l'interprétation que fit la reine de la première. Pour éloquente qu'elle soit, la curiosité féminine ne saurait toutefois s'en contenter. Brunehaut, malicieuse, passe à la question qui vient immédiatement en deuxième lieu :

— De qui, petite cachottière ?

Là, surprise : Téo éclate en sanglots. Elle hoquette :

— Il ne me regarde même pas ! Pour lui, je n'existe pas. Je ne suis rien, rien du tout !

Ce qui ne répond pas à la question posée. C'est l'expression d'un état d'âme, d'un état d'âme violent. Brunehaut quitte son siège, s'agenouille, prend la tête de Téodelaine entre ses bras, la berce sur sa poitrine, fait « Là... Là... »

La compassion est une chose. La curiosité en est une autre. Elles vivent chacune leur vie, sans interférer. Brunehaut compatit, mais Brunehaut veut savoir. C'est pourquoi, tout en berçant sa petite-fille et en séchant ses larmes, elle insiste tendrement :

— Quel imbécile pourrait être assez aveugle pour te dédaigner, ma chérie ?

Téo se révolte :

— Ce n'est pas un imbécile ! Il est... Il est merveilleux !

C'est déjà ça. Quoique, les yeux de l'amour... Puisque la petite, butée, ne répondra pas à une question directe, Brunehaut décide de procéder par éliminations successives. Elle commence :

— Il est ici ? Parmi nous ?

Téo hésite. Cela suffit à l'astucieuse grand'mère. S'il n'était pas ici, elle n'aurait pas hésité. Brunehaut considère que le cas est réglé. Elle continue :

— Bon. Il est ici. Il n'y a pas tellement d'hommes, ici. Encore moins de jeunes gens. Ce n'est pas un clerc, tout de même ?

Téodelaine secoue la tête, hausse les épaules. Brunehaut respire :

— Ouf ! Eh, mais... Ne me dis pas que c'est un esclave !

Téo ne se donne même pas la peine de hausser les épaules. Brunehaut sent un grand froid la mordre au ventre. C'est par acquit de conscience qu'elle demande, d'une voix qui pense à autre chose :

— Ce n'est tout de même pas ce vieux Witold ?

Cette dernière supposition a été émise sur le ton — raté ! — de la plaisanterie. C'est bien ainsi que le comprend Téodelaine. Complaisante, elle y fait écho par une esquisse de rictus.

L'élimination a fonctionné. Il ne reste qu'une possibilité, qu'un seul mâle disponible, qu'un nom, que Téo ne demande qu'à se laisser arracher. Elle s'y tient prête, renfrognée pour la forme. Mais Brunehaut arrête là l'interrogatoire. Elle s'est levée, marmonnant :

— Allons, petite, nous perdons notre temps à des bêtises...

Et, à grands pas, elle gagne la porte.

Elle n'aurait pas cru que ça pouvait encore faire aussi mal.

XIV

Ainsi passent les jours, ces jours de condamnés à mort que Brunehaut avait rêvés désespérément ardents. L'amer et pathétique bonheur dont elle avait cru illuminer l'ultime répit lui est refusé. Se laisser aimer par Fleur, c'est le voler à Téodelaine. Le défi fou magnifié par son absurdité même devenait une sordide poussée d'érotisme sénile. Elle se hait, injurie son corps, de ses ongles se lacère les seins, découvre avec consternation, avec horreur ce qu'elle est devenue, devient vieille par le constat de sa vieillerie même.

Lui ne voit rien. Il vit son rêve, il n'a même pas conscience qu'elle l'évite. Le furtif instant où leurs deux mains s'unirent ne s'est pas reproduit. Il le savoure, souvenir précieux, le revit, comblé. Tout à son exaltation, il en idéalise l'objet, heureux quand il l'aperçoit, heureux quand il l'imagine. Elle a bien tort de se dépriser, pour lui elle est l'idéal même, intangible, immuable, adorable.

Il côtoie l'amour éperdu de Téodelaine sans même le voir. Il aime bien la grande fille, goûte sa présence, déplore cette tristesse qu'elle traîne partout avec elle et qu'il ne comprend pas.

C'est de Téodelaine la délaissée, de Téodelaine l'inassouvie, que vient le sursaut. Passé la première stupeur de la débâcle, alors que Brunehaut s'abandonne languissamment à on ne sait quelle vénéneuse résignation à la fatalité du désastre et tend le cou à la hache en berçant l'attente par des tourments sentimentaux et de complaisants pleurs sur soi d'un stoïcisme de Romain de la décadence, Téodelaine, peut-être justement parce que la déception l'aiguillonne, soudain rue des quatre fers. Faisant fi de tout respect, elle interpelle sa grand'mère :

— Dame aïeule, pardonne l'audace de mes paroles. Je ne puis comprendre, encore moins supporter, de te voir, jour après jour, demeurer coite et immobile, docile comme une brebis attendant son tour à la porte de l'abattoir. Ceci te ressemble bien peu, à toi, la combattante, à toi, l'indomptable qui jamais ne baissa la tête que pour mieux la relever. Tu t'abandonnes à je ne sais quel morbide renoncement, tu attends la mort, tu te plais à te contempler l'attendant, non seulement pour toi, mais aussi pour nous, tes fidèles. Tu te résignes en notre nom, tu nous sacrifies comme on sacrifie les chevaux de grand prix d'un chef germanique à ses funérailles afin qu'ils l'accompagnent dans son voyage vers l'au-delà.

« Il y a pis. Tu ignores le seigneur roi Sigebert ainsi que tes autres arrière-petits-enfants, que tu as laissés en grand danger d'être pris, ce qui, à l'heure actuelle, est peut-être fait.

« Je n'ai nulle vocation de mourir, bien que la vie n'offre pour moi aucun attrait — là, elle soupire en glissant un regard éloquent vers l'attrait défaillant, regard apparemment sans effet sur ledit attrait, perdu qu'il est dans sa contemplation habituelle, à savoir la reine —, mais ce qu'Aristote nomme « instinct de conservation » crie très fort, en dépit que j'en aie, en mes intimes profondeurs. La mort, donc, n'offre pour moi nul attrait — nouveau regard appuyé, nouveau regard perdu —, mais je sais que je n'y échapperai pas, non plus que tous ceux qui, de près ou de loin, touchent à toi. La descendance de Mérovée le Grand, comme jadis ces Atrides que chanta le vieux Grec païen Eschyle, est vouée à la tuerie fratricide, surtout depuis que s'y est glissé ce serpent, Frédégonde, qui, par-delà la mort, agit encore par l'effet de son venin.

« Je ne puis donc envisager que la mort comme futur, mais je ne l'accepte pas de bon cœur, ça non ! Je me battrai. Et je me battrai mieux si chacun ici se bat. Avec toi à notre tête, dame reine.

Le coude sur le genou, le poing sous le menton, Brunehaut a écouté sans broncher cette longue exhortation pleine de feu et d'érudition gréco-latine pêchée chez les bons auteurs. Un sourire, non de dédain, mais d'attendrissement, joue sur ses lèvres. Elle parle :

— Petite, j'attends, certes. Mais pas forcément la mort ignominieuse promise par ce fils de pute — passe-moi l'expression, nulle autre ne saurait être plus juste. Sache que le grand Khakhan des Avars, dont l'empire s'étend dans les limites mêmes où s'étendait celui du seigneur Attila, m'est tout acquis. Il se peut que des unités isolées de ses troupes de frontière aient profité de mon actuelle — et toute provisoire — déconfiture pour se jeter à la curée. Il n'en est pas moins vrai que le seigneur Baïan reste mon allié fidèle et, je le sais, se tient prêt à envahir les Gaules à mon signal...

— Cela se peut-il ? Et qu'exige-t-il en paiement ?

Réflexion qui montre assez que Téodelaine n'est pas seulement une jeune personne érudite imprégnée de culture littéraire, mais aussi ce qu'on se complaît à désigner par « une tête politique ».

Brunehaut marque un temps. Elle reconnaît, non sans réticence :

— Il est gourmand. Il veut tout le pays qui s'étend entre les fleuves Rhin et Seine. Et aussi la moitié de la Burgondie située entre le fleuve Rhône et les Alpes.

Téodelaine ne demande qu'à être convaincue. Après tout, il n'y a là-dedans rien d'invraisemblable. Brunehaut s'est toujours efforcée d'entretenir avec les terribles cavaliers asiates des rapports de tolérance mutuelle, fût-ce au prix de tributs en or et en esclaves quand l'appétit de rapine leur venait. Pour sa part, Minnhild demeure sceptique. La reine a improvisé n'importe quoi pour rassurer sa petite-fille. Elle demande à son tour :

— Dame reine, tu n'as pas répondu à la question concernant le seigneur roi Sigebert et ses frères. J'y suis directement impliquée, ainsi que mon fils Fleur, puisque les enfants furent confiés à Petit Loup, mon époux.

Brunehaut n'en est plus à un mensonge près. Après tout, peut-être y croit-elle elle-même ?

— Minnhild, ma Minnhild, comment pourrais-tu penser que je me désintéresse du péril où sont mes petits, et où se trouve, du même coup, mon cher Petit Loup ? Des espions à moi courent la campagne. Si aucun ne s'est encore présenté, c'est qu'ils n'avaient rien de positif à m'apprendre.

« Ou qu'ils se sont fait prendre », pense Minnhild.

Fleur fait un pas en avant.

— Dame reine, je me propose pour aller en pays occupé m'enquérir de nouvelles du seigneur roi et de ses frères.

Minnhild ne peut se contenir :

— Et aussi de ton seigneur père, par la même occasion.

Avant que Brunehaut n'ait pu répondre, une servante se présente à la porte, annonçant :

— Dame reine, un saint homme est là, qui demande à te parler. Il a l'air bien fatigué. Et bien sale, aussi.

— Eh bien, fais-le entrer.

Le « saint homme » s'avance, vêtu d'une brutale robe de bure en assez piteux état, les reins ceints d'une corde de chanvre d'où pend une gourde. Il s'appuie sur un bâton, plus gourdin que canne, qu'il laisse choir sur le sol en même temps qu'il se dépouille de la vêture monacale et apparaît pour ce qu'il est : un homme de guerre attifé en homme de Dieu. D'un pas martial il s'avance jusque devant la reine, qu'il honore, à la mode franque, d'une brève et sèche inclinaison de la tête. Puis, droit sur ses jambes, il attend la question. La voici :

— Parle, Mannfred. As-tu des nouvelles ?

— J'en ai. Elles ne te plairont pas.

— J'ai dit : parle.

Il a un mouvement du menton :

— Devant ceux-là ?

— Rien ne doit leur être celé.

— Alors, voici. Le seigneur roi Sigebert a été pris et livré aux gens du seigneur roi Clotaire, ainsi que ses frères, les seigneurs princes Corbus et Mérovée. Le quatrième, le seigneur prince Childebert, dix ans, a pu s'échapper, probablement vers l'Italie.

Minnhild porte les mains à son cœur. Elle s'écrie :

— S'ils sont pris, Petit Loup est mort ! Il ne les aurait jamais laissé prendre, lui vivant !

Fleur interroge le faux moine :

— Sais-tu ce qu'il en est du cavalier qui les avait en garde, un guerrier de très haute taille, armé d'une hache ?

— Je n'y étais pas. Je rapporte ce que j'ai pu glaner au long des routes et vérifier autant que c'était possible... Maintenant que tu m'y fais penser, il me revient avoir en effet entendu quelque chose d'un géant monstrueux, un maître démon suscité par les sortilèges de la dame reine Brunehaut — Attention, moi je ne fais que répéter, hein ! —, un colosse hideux monté sur un cheval-éléphant et muni de huit bras avec chacun une hache au bout grosse comme une enclume qui l'entouraient d'un cercle de fer infranchissable. Sur le moment, je te dirai que je n'y ai pas attaché d'importance, ce sont de ces fables pour faire peur aux petits enfants que la populace enfle à loisir afin de magnifier les évènements de sa petite vie.

— Qu'en a-t-il été de ce colosse, fable ou réalité ? Le sais-tu ?

— À ce que j'ai cru comprendre, il aurait abattu à lui seul une armée et aurait galopé vers le roi Clotaire pour le défier, au nom de la dame reine Brunehaut et du seigneur roi Sigebert, en combat singulier. Il y serait parvenu si des Huns n'étaient survenus...

— Tu veux dire des Avars ?

— Huns, Avars, ça sort du ventre de la même tigresse.

Bon, Avars si tu veux, ils seraient soudain apparus, sortis tout droit de l'enfer, et auraient enveloppé notre géant dans un lacis de cordes et de nœuds coulants subtilement arrangés comme savent faire ces diables jaunes. Et voilà notre géant à terre, ficelé comme un saucisson, puis embarqué dans trois chariots mis bout à bout, il fallait au moins ça pour contenir sa carcasse... Moi, hein, je te rapporte ce que racontent les croquants de par là-bas.

Il se tourne vers Brunehaut, ajoute :

— Avec la permission de la dame reine.

Minnhild n'a retenu qu'une chose :

— Petit Loup ne serait donc pas mort ! Qu'en ont-ils fait ? Livré à Clotaire, sans doute ?

Le faux moine ne sait pas. D'ailleurs, il se souvient qu'il n'a pas terminé d'exposer son rapport à la reine, ce qu'il se met en devoir de faire :

— Je dois encore te rendre compte de ce que, de source sûre, j'ai appris. Le seigneur roi Clotaire, laissant à ses généraux — et aux tiens, hélas, dame reine — le soin de parfaire la conquête de la Burgondie, de l'Aquitaine et du reste de la Gaule, s'est installé avec sa cour dans une vaste plaine au nord-est de Divio [1]. Il compte y passer l'hiver.

Il se tait. La reine complète :

— C'est probablement là que lui seront livrés les enfants.

— Et Petit Loup, dit Minnhild.

— Et Petit Loup, tu as raison.

Fleur serre sa mère dans ses bras. Il dit :

— C'est donc là qu'il me faut aller.

1. Aujourd'hui : Dijon.

— C'est donc là que nous irons, précise Minnhild.

À la reine de parler. Elle s'adresse à Fleur :

— Ton père ne t'a-t-il pas confié ma personne à protéger ?

— J'ai protégé ta personne, dame reine, jusqu'à ce que tu sois en sûreté dans ce refuge choisi par toi. N'y es-tu pas en sûreté ? Alors il faut aller plus loin, chez les Avars, chez les Lombards, où tu le jugeras bon, et je t'y conduirai. Si tu décides de rester ici, je considère ma mission accomplie et je te demande la permission de me porter au secours du seigneur roi Sigebert ainsi que des autres enfants royaux et, par la même occasion, de mon père.

L'ombre de tristesse qui voile la parole de Brunehaut laisse entrevoir un désarroi caché :

— Je ne suis pas ta reine, tu es sujet de Hoël d'Armor. Il n'est pas en mon pouvoir de t'accorder quoi que ce soit. Si quelque chose peut être fait, ce sera par toi.

— Et par moi, dit Minnhild.

— Et par toi, ma Minnhild, pour autant qu'une femme y suffise.

— Si tu ne vois en moi que la femme, tu me connais bien mal, ma reine.

Le coureur des bois, estimant, lui aussi, avoir rempli sa mission, se rappelle au souvenir de la reine :

— Dame reine, puis-je me retirer ?

— Va. Mais ne t'éloigne pas.

Il va. Une autre oubliée, Téodelaine, que, accaparés par les révélations sinistres du faux moine, on a eu tendance à négliger, sort de l'ombre, tousse, rougit, se tourne vers la reine. Brunehaut sait ce qu'elle va demander. Elle y est prête. Elle la regarde, attend. La grande fille, rassemblant son courage, commence :

— Dame grand'mère...

Et s'arrête net. Son regard a pénétré celui de la reine. Ce qu'elle y a lu, derrière l'orgueil affecté, cette supplication muette, cette terreur d'affronter seule l'épouvantable attente... Elle se tait. Hausse les épaules. Dit : « Non, rien. » Regagne son tabouret. L'aventure n'est pas pour les Téodelaine.

Le camp s'étend au loin sur la plaine. C'est le camp d'un triomphateur. Têtes de loup, d'aurochs et autres totems tudesques, bannières et enseignes à la romaine se dressent dans le soleil. On y voit même des oriflammes claquant au vent, c'est une mode venue d'Orient. Les tentes des chefs sont vastes et ornées sans craindre l'excès d'ostentation. Elles se groupent servilement autour de celles du roi vainqueur et de sa garde rapprochée.

Des guerriers désœuvrés errent çà et là, interpellent en se moquant les camarades en sentinelles à la porte de quelque tente, jouent leur solde ou leur part de butin aux dés, qu'ils secouent dans leurs mains jointes en conque, yeux au ciel en une fervente prière à la Vierge mère du Seigneur Christ, prière qui se change en épouvantable monceau d'ordures à l'adresse de la même sainte personne quand celle-ci n'a pas cru devoir traîner sa robe immaculée dans ce cloaque de péchés.

Une activité soutenue par force coups de gueule et claquements de fouet anime un large emplacement dégagé, en forme de carré long. Là, des hommes à demi nus aplanissent le sol, traçant ce qui semble bien devoir être une piste pour les courses de chars telle qu'en présentent les hippodromes, avec classique virage en épingle à cheveux à chaque extrémité. Ces hommes ruissellent d'une sueur sanglante qui coule de leur dos suivant les rigoles que tracent les striures des coups de fouet. Ce sont des esclaves, c'est-à-dire les notables des villes conquises qu'on a jugé préférable de ne pas tuer sur-le-champ. On aurait pu s'emparer de paysans, engeance dure à la peine, mais on a trop besoin d'eux pour le travail de la terre, qui remplit les panses et regarnit les coffres du fisc. On a quand même bien rigolé avec leurs femmes et leurs filles, aux croquants, ça oui !

Sur l'autre rive de la mignonne rivière, à plat ventre dans l'herbe, au point le plus élevé — ce qui n'est guère ! — d'une timide éminence — une ondulation, à peine — que couronne comme un toupet une maigre touffe d'arbrisseaux, ils sont trois qui, de là-haut, observent attentivement le camp et ce qui s'y passe.

Trois : Minnhild, Fleur et, acquisition de la onzième heure, le faux moine mais espion véritable qui, ayant su où ils comptaient aller et ce qu'ils se proposaient d'y faire, leur avait offert son bras, se trouvant, de par la fin brutale et calamiteuse de cette guerre, désoccupé. Il était, disait-il, touché jusqu'au fond du cœur par la vaillance malheureuse de Petit Loup et — cela, il ne le dit pas, mais il laissa parler ses yeux —, par l'exquise maturité de sa femme. Il affirmait bien connaître le pays, ses traquenards et ses sauvegardes, ayant, pour le compte de la reine Brunehaut et des rois successifs ses enfants, petits-enfants et arrière-petits-enfants, soutenu pendant plus de vingt années maint combat et rempli plus d'une mission délicate. La confiance de la reine est la plus solide des cautions. Le compagnon fut donc admis, sous réserve du congé de Brunehaut, qu'elle accorda bien volontiers. Cet homme a pour nom Vuilbert.

Ils observent depuis un long moment, lorsque Fleur prend la parole :

— Je crois savoir où sont le roi et ses frères.

Minnhild s'émerveille :

— Tu les as vus ? Moi, j'ai beau écarquiller...

— Non, je ne les ai pas vus. Je n'ai pas vu leurs personnes. Mais j'ai constaté tout un faisceau de faits secondaires qui, par comparaison et déduction, m'apprennent qu'il se trouve en un certain endroit quelque chose de différent du reste.

Minnhild fait la moue :

— C'est tout ? Des faits secondaires ? Comme quoi, par exemple ?

Fleur s'installe commodément pour expliquer :

— Eh bien, tout d'abord, j'ai remarqué qu'il se trouve une certaine tente, située fort près de la tente royale bien qu'elle ne paie pas de mine, une grossière tente militaire toute rapiécée, portant les cicatrices de bien des coups durs et les souillures de bien des orgies. Sache aussi que l'ouverture de cette tente est étroitement bâchée, lacée serré, et encore — tiens-toi bien ! — que huit hommes la gardent, deux devant, deux derrière et deux sur chaque flanc. Ajoute à ceci que je viens de voir un goujat de cuisine y pénétrer, portant une marmite fumante.

Minnhild n'est pas convaincue :

— Ce ne sont là que conjectures, comme dirait ton père...

D'avoir évoqué Petit Loup, la voilà qui fond en larmes.

Le gars Vuilbert, ému à compassion, lui tend les bras. Elle s'y laisse aller. Vuilbert lui caresse les cheveux, bien doucement, ce qui ne l'empêche nullement de réfléchir. Un espion possède deux cerveaux tout à fait indépendants. Il suppute :

— Ce n'est pas bête du tout, ce que tu viens de dire, sais-tu, garçon ?

— Évidemment, que je le sais. Ils sont là, dans cette tente crasseuse et bien close, j'en suis sûr.

Minnhild se sèche les yeux, se mouche, s'extirpe de l'amicale étreinte. Elle dit :

— Puisque tu es si fort, tu ne pourrais pas, par déductions et faits secondaires, trouver un raisonnement qui nous dirait où ils gardent ton père ?

Fleur ne demande pas mieux, mais lesdits faits secondaires manquent. Vuilbert, lui, n'hésite pas :

— À quoi bon chercher des faits, secondaires ou primaires, là où le raisonnement suffit ?

Fleur lève les yeux sur ce visage bonasse, ce visage passe-partout, ce visage d'espion. Il n'y voit que le désir de se rendre utile. Il dit, prenant, cette fois, la position de l'auditeur attentif, la joue dans la paume :

— Voyons un peu.

— C'est simple. La question est : comment maintenir prisonnier un colosse hors de l'humain, qui rompt les chaînes et les cordes, démolit les murs à coups de poing, soulève toits et charpentes sur ses épaules et bousille sans armes un cent de gardes bien armés ? Vous ne voyez pas ?

Non, ils ne voient pas. Fleur plisse le front, Minnhild attend la révélation.

— Eh bien, il existe un moyen, et un seul. Le jeter au

fond d'un puits et retirer la corde. Un puits assez large, cela va de soi, pour qu'il ne puisse pas remonter en s'appuyant du dos et des pieds sur les parois opposées, assez lisse pour qu'il ne puisse s'y cramponner des ongles et assez profond pour qu'il ne puisse pas sauter aussi haut. Cherchez le puits. Trouvez-le. Ton mari, Minnhild, ton père, Fleur, est au fond.

— Vivant ? s'inquiète Minnhild.

— Vivant. D'après les travaux que je vois se faire, il se prépare une fête grandiose. Une fête de sang. On se garde les plus belles pièces pour le grand jour.

Fleur pense tout haut :

— Un puits tel que tu le décris ne serait pas un puits, mais une citerne. Une citerne se trouve forcément à proximité d'une source intermittente ou d'un cours d'eau qui n'est à son plein qu'une partie de l'année. Un chenal de détournement permet de remplir la citerne quand l'eau est à son plus haut niveau. On utilise cette eau quand la source ou le cours d'eau sont à sec.

— Bien pensé. Il ne nous reste plus qu'à trouver la citerne.

Minnhild a écouté avec attention. Elle s'affole :

— Mais, si j'ai bien compris, en cette saison elle doit être pleine, la citerne. Et mon Petit Loup serait au fond...

Vuilbert sent venir les larmes. Il les prévient suivant la bonne vieille méthode : il enlace l'éplorée. Fleur, pris par son sujet, enchaîne les déductions :

— S'ils se sont donné la peine de confisquer une citerne pour y garder papa, ils l'auront bien évidemment vidée de son eau.

— Bien évidemment, confirme Vuilbert, resserrant sa charitable étreinte.

Fleur, la main en visière, promène lentement ses regards de gauche à droite sur la plaine. Soudain, il tend le bras, l'index pointé :

— Là ! Je vois une petite rivière, ou plutôt son lit, car elle est à peu près à sec. Et là-bas, un peu au-delà du camp, au bord de cette rivière, j'aperçois je ne sais quelle ruine, et des gardes qui font les cent pas. Allons-y voir.

Menant les chevaux par la bride, ils gagnent, au prix d'un prudent détour, les parages de cette chose qualifiée par Fleur de « ruine ». Ils font halte à quelque distance, dissimulés à la vue des gardes par un enchevêtrement de ronces, d'orties et d'autres de ces plantes voraces qui prospèrent dans les lieux désertés par le travail de l'homme. Les chevaux sont mis au vert dans un creux herbu un peu en retrait et dûment sermonnés. Ce sont bêtes intelligentes et bien dressées.

On examine la ruine. C'est, en fait, un de ces moulins à grains mus par la force du courant de l'eau vive que surent établir les ingénieurs romains et que ne surent pas maintenir en état les envahisseurs tudesques, si bien que l'on dut en revenir à l'antique façon gauloise de moudre le blé : sous une énorme meule de pierre entraînée par un cheval ou un âne tournant en rond, pauvre bête. Soyons juste : c'est souvent un esclave qui fait tourner la meule.

Un bief, aujourd'hui envasé, amenait jadis à ce moulin une partie de l'eau de la petite rivière selon une dénivellation permettant de faire tourner une roue à aubes dont il ne reste que quelques fragments verdis. Une dérivation de ce bief alimentait, au besoin, par un jeu de vannes mobiles, ce qui, vu d'ici, pourrait bien être une citerne. Fleur se veut rassurant :

— Si ce que je suppose être une citerne en est effectivement une, elle est en tout cas hors d'état de servir : la rigole qui devrait l'alimenter en eau est obstruée par des herbasses qui ont proliféré sur la vase. Donc, maman, ne crains rien, papa n'est pas noyé.

— C'est déjà ça, apprécie Minnhild, lugubre.

Devant l'absence de toute autre candidature, Fleur prend résolument la direction des opérations. Il expose son plan :

— Il nous faut tout d'abord nous débarrasser de ces gardes. Nous avons de la chance, ils ne sont que deux, alors qu'autour de la tente où sont enfermés le petit roi et ses frères il y en a huit.

Vuilbert opine, comptant sur ses doigts :

— Premier point.

Minnhild, timidement, avance :

— Ne serait-il pas bon, avant de nous jeter à l'assaut, de nous assurer que Petit Loup est bien dans la citerne, et même qu'il y a bien là une citerne ? Moi, je dis ça, mais je ne suis qu'une femme...

Fleur, enthousiaste, la prend dans ses bras. Vuilbert regrette de ne l'avoir pas fait le premier.

— Maman, mais c'est bien sûr ! Quel étourdi je suis ! Comment pourrons-nous faire comprendre à papa que nous sommes là et qu'il doit à son tour nous donner un signe de sa présence ?

— S'il est là...

Elle hausse les épaules, les larmes ne sont pas loin, Vuilbert se tient prêt, mais non, elle surmonte, même elle trouve moyen d'avoir une idée :

— Ton père t'a appris, quand tu étais petit, à imiter le cri du chat-huant. Te souviens-tu ? Vous vous amusiez à affoler ces pauvres bêtes, comme deux galopins que vous êtes. Alors, c'est tout simple, fait le chat-huant, on verra bien s'il te répond.

— Maman, le chat-huant ne crie que la nuit.

— Si tu te figures que ces deux bons à rien savent si le chat-huant chante la nuit ou le jour, ou même quel genre de bestiau peut bien être un chat-huant !

Fleur n'objecte plus. S'étant humecté les lèvres de la pointe de la langue, il place ses mains en porte-voix autour de sa bouche et, tourné vers la supposée citerne, il lance le poignant appel du chat-huant partant chasser sous la lune blafarde. Les premiers sons graillonnent un peu, comme d'un chat-huant qui aurait pris froid, enfin les deux lugubres notes s'affirment, et c'est un superbe chat-huant dans la force de l'âge qui clame, face au ciel, ses droits à l'existence.

Hélas, aucun écho en retour. Fleur s'obstine, précipite les appels, alors que le chat-huant, c'est bien connu, espace les siens de longs intervalles de silence. Et puis il regarde sa mère, navré, et cesse. Minnhild n'est pas d'accord. Elle lui donne du coude dans l'estomac : « Continue ! » Il continue. Bien fait-il ! Dans les oreilles attentives s'insère ce qu'on peut interpréter comme un faible, oh bien faible « Hou, hou ! » qui serait curieusement déformé par la résonance d'un récipient creux, une citerne, par exemple, mais où se décèle l'intention indéniable d'émettre le cri du chat-huant.

Fleur et Minnhild tombent dans les bras l'un de l'autre, riant et pleurant, pleurant et riant. Vuilbert reste seul, ne sachant que faire de ses bras.

XV

— Il nous faut une corde, dit Fleur.

— Une longue corde, précise Vuilbert.

— Peut-être pas si longue, dit Minnhild. Nous ne connaissons pas la profondeur de la citerne.

— Il est sûrement ligoté. L'un de nous devra descendre le détacher.

— Tout tourne donc autour de la corde. Trouvons une corde.

— Où trouve-t-on des cordes ?

— Aux puits. Trouvons un puits.

— Muni de sa corde.

— Il ne manque pas, hélas, dans les environs, de masures incendiées, vides de leurs croquants, tués ou enfuis. Ils n'ont sûrement pas emporté avec eux, où qu'ils se trouvent, dans la forêt ou au paradis, la corde du puits. Allons ! Sus ! À la chasse au puits !

Fleur lève la main :

— Il y a un autre problème. Les deux sentinelles.

Minnhild sourit, sombre mais résolue :

— Ceci me regarde. Et je sais quoi faire.

— Tu peux nous expliquer ?

— Vous verrez bien, le moment venu.

Il leur faut se contenter de ça. On se met en quête du puits et de sa corde, qui sont bientôt trouvés parmi les restes calcinés d'un hameau où, dans le crépuscule commençant, rôdent des bandes de loups devenus charognards.

La nuit est tombée quand ils regagnent leur poste d'observation. Les deux gardes ont allumé un feu, pour exorciser l'angoisse née des ténèbres, sans doute, et aussi pour s'adonner à l'art culinaire. Ils semblent l'un et l'autre fort attentifs à la progression de la cuisson de quelque chose dont, d'ici, on ne peut distinguer la nature, mais qu'on peut supposer savoureux, et qu'ils font lentement tourner au-dessus de la flamme.

Les chevaux sont amenés, les harnais vérifiés. On les tirera par la bride, bien silencieusement, le plus près possible de la citerne. Le coup fait, il importera de filer comme vent d'orage. Minnhild dit :

— À moi.

Elle arrache son bonnet de grosse laine. Un flot de boucles brunes soudain libérées s'abat, amenuisant encore le fin visage. Elle lève les bras, se secoue, la rude tunique de toile à sac vole et se pose sur l'herbe. Apparaît la fine chemise de lin, dont la large échancrure révèle l'insolente blancheur de deux seins un peu lourds. Elle fait tomber ses braies de peau de bique, délace les croisillons entravant ses mollets, envoie, de deux coups de pied, promener par les espaces les épais bottillons cloutés, la voilà nu-pieds. Elle sangle sa taille de la ceinture de la tunique, ce qui fait de la chemise une jupette à ras des fesses. De ses bras levés elle fait bouffer ses cheveux, cambre les reins, ondule, joue de la poitrine, provocante et lascive comme... Eh, oui. Comme.

Vuilbert, mâchoire pendante, n'en perd pas une miette. Fleur craint de comprendre. Pour le cas où il subsisterait un doute, elle précise :

— Un peu de rouge ici et là, un peu de noir ailleurs ne seraient pas de trop, pour la vraisemblance. Et aussi des sandales dorées, avec des talons hauts. Enfin, bon, on fait avec ce qu'on a. Tel que, c'est pas trop mal, non ? Je vous plais ?

Elle lance une œillade assassine à la cantonade. Fleur ne peut pas continuer à ne pas comprendre. Il s'indigne :

— Tu ne vas pas faire ça ?

— Quoi donc ? La putain ? Bien sûr que si ! Tu connais un meilleur moyen pour écarter sans faire de bruit deux mâles privés de tendresse ? Rassure-toi, ça n'ira pas jusqu'à ce que tu crains. Je resterai maîtresse des événements. Juste le temps que vous exécutiez le travail. Tâchez quand même que ça ne prenne pas trop longtemps. Sinon, je ne réponds plus de rien.

Fleur n'aime décidément pas ça :

— C'est risqué.

Elle fait la coquette :

— Tu es jaloux ? Puis-je te faire remarquer que ce n'est pas là ton rôle, mais celui de ton père ? S'il me tue parce que j'aurai sacrifié ma pudeur — et peut-être ma vertu — pour lui sauver la vie, ce sera cocasse, avoue !

Vuilbert, qui n'a encore rien dit, tombe à genoux :

— Tu es belle comme Judith allant faire l'amour avec Holopherne avant de lui couper la tête. Belle et terrible. Je crois que je t'aime.

Une exaltation non feinte brille dans ses yeux. Minnhild pressent que le badinage n'est plus de mise. Elle fait disparaître sa lubrique création sous son grand manteau de cavalier, empoigne la bride de Bleuette, dit « On y va ! » et prend les devants.

Vuilbert dit : « Attends ! » Minnhild s'arrête net. Il a l'air soucieux :

— Ta jument, là, elle commence ses chaleurs. On ne peut pas la laisser avec les chevaux, qui sont deux mâles entiers. Vois comme déjà elle se frotte à eux, les agace, les affole. Ils vont bientôt réagir. Dans peu de temps, ils se battront, henniront, mèneront un train de tous les diables. Ce n'est pas précisément ce qu'il nous faut.

Minnhild va à Bleuette, la flatte de la main et de la parole, la sent frémissante, rétive à la caresse, elle si câline. Bientôt, elle sera intenable. Elle reconnaît :

— Tu as raison. Plongée dans nos soucis et nos plans, je l'ai négligée. Je vais la conduire à l'écart. Je la prierai de ne pas hennir. Elle m'obéira, pour un temps, du moins.

Elle empoigne la bride de la haquenée. Vuilbert bondit :

— Tu ne vas pas aller seule par cette nuit bouchée ! Et vêtue comme tu es ! Il traîne par ces solitudes des bandes d'ivrognes et d'affamés du cul. Je t'accompagne.

Minnhild voit trop bien la manœuvre. Elle va pour objecter que le plus sûr moyen d'éviter les affamés du cul n'est peut-être pas d'en emmener un avec soi, mais Fleur, fils attentionné, renchérit :

— Il a raison, maman. Qu'il t'accompagne, et faites vite.

Elle a un sourire, perdu dans la nuit, un sourire qui dit au destin : « Toi, quand tu as décidé quelque chose... »

Et, bien sûr, à peine sont-ils hors de portée de voix, Vuilbert fait sa cour, à un rythme accéléré, il a peu de temps.

— Dame, pour toi mon cœur bat comme je n'aurais pas cru possible qu'il batte. C'est à cause de la violente amour que j'ai conçue pour toi. Il n'est pas possible qu'un sentiment aussi fort ne te touche pas. Tu es femme, femme ardente et depuis longtemps privée. Pourquoi refuserais-tu à un vaillant guerrier qui, soit dit entre nous, a mis son bras à ton service, ce que tu vas donner à deux misérables gardes-chiourme qui ne sauront même pas goûter l'inappréciable valeur de ce don ?

Il s'est rapproché tout contre, l'a prise par la taille. Preste, elle se dégage, rit :

— Toi, au moins, tu ne doutes pas de l'inappréciable valeur du don que tu offres ! Qui te dit que je vais le leur faire, ce don ? Pour qui me prends-tu ? Pour ce que je feins d'être ? Tu oublies que j'en prends le risque dans le seul dessein de sauver mon époux, que j'aime, lui, pardessus tout. Allons, nous perdons du temps.

Elle presse le pas, tirant Bleuette. Il reste un moment sur place, bien déconfit. Devant lui, dans un rayon de lune complice, de sous le court manteau que gonfle la brise jaillissent deux cuisses adorables prolongées par deux jambes qui, certes, ne déparent pas l'ensemble.

C'en est trop. Qui pourrait résister ? Pas Vuilbert. Il se rue, empoigne la tentatrice aux épaules, la plie sous lui et entreprend de mener à terme ce que le désir ardent inspire à tout mâle digne de ce nom.

Esclave de sa fougue, Vuilbert n'a pas assez tenu compte de la taille, exquise, certes, mais exiguë de Minnhild. La position coïtale qu'il a choisie — ou, plutôt, que lui ont imposée les circonstances — place le centre de la cible fabuleuse — aboutissement de tout discours amoureux — beaucoup plus bas que le point de départ du projectile[1], si bien que Vuilbert, qui est, comme on dit par chez nous, plutôt bel homme, doit plier exagérément les genoux afin de présenter la chose en relief exactement en face de la chose en creux. Or, ainsi que chacun peut le constater, plier les genoux fait reculer les fesses, et aussi le bas-ventre, qui leur est indéfectiblement solidaire, et aussi tous les accessoires y attachés. Cette position exige donc l'accord préalable de la dame, et même sa participation active. En l'occurrence, ce n'est pas le cas.

Profitant de ce que son excessif soupirant cherche son assise et se perd dans la quête à tâtons de la source des voluptés, Minnhild propulse de toutes ses forces son mignon coude pointu dans quelque chose de mou qui se trouve par là, provoquant l'émission d'un cri sourd en même temps qu'un relâchement de la double étreinte aux épaules. Elle ne laisse pas perdre l'occasion, s'arrache à l'étreinte, fait face, envoie son dur petit peton, ainsi que le lui a enseigné sa maman, dans les testicules de l'amoureux trop pressé, lequel s'écroule dans l'herbe en pleurant.

Le gentil cœur de Minnhild ne connaît pas la ran-

1. Ah, qu'en termes galants...

cune. Elle tend la main à Vuilbert, lui dédie un sourire qui pardonne :

— Allons, on n'y pense plus. Assez perdu de temps.

Ils trouvent un lieu propice. Minnhild attache Bleuette à un baliveau environné d'herbe tendre. La jument est de plus en plus frissonnante. Elle hume l'air, frappe du sabot. Minnhild sent lui venir des pensées cocasses : « Toutes les femelles ne sont pas en chaleur... Je conseillerais bien à Vuilbert de porter ses prévenances à Bleuette, elle, au moins, en aurait l'emploi ! » Elle trouve préférable de garder ces dévergondages pour elle, jugeant Vuilbert hors d'humeur d'apprécier la plaisanterie. Elle le guigne à la dérobée. Il se tait, essaie de se donner un air dégagé, y parvient comme on rejoint Fleur.

Les deux balourds préposés à la garde de la citerne ont dévoré jusqu'à l'os le gigot qu'ils rôtissaient tout à l'heure, ont vidé l'outre de vin qu'ils avaient mise au frais dans le filet d'eau du ruisseau, ont poussé en chœur le rot, prélude aux digestions harmonieuses, et maintenant, une pierre sous la nuque, les mains croisées sur le ventre, ils soupirent ce qui se soupire toujours en cet heureux instant :

— Manque plus qu'une bonne femme.

Ils ont dit ça parce que ça se dit, parce que dire les mots fait naître les images, et les dire gras habille l'émotion. Les hommes, entre eux, parlent de cul, pas de femmes. Pudeur suprême, délicatesse de chevaliers.

Les mots font naître les images, mais à ce point-là... Magwulf, fils de Brenno, ferme les yeux, se les frotte, les rouvre. Elle est toujours là. Pas comme il se la rêvait. Lui, il la voyait blonde, vaste de poitrine, deux nichons énormes avec pas grand'chose autour mais du bien dodu, et vêtue de rouge, de rouge éclatant. Et voilà que Wotan — Magwulf est saxon, donc non baptisé — lui en envoie une toute menue, plutôt brune de poil, en robe blanche ras de la touffe. Mignonne, rien à dire. Même assez fraîche, pour une pute à soldats — Magwulf a vite repris pied dans le réel —, et des nichons qui se tiennent. On s'en contentera.

Bruno, fils d'Answald, n'a rien vu, lui. Il ronfle. Magwulf ne juge pas utile de le réveiller. Il se lève, sourit à la fille, se propose de se l'envoyer bien à son aise, en hypocrite, le copain y aura droit après, s'il en reste.

La créature de perdition ne l'entend pas de cette oreille, il faut croire. Elle balance dans la tripaille de Bruno un méchant coup de son mignon pied nu — au fait, pourquoi nu ? — et remet ça. Il gueule avant d'ouvrir les yeux. Mais quand il les ouvre !

Il bondit sur ses pieds, se prend les cheveux à poignées, jure « Putain de Sainte Vierge ! » — il est chrétien, lui —, avance les mains pour vérifier que c'est bien du vrai, se les fait rabattre de deux tapes à vous casser les poignets, enfin entend une voix céleste annoncer :

— Oh, les troupiers ! On se réveille ? Je vous prends tous les deux. Vous avez de quoi, j'espère ? Un demi-denier la pipe, et en même temps je branle le copain. Ou autre chose, tout ce que vous voudrez, mais c'est plus cher.

Magwulf se gratte la tête.

— On pourrait pas plutôt l'un après l'autre ? Chacun

son tour, je veux dire. Pour la chose du sentiment, si tu vois. On n'est pas des bêtes, tout de même.

— Mon gros père, c'est à prendre ou à laisser. Je suis faite comme ça, m'en faut deux à la fois ou rien. Un truc que j'ai dans la tête, peut-être bien. Mais tu verras, je prends un pied terrible. Et toi, je t'en parle pas... Bon, on se décide ? Je vous fais un prix, parce qu'après je remballe. Si je rentre en retard, mon Nestor me met la pâtée.

Magwulf demande, l'air de rien :

— Ton Nestor, il a un copain ?

Elle a un rire gras[1] :

— Comment t'as deviné ? Ils sont deux jumeaux, Neskhart et Thorkhart. Moi, je les appelle tous les deux Nestor

— Tu... Tu ne te trompes jamais ?

— Au contraire, j'adore me tromper ! De toute façon, il me les faut tous les deux ensemble, alors, quelle importance[2] ?

Bruno trépigne :

— On s'en fout ! Ça marche, pour moi. Allez, on y va, quoi ! T'as jamais fait ça en famille ? Tu verras, t'en redemanderas, moi je te le dis !

« Que de vulgarité, pense Minnhild. Ah, Petit Loup, comprendras-tu jamais ce que j'aurai dû subir pour toi ? » Elle dit « Décidez-vous ! » et, tournant le dos, se dirige vers un boqueteau de jeunes frênes que la brise caresse à quelque distance. Bruno lui court après. Mag-

1. On se demande où Minnhild a appris ces choses.
2. Mais où va-t-elle chercher tout ça ?

wulf, après une brève hésitation, en fait autant. Bruno s'inquiète :

— Hé, où nous emmènes-tu ? On ne peut pas s'éloigner, nous autres. On est de garde.

— Pas loin. Je n'aime pas le clair de lune. Moi, il me faut de l'ombre.

Ils pénètrent sous les frondaisons. La nuit épaisse les engloutit.

Aussitôt la place dégagée, Fleur et Vuilbert ont rampé jusqu'au bord de la citerne, dont le haut affleure à ras du sol. Fleur se penche au-dessus du vide ténébreux et module l'appel du chat-huant. La réponse monte des profondeurs, faible, déformée, mais nette. Fleur s'enquiert :

— C'est moi, papa. Es-tu garrotté ?

— Oui. Et bâillonné, aussi. Mais j'ai réussi à lacérer leur saloperie de bâillon en le frottant contre la paroi. J'en ai le nez tout écorché.

— Je descends.

Aidé de Vuilbert, Fleur fixe la corde au tronc d'un baliveau d'érable qui a poussé là, envoie pendre toute la longueur dans la citerne et se laisse couler jusqu'au fond. Il fait noir, là-dedans. Il tend les mains, tâtonne, mais c'est son pied qui trouve : il bute contre quelque chose qui grogne. Fleur sursaute :

— Papa !

— Qui voudrais-tu que ce soit ? Ton couteau, vite !

Les liens sont prestement tranchés. Père et fils ne perdent pas de temps en effusions. Fleur hèle :

— Ohé ! là-haut ! Au signal, tu tires.

— Prêt !

— À toi, papa, grimpe !

Petit Loup empoigne la corde. Puis secoue la tête :

— Je n'y arriverai pas. Ils m'ont tellement serré les poignets que j'ai les bras morts. Et ces salauds ne m'ont rien donné à manger depuis trois jours.

— Bon. Je t'attache, je remonte. À deux, on y arrivera bien.

Fleur passe la corde sous les bras de son père, heureusement elle est assez longue, puis il se hisse, les pieds contre la paroi, émerge à l'air libre, se met en position derrière Vuilbert. Il crie :

— Vas-y, papa ! Aide-toi ! Au commandement « Ho, hisse [1] ! »

Vains efforts. Petit Loup est dans un état de trop grande faiblesse pour sa masse et les deux tracteurs de corde insuffisants, d'autant que le chanvre tressé frotte sur le bord râpeux de la maçonnerie. Petit Loup gémit :

— Ah, si j'avais mon Griffon !

Il gémit en colosse, c'est-à-dire comme d'autres hurleraient. Le creux sonore de la citerne amplifie encore ce gémissement, le prolonge en échos. Y répond soudain un hennissement formidable, suivi d'un coup de tonnerre. Un mur de la masure à la roue à aubes s'abat — mur fort vermoulu, il faut dire —, un monstre surgit dans un ouragan de poussière...

Griffon !

---

1. Je n'ai pu trouver un témoignage d'époque où serait mentionné ce que criaient les hommes de peine du haut Moyen Âge pour scander l'effort commun. J'ai donc transcrit cela en « Ho, hisse ! », tablant sur l'effet onomatopéique certainement universel.

Griffon, mais oui ! Telle une bête fabuleuse, il se secoue, fouettant l'espace alentour des deux grosses chaînes à maillons redoublés qui prétendaient l'immobiliser, ainsi que des anneaux monstrueux qui les fixaient au mur et des morceaux du mur lui-même. Il se morfondait, il a entendu la voix bien-aimée qui prononçait son nom, il accourt, c'est tout simple.

Il repère d'où vient la voix, il aperçoit la corde tendue, il comprend de quoi il retourne, il sait ce qu'il a à faire. Il referme sur le chanvre tressé ses mâchoires massives, et tire. Petit Loup est extrait de son trou, si promptement qu'il cabriole en l'air avant de s'abattre sur l'herbe.

On lui donne de quoi se restaurer, du pain qu'il trempe dans un fond de vin oublié par les deux sentinelles. Au fait, où sont-elles, celles-là[1] ? Petit Loup, tout en mastiquant, s'en inquiète :

— Qu'avez-vous fait des deux va-nu-pieds qui montaient la garde ?

— Maman s'en est chargée.

— Minnhild est ici ?

— Va l'empêcher de venir, toi !

— Et, tu veux dire... Elle les a liquidés ? À elle seule ?

— Elle s'en est chargée, te dis-je. Elle les a éloignés, le temps qu'on te tire de là.

— Éloignés ?

Vuilbert intervient :

— Elle y met le temps. À croire que...

Les yeux de Petit Loup vont de l'un à l'autre.

1. Sentinelle est un mot du genre féminin appliqué à un individu du sexe masculin. D'où une certaine ambiguïté dans l'emploi des pronoms.

— J'aimerais qu'on m'explique. Est-elle en danger ?

— Oh, non... Enfin, j'espère. Mais c'est vrai qu'elle tarde. Elle devrait en avoir fini.

Vuilbert ricane :

— À moins qu'elle n'y prenne plaisir !

Petit Loup fronce le sourcil. Il n'aime pas les allusions, Petit Loup. Surtout soulignées d'un ricanement. C'est donc au ricanant qu'il s'adresse :

— Si j'ai bien compris, ma femme est seule, je ne sais où, en compagnie de deux ruffians pleins de vinasse qui n'ont qu'une idée en tête, ou plutôt nettement plus bas, et ça te fait rire ?

Vuilbert manque d'esprit de repartie. Il se contente de continuer à ricaner, un peu moins à l'aise, peut-être. Fleur ne voit pas le mal :

— Mais enfin, papa, c'était pour que nous puissions te libérer !

— Eh bien, me voilà libre. Et je vais la chercher. Montre-moi le chemin.

Fleur esquisse dans la nuit un geste en direction du bosquet et prend la tête. Son père lui emboîte le pas, puis s'arrête et lance à Vuilbert :

— Toi, le rigolo, rassemble les chevaux. Car vous avez des chevaux, j'espère ?

Vuilbert dit : « Nous en avons », et puis il désigne du doigt Griffon :

— Celui-là, c'est trop, pour moi.

— Celui-là, il n'a pas besoin de toi. Il sait se conduire tout seul. Débarrasse-le seulement de toutes ces cochonneries de chaînes.

— Dis-lui de se tenir tranquille, au moins.

— Pas la peine. Il a entendu ce que je viens de dire. Il attend que tu fasses le travail.

Fleur fait « Chut ! » et pose sa main sur le bras de Petit Loup, qui se fige, écarquille les yeux. Une voix très douce fredonne un très vieux air. Une clarté diaphane s'avance, dansant au rythme de la musique. Petit Loup reconnaît l'air. Fleur aussi : c'est sur cette berceuse que Minnhild l'endormait, bambin. Il bondit : « Maman ! » Petit Loup ne bondit ni ne s'écrie.

C'est donc Minnhild qui lui saute au cou, à pleins baisers l'inondant de sa joie et de la peur qu'elle a eue :

— Mon cher seigneur !

Le cher seigneur, tout attendri, oublie qu'il y a du louche. Ouvrant les bras, il la serre sur son poitrail en porte d'église, enfouit son visage dans la mer de cheveux, pleure d'attendrissement, l'écarte à bout de bras pour bien s'en repaître les yeux et, là, prend soudain conscience de ce qu'il voit, qu'il rapproche des ricanements sournois de l'autre faux-jeton.

— Qu'est-ce que cette tenue ?

Ce ne sont pas les mots que, du fond de son malheur, il avait rêvé qu'il lui dirait si, par miracle, il devait jamais la revoir. Le miracle est là, et c'est tout ce qui lui vient aux lèvres. Elle se dégage, répond par une autre question :

— Tu ne trouves rien de mieux à me dire ?

Fleur sent monter la tension. Il est pour la paix des ménages. Il explique :

— Sans elle, on n'y serait pas arrivés. Il aurait suffi qu'ils donnent l'alerte...

— Qu'en a-t-elle fait ? Où sont-ils ?

Il s'est adressé à Fleur. Ostensiblement. Elle en pleurerait. Elle en pleure.

Fleur se tourne vers elle :

— Qu'en as-tu fait ? Où sont-ils ?

Elle tourne le dos à Petit Loup, tape du talon, croise les bras sur sa poitrine, répond à son fils :

— Ils dorment. Là-bas. Allez donc y voir.

Et puis s'en va, reine outragée, rejoindre l'endroit où l'on a laissé les chevaux. C'est justement là que va Vuilbert, menant Griffon, lequel Vuilbert se dit qu'il y a des injustices qui se doivent consoler à chaud.

Il est des questions qu'un père ne saurait poser à son fils. Touchant l'inconduite possible de sa mère, par exemple. Il est vrai que, si c'est pour le bon motif... Mais non, ça ne se fait pas. Et Petit Loup marinera dans les perplexités anxieuses, et tant pis pour lui. Le suspicieux souffre plus que le coupable — si toutefois coupable il y a —, car le coupable, lui, ne connaît pas l'incertitude.

Les deux « clients », en effet, dorment. S'il ne faisait pas si noir sous les arbres, on pourrait admirer les bosses qu'ils ont au front. Petit Loup est un méticuleux. Il a rembobiné avec soin les bouts de corde qui l'entravaient. Il les a sur lui. Aidé de Fleur, il garrotte à leur tour les deux malheureux admirateurs de la belle hétaïre tombée des cieux, les bâillonne, le tout sans un mot. Avant de les mettre hors de combat, Minnhild a-t-elle, n'a-t-elle pas... ? Et puis il hausse les épaules, se rappelle les charbonniers, et qu'à bien regarder il n'a eu que raisonnablement mal, après... Il bougonne : « Jaloux, à mon âge... Après tout, si ça lui a fait plaisir... » Fleur n'écoute pas.

Assis en rond, ils tiennent un conseil de guerre. Petit Loup explique la tactique :

— Inutile de chercher à faire en finesse. Ils sont huit lascars bien autrement vigilants que les deux raclures censées me garder. Le truc de la... euh... pute ne marcherait pas. (Il tousse derrière sa main.) Huit d'un coup...

Minnhild ne va pas laisser passer ça :

— Huit ? Ça ne me ferait pas peur. Et même douze. Et même l'armée entière, avec ses chevaux et ses chariots. Maintenant que j'y ai goûté, je me rends compte à quel point j'ai été frustrée.

Et toc !

Vuilbert esquisse un ricanement, et puis le retient. Fleur se sent de trop. Il se raccroche aux choses pratiques :

— Bon. On sait ce qu'on ne fera pas. Maintenant, qu'est-ce qu'on fait ?

— On attaque en force. Trois chevaux, plus Griffon qui en vaut dix, jaillissant d'on ne sait où, foncent sur la tente-prison, bousculent ou écrabouillent les gardes avant qu'ils aient compris ce qui leur arrive, du même élan on fout la tente par terre, on cueille les petits au passage, on se les colle à plat ventre sur l'encolure des chevaux, et hue cocotte ! Comme un ouragan.

Fleur dit : « Ça se défend. » Vuilbert dit : « Mouais... » Minnhild dit : « Est-ce qu'un ouragan est habillé en pute, ou bien dois-je me changer ? »

Si Petit Loup s'était trouvé moins préoccupé de stratégie ou moins plongé dans ses tourments intimes, il aurait remarqué la flamboyante empreinte d'une main mignonne accompagnée de celles de cinq doigts aristocratiques qui fleurit sur la joue gauche de Vuilbert, et aussi l'air penaud dudit Vuilbert. Il en aurait peut-être déduit certaines relations de cause à effet qui lui eussent évité quelques désagréments. Mais n'anticipons pas.

— Quand attaquons-nous ?

— Le jour point. Le camp s'éveille. On va relever la garde. Ce n'est pas le bon moment. Attendons la nuit, quand tout dormira. Pour l'instant, dormons nous-mêmes, nous aurons besoin de toutes nos forces.

Ainsi font-ils.

— Prêts ?

— Prêt !

— Prête !

— ...

— Il en manque un.

— Vuilbert, apparemment.

— Réveille-le, Minnhild.

— Pas la peine. Il s'est réveillé il y a longtemps, si même il a dormi. Son cheval n'était pas avec les autres. À mon avis, il vaut mieux ne pas compter sur lui.

— Que veux-tu dire ?

— Qu'il supporte mal la déception.

— Quelle déception ?

— Oh, d'ordre sentimental, je suppose.

— Ce sera plus risqué, à trois.

— Tu m'as donné de la rage pour quatre, ça compensera.

Petit Loup hausse les épaules, assure sa poigne autour

du manche de l'impatiente Adèle et répète une dernière fois :

— Tout doucement jusqu'à l'orée du bois, et là, à mon commandement, droit sur la tente, bien ensemble.

Ils acquiescent de la tête, et c'est parti.

À l'endroit prévu, ils font halte, l'œil attentif à tout. Les abords de la tente-prison sont dégagés, les deux gardes de ce côté font les cent pas, tout est on ne peut plus propice. Petit Loup se dresse sur les étriers, crie « Sus ! » et part en flèche, brandissant haut la hache formidable qui, d'un seul coup, fendra la bâche jusqu'en bas. Fleur et Minnhild suivent, couchés sur l'encolure. Le coup est délicat, il exige autant de précision que de fougue. La bâche est fendue, Griffon, d'un bond stupéfiant, fonce dans l'ouverture, se reçoit souplement... Et non ! Ne se reçoit pas. Au lieu de trouver un sol ferme sous ses sabots de devant, il plonge dans un abîme. Les deux autres, en plein élan, plongent à la suite.

La chute est rude. Deux bonnes toises[1]. Chevaux et cavaliers roulent pêle-mêle. Ils se relèvent en un sursaut, se voient au fond d'une fosse carrée, creusée aux exactes dimensions de la tente. Creusée tout exprès pour les recevoir.

Ce que leur confirme une tonitruante bordée de rires. Ils lèvent la tête, voient les bords de la fosse-piège garnis d'une guirlande serrée de mufles hilares. Les projectiles commencent à pleuvoir : trognons de choux, navets, raves, et, c'était à prévoir, pierres tranchantes. Une voix les interpelle :

1. Environ quatre mètres.

— Vous voilà pris, scélérats ! Suppôts de la vieille sorcière ! Votre coup est manqué ! Crevez, racaille !

Vuilbert !

C'est Minnhild qui tire la leçon de la chose :

— Un espion est toujours double.

Troisième partie

L'HÉCATOMBE

XVI

Le roi Clotaire, somptueusement vêtu du manteau de pourpre que se sont arrogé les rois barbares, a pris place sur un trône improvisé dressé sur une estrade marquant la place d'honneur de cette espèce d'hippodrome qu'il a fait édifier en toute célérité et à grands frais : plusieurs centaines d'esclaves et de prisonniers de guerre y sont morts à la tâche. Mais ça en valait la peine. L'endroit est majestueux à souhait. De la tribune royale on embrasse de l'œil tout l'ensemble.

Aux côtés du roi triomphant, les valeureux artisans de sa victoire participent de sa gloire. À sa droite, Warnacaire, Maire du palais d'Austrasie et donc le second du royaume après le roi Sigebert, Warnacaire, l'organisateur méticuleux de la gigantesque trahison, portant haut son ignominie comme d'autres leur vaillance. À la gauche de Clotaire, Aléthée, patrice romain, placé par Brunehaut très haut dans l'État, autre rouage actif de la sinistre plaisanterie, rubicond, souriant, très content de soi. Autour de ceux-là, se pavanant en leurs plus beaux atours, se voient tous les dignitaires et les chefs d'armée austrasiens traîtres à leur roi et à la foi jurée, fraternellement mêlés aux chefs des armées qu'ils étaient censés combattre. Triomphent aussi les potentats d'outre-Rhin, ces traditionnels et indéfectibles alliés de Brunehaut patiemment « retournés » par Warnacaire : Thuringiens, Alamans, Ripuaires, Saxons, Bavarois... tous arborant insolemment leurs pierreries et leur crime.

Le roi Clotaire se prépare à goûter d'intenses plaisirs. Ceux de la vengeance, d'abord, dont l'attente brûle en lui depuis sa petite enfance, nourrie de la haine dévorante qu'attisa sa mère. Ensuite, ceux de la liquidation définitive de la lignée issue de Brunehaut, le laissant, lui, Clotaire II, seul souverain incontesté de tout le peuple franc ainsi que des peuples soumis. Ceux enfin — et ce ne sont pas les moindres — de l'assouvissement de sa naturelle cruauté.

En face du roi, de l'autre côté de la piste de l'hippodrome, couverts de chaînes entremêlées selon un minutieux dessein d'efficacité et serrées à pénétrer dans les chairs, se trouvent trois spectateurs qui n'ont pas l'air d'avoir choisi d'être là : Minnhild, Petit Loup, Fleur. On les a cadenassés à des poteaux de bois afin qu'ils se tiennent debout et profitent bien du spectacle. Des guerriers saxons solidement armés les surveillent.

Le roi fait un signe. Les trompes de guerre mugissent, les buccins sonnent. Deux cavaliers apparaissent, vêtus de noir, le visage dissimulé par une cagoule, noire aussi, qui ne laisse voir que les yeux. Ce sont des bourreaux. Chacun d'eux porte devant lui, couché par le travers de l'encolure du cheval, un enfant aux pieds et aux mains entravés.

Nouveau signe du roi. Les deux enfants sont jetés à terre. D'autres hommes noirs les dressent sur leurs pieds, face au roi. Clotaire tourne légèrement la tête vers Warnacaire qui, décidément, semble jouir de la confiance royale. Aléthée se sent délaissé. Clotaire confie à son nouveau favori :

— J'aurais aimé travailler bien à mon aise ces petites vipères devant leur aïeule, mais la vieille dame n'a pas encore répondu à mon invitation, et moi, j'en ai trop envie, vois-tu.

Warnacaire pourrait se contenter de se taire. Mais c'est un perfectionniste de l'ignominie. Il répond avec un sourire tellement servile que le roi lui-même, pris d'une vague nausée, trouve qu'il en fait trop :

— Seigneur roi, c'est quand l'appétit est là que l'on savoure mieux les bonnes choses. Offre-toi les louveteaux aujourd'hui, puisque telle est ton envie. L'appétit te sera revenu, et combien plus fort, quand tu arracheras les dents de la vieille louve.

Baptisés vipères puis louveteaux, les enfants se tiennent, maintenus debout par les bourreaux, devant le trône du bourreau en chef : leur oncle, Clotaire II. Sigebert, le roi déchu, du haut de ses onze ans, s'efforce de faire crânement face. Son frère, le petit Corbus, neuf ans, ne peut retenir ses sanglots.

Clotaire prolonge l'attente. Il se penche à nouveau vers Warnacaire :

— Peut-être t'étonnes-tu de ce qu'ils ne soient ici que deux, au lieu de quatre. Je t'explique. Childebert, le cadet, a fui à temps, dès avant la bataille, prévenu on ne sait par qui. Mais je sais où le prendre. Cela nous fera une occasion de fête supplémentaire. Quant au petit dernier, Mérovée, figure-toi que je me suis rappelé être son parrain devant Dieu. Pas question de le supprimer, ce serait offenser le Ciel. Je me suis contenté de le faire tondre et je l'ai mis au couvent.

Il a un geste insouciant :

— Les deux qui restent paieront pour tout le monde.

Warnacaire demande :

— Seigneur roi, si je puis me permettre, pour quelle raison maintiens-tu ce géant, cette petite femme et ce jeune homme enchaînés à cette place ?

— Ceux-là, hein ? Sache qu'à eux trois ils auraient pu faire tout échouer. Ce sont les derniers suppôts de la Wisigothe, les seuls qui n'aient pas voulu comprendre que l'avenir est à moi. Puisqu'ils l'aiment tant, je les garde pour leur faire partager les réjouissances dont nous fêterons son retour parmi nous. En attendant, qu'ils regardent de tous leurs yeux !

Warnacaire risque une fine plaisanterie :

— Et s'ils les ferment, les yeux ?

— Je leur fais couper les paupières.

C'est une boucherie. Un abattoir. Pis. Les bouchers tuent tout de suite, ne s'amusent pas à faire durer les préparatifs terrifiants, à prolonger la vie, donc l'horreur, n'inventent pas des plaies inédites, ne fouillent pas les chairs ouvertes pour en tirer des paroxysmes de souffrance, ne se repaissent pas des hurlements des torturés, n'injurient pas les victimes, ne se barbouillent pas de leur sang en poussant des grognements hystériques...

Tout cela, Clotaire l'a fait. Et pire encore. Descendu de son trône, fasciné par les premiers jets de sang, arrachant les fers tranchants aux bourreaux, il a de ses mains ouvert les tendres ventres, fait couler les entrailles, crevé les yeux, lacéré les viscères, arraché les langues, s'arrangeant toutefois pour maintenir le plus longtemps possible un soupçon de vie et — surtout ! — de capacité de souffrance dans les petits corps déchiquetés. Onze ans, neuf ans...

Sigebert avait d'abord voulu se montrer stoïque, mourir en roi. La folie rouge de Clotaire avait bientôt eu raison de son fier mutisme. Le pauvre gosse avait hurlé, ainsi que son frère, et ces voix d'enfants appelant leur mère étaient pires que tout. Enfin le roi-bourreau, parce qu'il fallait bien en finir, les avait fait suspendre par les pieds au-dessus de deux de ces cuveaux de boissellerie où l'on recueille le sang des cochons et, en deux gestes sûrs, les avait égorgés. Ce qui leur reste de sang s'égoutte dans les cuveaux.

Minnhild, dès le début, a perdu connaissance. Elle s'est affaissée sur ses chaînes, les yeux ouverts sur le vide. Quant à Petit Loup, tous les muscles bandés par la rage, il a ébranlé le poteau, l'aurait arraché de terre et, tête baissée, s'en serait servi comme d'un bélier pour courir sus au fou sanglant si une douzaine de gardes n'y avaient mis le holà. Les yeux de Fleur regardent, intensément, sans ciller, sans que rien ne se laisse deviner de ce qu'il peut ressentir.

Un des bourreaux se cache derrière les autres pour vomir. L'assistance, comprenant que le spectacle est terminé, applaudit. Les évêques dessinent dans l'air des signes de croix. Le roi se tourne vers les hauts dignitaires. Warnacaire et Aléthée, ravalant une nausée, rivalisent d'enthousiasme feint et de lividité vraie. Une bassine de cuivre rouge contenant une eau parfumée est apportée au roi, qui y trempe ses doigts où le sang commence à sécher, puis les essuie à un linge blanc comme ferait un prêtre après un baptême.

— Dame reine, un messager est là, qui demande à être reçu par toi.

— Un messager ? De qui donc ?

— Il ne me l'a pas dit. Il est vêtu en seigneur. Il est accompagné d'une suite en armes et précédé d'un porte-enseigne.

— Fais-le entrer. Lui seul.

L'esclave s'incline, sort. Brunehaut se tourne vers Téodelaine. Elle murmure, comme pour elle-même :

— Cela a été plus vite que je ne pensais.

Téodelaine, d'un ton qu'elle voudrait serein mais qui n'est que résigné :

— Tu n'as rien fait pour éviter cela. Tu savais que cela arriverait, tôt ou tard. Tu t'es arrêtée ici, à portée de bras, à portée de dénonciation. Il eût suffi de pousser jusqu'en Italie, le roi lombard, Agilulf, ton parent, t'aurait accueillie, tu le sais bien.

— Une vaincue n'est nulle part la bienvenue, petite. Agilulf est subjugué par ce moine irlandais, ce Colomban, qui me hait. Agilulf m'eût livrée, ne serait-ce que pour avoir la paix. Et Clotaire ne renoncera jamais. Il y a entre nous trop de haine. Il faut savoir reconnaître quand c'est la fin. Et l'accepter. Allons, Téo, nous devons nous quitter.

La grande fille se laisse choir aux pieds de la reine, enlace ses genoux de ses bras :

— Je ne te quitte pas, grand'mère ! Quoi qu'il doive m'en advenir.

— En restant ici, tu ne risquerais rien, mon petit. Tu es fille. Pour un usurpateur, seuls les descendants mâles présentent un danger.

Elle soupire et, d'une voix changée :

— Si je pouvais seulement savoir ce qu'il en est des enfants...

— Ce messager t'en apprendra peut-être quelque chose.

Justement, le messager fait son entrée.

— Dame reine, reçois mon salut.

— Tiens donc ! Herpo. Mon connétable Herpo. C'est donc toi qui procéderas ?

— Avec le respect et les égards qui te sont dus, dame reine.

— Cela fait honneur à ton éducation. Au fait, Herpo...

— Oui, dame reine ?

— Je suis heureuse d'avoir enfin de tes nouvelles. S'il m'en souvient bien, je t'avais envoyé en ambassade chez mon neveu Clotaire, il y a de cela... disons, quelques mois. Je ne t'ai pas vu revenir. Si bien que je ne sais toujours pas si mes propositions ont eu l'agrément de mon cher neveu. Mais puisque te voilà, quoique avec un peu de retard, peut-être pourras-tu me rendre compte du succès de ton entremise ?

Herpo ne s'attendait pas à celle-là. Il laisse voir quelque embarras :

— Dame reine, ceci appartient au passé. Depuis, il y a eu la guerre...

— Guerre à laquelle tu as apporté ta précieuse contribution. Je t'avais fait connétable de mes armées des marches de l'Est, n'est-il pas vrai ? Un connétable qui passe à l'ennemi, que voilà une recrue de prix !

Herpo s'est repris. Il a choisi son camp, toute honte bue. Il peut bien en boire encore une rasade. Il laisse tomber, du haut de son arrogance retrouvée :

— Pour seulement t'avoir donné du « dame reine », je pourrais bien y laisser la tête. Écoute donc ce que j'ai à te dire. Brunehaut, fille d'Athanaghild, roi des Goths d'Espagne, épouse de feu Sigebert, roi des Francs d'Austrasie, je t'arrête et te décrète de prise de corps en raison des crimes abominables, assassinats, blasphèmes, sacrilèges, parjures, félonies diverses et faits de sorcellerie notoire dont tu es accusée. Tu comparaîtras en temps utile devant l'assemblée souveraine des Francs.

Elle a écouté attentivement, le menton dans la main. Quand il en a fini, elle dit seulement :

— Sais-tu ce qu'il en est des enfants ?

Une bouffée de pitié le serre à la gorge :

— Non, je ne sais pas.

XVII

Le roi Clotaire pourrait faire discrètement étrangler Brunehaut dans quelque cul-de-basse-fosse, ou bien la donner à torturer en grand spectacle pour l'agrément de sa cour de flagorneurs, ainsi qu'il fit à l'égard des enfants royaux. Dans un cas comme dans l'autre, nul n'y trouverait à redire. Mais Clotaire veut faire les choses dans les règles. C'est-à-dire assigner la reine déchue à comparaître devant un tribunal formé de l'assemblée des seigneurs francs et des évêques afin de la soumettre à un procès qui se déroulera suivant l'antique tradition des Francs saliens — et non selon le rituel proche du droit romain qu'avait imposé Brunehaut —, afin de la faire publiquement condamner en la chargeant des pires crimes. Ainsi assurera-t-il sa propre légitimité.

Le rôle de l'accusateur public sera tenu par lui, Clotaire, comme il le fut autrefois par son père Chilpéric lors du procès intenté par Frédégonde à l'évêque Praetextatus.

Le tribunal est réuni. C'est une formidable muraille de hauts seigneurs laïcs et de dignitaires ecclésiastiques. Les ors et les pierreries brillent sur l'assemblée en un scintillement de fête. La plus importante partie de ce tribunal aux ordres est composée des valeureux transfuges qui se vendirent à Clotaire et, depuis, renchérissent de bassesse afin de tirer le maximum de leur trahison.

Brunehaut, seule, debout au centre du prétoire, vêtue de la robe qu'elle portait lorsque Herpo l'appréhenda, laisse errer ses regards sur ce ramassis de veulerie. Eux, pas gênés pour autant, la dévisagent bien à leur aise, s'installent commodément pour profiter des moindres péripéties des débats, font des paris.

Puisque c'est selon le vieux droit coutumier des Francs, réhabilité, que sera menée l'accusation, le roi Clotaire, principal — et unique — plaignant, devra d'abord exposer ses griefs. Au besoin, il produira des témoins qui jureront sur l'Évangile, sous peine de damnation éternelle, qu'il a dit vrai. L'accusée reconnaîtra les faits ou les niera. Elle pourra, de son côté, présenter des témoins qui prêteront serment sous les mêmes conditions.

Brunehaut serait bien en peine de citer qui que ce soit à sa décharge. Elle n'a pu communiquer avec personne depuis son arrestation. Et quiconque oserait contredire la parole du roi serait massacré sur place.

Une sonnerie de buccins. Les débats sont ouverts.

Clotaire attaque d'emblée. Très vite, la rage le submerge, l'exposé des faits tourne au torrent d'injures. S'échauffant à sa propre parole, le fils de Frédégonde crache à flots le venin hérité de sa mère. Il vocifère, il écume, il se jetterait sur l'accusée, griffes en avant, s'il se laissait aller à son impulsion. Il entasse crimes, parjures et sacrilèges, impute pêle-mêle à Brunehaut ceux de Frédégonde, ceux de Chilpéric, les siens propres, se persuade au fur et à mesure de la réalité de ses élucubrations, s'en indigne, pleure, s'arrache la barbe, atteint des paroxysmes de douleur non feinte :

— Cette putain au sexe insatiable a débauché par artifices et sortilèges mon malheureux oncle Mérovée afin de le pousser à assassiner mon père, le roi Chilpéric, pour prendre sa place. Elle s'était d'abord donnée charnellement à l'évêque Praetextatus qui, envoûté par sa science du stupre et de la luxure, a souillé son saint ministère en célébrant cette union incestueuse, sacrilège, trois fois maudite ! Te défendras-tu de cela, sale sorcière ?

Non, elle ne se défendra pas. Et à quoi bon ? Tout est joué. Le procès est jugé d'avance, le verdict prêt à être assené. Répondre serait fournir au forcené un tremplin pour rebondir de plus belle. Elle se tait, c'est son arme, et se taira jusqu'au bout. « Assassinez-moi, mais ne me demandez pas d'y participer. » Ainsi pense-t-elle.

Clotaire, rendu enragé par son silence, accumule les accusations. Tout ce qui est mort, en Gaule, depuis la naissance de Brunehaut, a été occis par elle ! Dans un transport de fureur larmoyante, il va jusqu'à lui reprocher le meurtre du petit roi Sigebert et de son frère, qu'il vient à peine d'égorger de ses mains !

C'est ainsi que Brunehaut apprend enfin quel fut le sort de ses arrière-petits-enfants.

Elle reçoit l'épouvantable vérité sans faiblir. Tout juste la voit-on brièvement chanceler, puis reprendre son maintien. Ceux qui avaient parié qu'elle ne tiendrait pas le coup et s'évanouirait à cette nouvelle en sont pour leurs enjeux.

Cela ne fait pas l'affaire de Clotaire. S'il a voulu et organisé ce simulacre de justice, c'est pour déconsidérer à la face du monde celle qu'il a appris à haïr avec le premier lait qu'il a tété. Il la veut humiliée, suppliante, rampante, implorant sa grâce à quatre pattes... Au moins se défendant, tentant de rendre coup pour coup... Ce qui aurait déclenché les rires et les insultes des assistants, qui l'auraient reniée, conchiée, traînée dans la boue avec l'empressement de qui craint de déplaire au maître par défaut de complaisance dans la lâcheté.

Son hautain silence les met mal à l'aise. Ceux qu'elle a comblés de ses faveurs, qu'elle a aimés, peut-être, ceux qui l'ont trahie, qui l'ont livrée, sentent leur cynisme s'effriter. Les hurlements ignobles que soulevait chaque accusation du roi, chaque insulte, ne se prolongent pas en échos. À son silence répond leur silence stupéfait.

Lorsque le héraut appelle : « Holà, peuple franc ! Y a-t-il ici quelqu'un qui parlera pour l'accusée Brunehaut et qui est prêt à en faire serment sur les saints Évangiles ? S'il en est un, qu'il se lève, celui-là ! », nul ne se lève. Le héraut clame par trois fois son appel. En vain.

L'accusée n'ayant pas daigné se défendre et personne n'ayant témoigné en sa faveur, l'accusation est reçue de plein droit, la culpabilité de Brunehaut considérée comme démontrée. Clotaire, le plaignant, a gagné. Il peut — il doit — exercer sa vengeance au nom de tous les siens assassinés (!) par la coupable. Le héraut va pour annoncer la clôture du procès quand déboule une fille échevelée qui agite ses grands bras et crie quelque chose :

— Peuple franc ! Moi, je veux parler pour l'accusée ! Qu'on apporte le Livre saint !

Elle se jette sur la reine, la serre contre elle, comme la prenant sous sa protection. Brunehaut l'impassible ruisselle de larmes :

— Téodelaine, mon petit ! C'est inutile. Ils vont te massacrer.

Le roi Clotaire s'est dressé, dans un éclat de rire :

— Témoignage de femelle n'est que caquetage de volaille. La loi des Francs ne l'admet pas. Allons, qu'on vire la pisseuse et qu'on me ficelle la vieille !

Le roi Clotaire est devenu fou. Il rejette les crimes de Frédégonde, de Chilpéric et les siens propres sur Brunehaut, il s'est persuadé qu'elle a tout fait, que le mal vient d'elle, qu'elle est une incarnation de Satan, que son devoir, à lui, est de lui faire avouer une à une les abominations sur lesquelles elle fonda son pouvoir, les sortilèges par lesquels elle subjugua ceux qui, tout au long de sa vie, lui apportèrent leur dévouement, les débauches inouïes dont elle les enivrait quand ils s'étaient engouffrés, corps et âme, dans son sexe béant jamais rassasié. C'est ainsi qu'il voit les choses, le roi Clotaire.

Or il ne connaît qu'un moyen pour obtenir des aveux : la torture. La plus brutale, la plus grossière torture, celle qui broie les os, crève les yeux, arrache les ongles, celle qui coupe, taille, perce, brûle, écrase, fait gicler le sang rouge sur le sang noirci. Ses conseillers l'y encouragent, eux-mêmes brutes profondes retrouvant la sauvage violence de leurs instincts. Ils applaudissent à ses trouvailles, lui en suggèrent d'inédites. Au nom de la justice et de la recherche de la vérité, c'est une orgie de sang et de merde sur laquelle se penchent avec gourmandise hauts seigneurs et prélats chamarrés.

Brunehaut n'est plus qu'une pauvre chose disloquée, édentée, une énorme plaie qui ne saigne même plus, une guenille informe couverte de mouches vrombissantes. Une pauvre chose, mais muette. Car elle ne parle pas. Ne crie pas. On s'est bien gardé de lui arracher la langue. Le scribe est là, calame aux doigts, prompt à noter tout gémissement où pourrait se déceler une ombre d'aveu. Toute sa lucidité est concentrée là-dessus : se taire. Ce porc la fera crever, il n'aura rien de plus.

Trois jours. L'horreur se poursuit pendant trois jours pleins. Clotaire s'acharne. La nuit, il se retire, ainsi que les juges augustes, pour se reposer et aussi pour faire bombance parmi les mets succulents et les esclaves aux belles cuisses afin d'oublier les laides images.

Le quatrième jour, Clotaire, la rage au ventre, renonce. On se passera d'aveux. Il reste assez de vie dans ce quasi-cadavre pour qu'il figure en attraction principale dans une exécution grandiose. Le roi Clotaire y a pensé. Il sait ce qu'il va faire.

XVIII

En fait, l'idée est de Warnacaire. Le roi Clotaire est à table avec les membres de son conseil. Il les a réunis afin de l'aider à mettre au point le programme des réjouissances. Car la mort de l'Ennemie doit être célébrée comme un haut fait national. Il importe donc de lui donner un éclat encore jamais vu, et surtout d'imaginer des supplices nouveaux, tout à la fois grandioses et amusants. On a bien mangé, bien bu, on se creuse la tête, mais les lourdes cervelles teutonnes ne peuvent s'arracher aux épaisses brutalités trop connues. Warnacaire lève la main. Le roi, de la tête, fait signe qu'il permet. Il ajoute :

— Parle. Mais si c'est pour lâcher une connerie de plus, je te fais empaler.

La simple évocation du supplice favori des Huns fait toujours son effet. Warnacaire pince les lèvres, porte la main à l'endroit menacé. Cependant, il persiste :

— Seigneur roi, j'ai dans mes écuries un animal fort laid, plus haut qu'un cheval, fait de bric et de broc, bossu, avec un cou de serpent et de longues dents jaunes qui lui sortent de la gueule. Très cocasse. Rien qu'à le voir, tu ris. C'est un vétéran des guerres de Justinien en

Afrique qui me l'a échangé contre un esclave mathématicien, il en avait l'usage, faut croire. Cette créature invraisemblable a pour nom « chameau ». Alors, voilà. On met la r... euh, la vieille dessus, sur la tête une bouse de vache en guise de couronne, au poing une queue de vache en guise de sceptre, et à poil, bien sûr...

Le roi fronce le sourcil :

— En ma présence, on ne dit pas « à poil », on dit « dévêtue ». On ne dit pas non plus « la vieille » s'agissant d'une personne royale, ma parente, qui plus est. Tiens-toi-le pour dit. Ton idée n'est pas entièrement mauvaise. Il y a quelque chose, là. Qu'en pensez-vous, les autres ?

À l'unanimité, ils pensent comme le roi. Bruyamment. Lantéric aurait voulu avoir cette idée. Il a le teint bien jaune, Lantéric. C'est que, depuis la mort de Frédégonde, Clotaire l'a quelque peu mis à l'écart. Ce petit Clotaire qu'il a fait sauter sur ses genoux, faute de pouvoir l'étrangler... Les rois sont ingrats. Et rancuniers. Et dissimulateurs. Clotaire pourrait bien ne pas oublier que le cher Lantéric a aidé sa maman à assassiner son papa. Lantéric devrait se faire discret. S'exiler, même. Mais qui a goûté au vin du pouvoir ne peut plus s'en passer. Et Lantéric s'obstine à vouloir rentrer en grâce.

Avec quelques améliorations de détail, l'idée de la promenade à dos de chameau est adoptée. Elle aura lieu sur cet anneau d'hippodrome qu'a fait préparer le roi. Toute l'armée y assistera, et aussi tout le gratin des Gaules et d'au-delà. On édifie dans la hâte une tribune pour accueillir les nobles fessiers des leudes, comtes, ducs, évêques, abbés et même, pourquoi pas ? rois — des ambassades courent les routes...

Lantéric, qui ne rate pas une occasion de se pousser en avant, fait respectueusement remarquer au seigneur roi qu'une telle exhibition, ingénieuse, certes, et pleine d'une majesté primesautière, ne remplit cependant pas le dessein essentiel qu'on est en droit d'en attendre, qu'on y mette tous les lampions qu'on voudra. Le ridicule ne tue pas, du moins pas assez promptement. Il manque donc au programme l'attraction principale, l'apothéose[1], à savoir les modalités de la mise à mort, complètement négligées jusqu'ici.

C'était poser la bonne question, celle qu'attendait le roi pour triompher. Quelqu'un d'autre que Lantéric la lui eût-il posée — Warnacaire, par exemple —, il eût souri avec bonté et eût peut-être même tapoté la joue du bien inspiré. Ce n'était que Lantéric. Le roi ne sourit pas, ne tapota pas, et passa tout de suite à la phase deux, c'est-à-dire à son exposé de comment lui, roi, voyait les choses.

Il n'est pas utile de révéler ici ce plan mirifique, puisque nous le verrons bientôt à l'œuvre.

Sonnez, buccins ! Mugissez, trompes ! La promenade à dos de chameau commence, la promenade à dos de chameau s'achève. Très réussi, vraiment. La queue de paon épanouie en grand qu'on avait plantée dans la galette de bouse coiffant la tête de Brunehaut donnait grande allure à l'ensemble, de même que le balai de bouleau peint en rouge fixé à la queue du chameau. Le roi a trouvé cela sublime, de même que Lantéric, qui

1. Nous dirions « le clou ».

renchérissait d'enthousiasme, mais Warnacaire avait été plus rapide, le sourire fut pour lui... Pourquoi, alors, les applaudissements furent-ils aussi tièdes, à part dans la clique des courtisans ? Pourquoi cette gêne qui, comme une pestilence de marécage, pèse sur l'assemblée ?

Clotaire sait pourquoi. Parce que Brunehaut se tient sur cette dérisoire monture comme elle se tiendrait sur son destrier de parade, rayonnante dans sa nudité, suprêmement royale dans ses décrépitudes, céleste, inaccessible, se faisant parure de son abaissement même. Clotaire, la rage au ventre, doit le constater : il lui a offert un triomphe.

Le roi Clotaire, sous son dais aux franges bordées d'or, se contient à grand'peine. Il s'adresse à Warnacaire :

— Fais cesser cette connerie ! Le cheval est-il prêt ?

— Il attend, seigneur roi. Bourré d'avoine. On le contient tout juste. Il a déjà démoli deux garçons d'écurie. Des solides.

— C'est un étalon bien fougueux, n'est-ce pas ? Pas dressé, surtout ? Une brute quasi sauvage quoi ?

— Plus que sauvage, seigneur roi.

— Bien. Fais.

Un « Oh ! » d'étonnement court parmi l'assemblée. D'étonnement et de plaisir attendu.

Un fougueux étalon, noir comme l'enfer, difficilement tenu par six hommes robustes cramponnés à des cordes, fait son entrée sur la piste, devant la tribune royale. Sa longue crinière fouette le vent, sa queue balaierait le sol si elle n'était entravée de liens de chanvre qui l'attellent à ce qui semble bien être un paquet de membres humains bizarrement entremêlés : ceux de Brunehaut. L'assemblage, à première vue hétéroclite mais qui se révèle bientôt fort ingénieux, fixe à la queue de l'animal le bras droit de la reine, sa jambe gauche et, ficelée en botte d'oignons, son abondante chevelure de neige. La pose est telle que le sexe s'offre béant, plaie rose parmi la fourrure blanche, ce qui fait rire certains, ce qui fait à certains autres se voiler la face, toutefois de façon à voir entre les doigts.

Le roi affiche un visage rasséréné. Une ébauche de sourire étire sa moustache. Lantéric, à qui rien n'échappe de ce qui peut lui être utile, veut être celui qui fera s'épanouir ce sourire d'une joue à l'autre. Il suggère :

— Seigneur roi, ne serait-il pas amusant, et en même temps instructif, pour toi et toute la noble société, de faire s'accoupler charnellement la r... je veux dire cette femelle et l'étalon ? En aidant un peu, ça devrait pouvoir se faire.

Ægidius, évêque de Reims, a entendu. Il se dresse :

— Anathème ! Ce serait inciter une créature de Dieu au péché de bestialité, abomination des abominations ! Au nom de la sainte Église du Seigneur Christ Jésus, je m'oppose !

Il ajoute, à mi-voix : « Et si elle allait y prendre plaisir... »

Le roi, d'un regard, enfouit Lantéric sous un mépris définitif. Le moment est venu. Il lève le bras, le maintient un moment en l'air, l'abaisse. Trompes et buccins trompent et buccinent. Les six gros gaillards, bien ensemble, libèrent le cheval bourreau. L'assistance retient son souffle, prête à hurler sa délicieuse horreur.

L'étalon noir, surpris de sa soudaine liberté, secoue la tête, avance prudemment un pied de devant, le gauche, et, en même temps, le droit postérieur, comme font les chevaux ignorant l'amble. Il fait de même avec le droit antérieur et le gauche postérieur, cela s'appelle aller au pas. Ainsi gagne-t-il le lieu ombragé qu'il guignait depuis un moment. Il y fait halte, tranquillement, ayant bien soin, semble-t-il, à ce que sa queue pose son fardeau à terre sans dommage pour celui-ci. Et puis il reste là, cueillant du bout des dents une touffe de trèfle.

La foule est déçue et le fait savoir. Des pierres volent, atteignent le paresseux, qui n'en a cure. Et puis le cocasse de la chose l'emporte sur tout le reste. Un prodigieux éclat de rire secoue l'atmosphère jusqu'aux nuages.

Le roi Clotaire laisse fuser, entre ses dents, sans regarder Warnacaire :

— Plus que sauvage, eh ?

Le Maire du palais ne trouve qu'une explication :

— Seigneur roi, c'est diablerie. Cette femme est sorcière, tu l'en as toi-même accusée sous serment. Les démons lui obéissent, et aussi les forces obscures de la nature qui se cachent dans les bêtes brutes. Qu'y pouvons-nous, nous autres, pauvres mortels ? Il y faudrait l'exorcisme.

L'évêque Ægidius intervient :

— L'exorcisme est œuvre longue et pénible. Je ne puis délaisser plus longtemps mon diocèse.

Le roi frappe du poing.

— Foin des mômeries ! La garce doit mourir, et sur-le-champ, et de la façon dont j'en ai décidé : au cul d'un cheval.

Warnacaire dit « À tes ordres, seigneur roi », et puis s'éloigne, la mine fort basse. Lantéric entrevoit une occasion de reconquérir par un coup de maître les bonnes grâces du fils de celle pour qui il voua tant de fois à Satan son âme immortelle. Profitant de la déconsidération de Warnacaire, il susurre :

— Seigneur roi, nous avons ici même, sous la main, un cheval colosse, un cheval monstre, d'une force prodigieuse, et nous avons aussi, là (du doigt il désigne son front) de quoi le mettre en terrible fureur. Permets-moi.

Ne sachant à quoi se raccrocher, Clotaire condescend :

— Au point où nous en sommes... Mais fais vite. Et n'oublie pas : il y va de ta vie.

C'est une cave, l'ergastule à la romaine où l'on emprisonne les esclaves punis. Pour l'instant y gisent, garrottés, sous la garde nonchalante d'un vétéran qui préférerait prendre sa part du spectacle dont lui parviennent les échos, une douzaine de pauvres hères dont le crime fut d'être jusqu'au bout fidèles à Brunehaut, et qui attendent là leur tour d'être sacrifiés à la vindicte du triomphateur. Trop petit gibier pour que leur supplice puisse figurer comme élément du spectacle, ils seront voués à l'égorgement discret, à moins qu'un caprice du roi Clotaire ne leur vaille, au dernier moment, les honneurs d'un supplice public et de bon goût.

Dans un coin sombre, loin de l'unique soupirail, Petit Loup geint, plongé dans un sommeil artificiel que hantent les cauchemars. Il a bu, crevant de soif, d'une eau certainement droguée, car on se méfie de sa force hors nature à laquelle, croit-on, aucune chaîne ne résisterait. Telle est la force de la légende. Minnhild, la joue collée à la puissante poitrine, pleure doucement. Elle sait que la fin approche. Quelle sera-t-elle ? Fleur, incapable de bouger, se serre contre sa mère, la réconfortant de sa présence. Un peu à l'écart, Téodelaine, qu'on a brutalement séparée de sa grand'mère, se sent de trop. Elle aussi attend la mort, mais elle l'affrontera seule, y penser la terrifie, elle s'efforce de se fortifier l'âme en se disant qu'elle mourra avec Fleur, lequel ignorera toujours son amour — un « toujours » réduit à bien peu de chose —, et elle trouve à cela je ne sais quelle grandeur antique.

Un brutal jet de lumière blesse les yeux. La porte a été poussée, des hommes en armes sont entrés, ont échangé quelques mots brefs avec le garde, qui a dit : « Il dort, mais méfiez-vous ! » Les nouveaux venus sont allés droit à Petit Loup, ont écarté sans vaine douceur Minnhild, ont fait taire ses hurlements d'un seul coup de poing bien placé, ont ficelé Petit Loup sur un jeune tronc d'arbre comme les chasseurs font d'un ours fraîchement tué, l'ont chargé sur leurs épaules et sont partis, en ahanant sous le poids.

— Nous avons donc le cheval. Il est colossal, en effet, et fort comme une catapulte. Mais aussi il semble doux comme un agneau.

Lantéric sourit, confiant :

— Seigneur roi, j'ai le moyen de l'amener à un état de fureur tel que tu m'ordonneras de le calmer.

— Le Ciel t'entende. Ta tête est en jeu.

— Je vais de ce pas veiller à ce que la... euh... femme soit attachée à la queue selon tes directives.

— Va.

Minnhild reprend conscience. Sa joue ne repose plus sur la poitrine aimée. Sa joue s'écrase sur la dalle humide. Petit Loup ! Ils ont emmené Petit Loup ! De la gorge de Minnhild monte le hurlement de la louve dépossédée. Et puis elle se tait. À partir de ce moment, Minnhild n'est plus qu'une volonté tendue vers ce but : le rejoindre. Où qu'il soit. Dans la mort si c'est là qu'il est. Le rejoindre.

Voyons. Elle est ficelée. D'abord, se déficeler. Un coup d'œil alentour. Le garde. Ce grand machin sans malice. Elle a surpris ses regards sur elle, ses regards — comment, déjà ? — concupiscents. Non, pas concupiscents, c'est sale, il n'est pas sale. Timide, oui. Un gros bébé privé d'amour. Minnhild cherche ses yeux. Les trouve. Pas dur, il ne peut s'empêcher de la guigner en douce. Le temps presse, tant pis pour la finesse. Elle dit « Viens ! », elle fait de la tête, si peu qu'elle puisse la bouger, signe d'approcher. Il hésite. Cœur battant, s'approche. Elle dit, très vite : « Ils l'ont emmené, c'est bien. J'espère qu'ils vont le tuer. Prends-moi. Là, maintenant. Je te veux, je te veux, je te veux ! »

Il n'en croit pas ses oreilles. Mais bon, elle est là, toute cuisses, seins, lèvres, et l'ombre noire au fond des cuisses, merde, elle va crever tout à l'heure, tout ça sera perdu, merde, merde, et moi je bande comme un bouc, moi, oh, je me la fais, bon Dieu, je me la fais !

Il s'abat sur elle. Elle rouscaille : « Détache-moi, andouille ! Comment veux-tu que je les écarte, hein ? Tu es puceau, ma parole ! »

Non, il ne l'est pas. Il sait très bien où ça se passe, et qu'il faut qu'elle ouvre grandes les cuisses, ses délicieuses douces blanches cuisses et le truc au fond... Il tire de sa gaine son couteau réglementaire, coupe à la diable tout ce qu'il trouve à couper, aux pieds, aux jambes, aux mains aussi, il faut qu'elle l'enlace, qu'elle gémisse mon chéri mon amour... Il écarte ce qu'il y a à écarter, pointe ce qu'il y a à pointer, s'aide de la main pour guider ce qui doit être guidé, pénètre ce qui demande à être pénétré, et puis c'est le grand branle-bas, à ses furieux coups de reins répondent ses furieux coups de cul à elle, et elle crie enfin comme il a rêvé qu'elle crierait, et lui aussi, il crie, et son cri, à lui, se casse soudain, en plein envol, et retombe en gargouillis, elle lui a tranché la gorge, d'un seul coup de dents, d'un seul coup des mignonnes dents blanches de Minnhild tranchantes comme des rasoirs, elle sait maintenant pour quel usage.

Elle saute sur ses pieds, laisse le gars se vider en deux jets rouges qui se cognent au mur et rebondissent, ramasse le couteau que, dans son impatience amoureuse, il avait jeté au loin, délivre Fleur, hésite, puis, bof, délivre Téodelaine, laisse les autres faire face à leur destin, se précipite au-dehors.

— Pourquoi fais-tu ficeler ce grand type évanoui, ou endormi, je ne sais, sur le dos du cheval de tout à l'heure ? Il conviendrait mieux au cheval colosse, non ?

— Il lui convient même tout à fait. Le cheval colosse

est son propre cheval, à l'homme colosse. Taillés l'un pour l'autre. Une paire d'amis. S'adorent. Inséparables. Et — écoute bien cela, seigneur roi — cet homme ne monte jamais un autre cheval que celui-là.

— Un cheval jaloux ?

— Comme un tigre, si je puis me permettre, seigneur roi.

— Il me semble que je comprends...

— Je suis certain que tu comprends tout à fait.

— Comment comptes-tu t'y prendre, pratiquement ?

— Tant que le cheval colosse n'aperçoit pas l'autre, rien ne se passe. Mais patiente seulement un petit instant...

— Ne me déçois pas.

— Je n'ai garde !

À grand'peine, car rien n'est lourd et difficile à manier comme un cadavre ou bien un vivant plongé dans un profond sommeil, Petit Loup est hissé et ficelé sur le cheval « rétif » de tout à l'heure. Lantéric l'eût préféré assis en une attitude naturelle, mais ce sommeil comateux où l'on a dû le plonger ne le permet pas. Il est donc maintenu en selle par d'habiles combinaisons de cordages, le torse affalé sur l'encolure du cheval. Vu de dos, cela peut faire illusion.

Le moment est venu. Le cheval noir, ainsi équipé de son « cavalier », est amené sur la piste, à une vingtaine de toises en avant de l'endroit où se trouve Griffon, avec Brunehaut liée à sa queue de façon grotesque et outrageante. On a aveuglé les yeux de Griffon d'un épais bandeau de cuir doublé d'un coussin bien opaque.

À droite et à gauche de la piste, un peu en retrait, des archers avars aux épais bonnets de fourrure dont les ailes leur battent les joues sont postés, genou en terre, arc bandé, on ne sait trop à quelles fins. L'assistance, muette, alléchée par ces mystérieux préparatifs, attend le bon vouloir du roi, dont le geste déclenchera le départ de l'attraction suprême.

Le roi lève la main. Il va pour l'abaisser quand surgit sur la piste une créature minuscule, tellement ravissante dans ses haillons lacérés et dégouttants de sang que les spectateurs croient à une astuce de mise en scène et applaudissent à grands cris enthousiastes. Le roi, lui, un bras en l'air, semble ne pas goûter l'intermède. Il veut savoir ce qui se passe :

— Qu'est-ce, Lantéric ?

Lantéric ne sait pas. Pour lui aussi, c'est une surprise. Une surprise désagréable. Il ne peut que répondre, piteux :

— Sa femme, seigneur roi. Sa femme.

Bousculant palefreniers et hommes de guerre, le couteau pris au garde serré entre ses dents, Minnhild court droit à Petit Loup, s'agrippe à lui pour se hisser sur la croupe du cheval, se met à grands coups furieux à taillader les liens de chanvre. Elle sanglote et hurle, la folie est dans ses yeux, les larmes sur son visage se mêlent au sang de l'égorgé en une bouillie d'épouvante, elle ne sait pas ce qu'on veut faire à son Petit Loup, elle sait seulement qu'il y a la mort au bout, et elle ne veut pas, voilà. Elle ne veut pas.

Le roi Clotaire, le bras toujours en l'air, se sent ridicule. Un roi n'aime pas se sentir ridicule. Surtout un jour de triomphe. Il se résigne à baisser le bras, bien lentement afin qu'on ne s'y trompe pas, qu'on n'aille pas prendre ce geste de résignation pour le signal du départ des réjouissances. En même temps il s'adresse à Lantéric, du coin de la bouche, sans l'honorer d'un regard :

— Cette enragée n'était-elle pas des comparses de la Wisigothe ?

— Tu as bonne mémoire, seigneur roi. Elle fut sa demoiselle d'honneur. Elle arriva de la cour d'Espagne dans ses bagages, lors de son mariage avec...

— Je sais avec qui. J'ai entendu parler d'elle. Elle est très liée à la damnée Wisigothe, si je me souviens bien ?

— Très liée, en effet, seigneur roi. On peut dire qu'elles s'aiment beaucoup l'une l'autre.

Le roi Clotaire a un sourire. Un de ces sourires qu'il a hérités de sa mère :

— En ce cas, qu'on ne les sépare pas. Fais-la lier à la queue du gros cheval, avec l'autre.

— Cela fera double charge.

— Il est assez fort pour deux. Veille bien à ce qu'on l'attache dans la même position que la vieille, mais symétriquement. Ce sera très beau.

On s'est jeté sur Minnhild, on l'a arrachée à son Petit Loup, elle s'est débattue en furie déchaînée, elle a frappé de son couteau à tort et à travers, elle a senti plus d'une fois la chair céder sous la lame, elle a éborgné un costaud qui s'est mis à couiner en sautillant sur un pied alors que c'est à l'œil qu'il avait mal, mais enfin le nombre a eu raison de la rage, ils l'ont jetée à terre, écrasée, ficelée.

C'est alors qu'un messager est accouru, avec de grands gestes. Il criait « Au nom du roi ! », et puis il a expliqué ce que ce roi au nom duquel il parle veut que l'on fasse de l'indomptable petite femme.

Griffon s'ennuie dans le noir. Il attend Petit Loup. Pourquoi Petit Loup n'est-il pas là, avec lui, ou pas bien loin ? Des hommes qu'il ne connaît pas ont attaché quelque chose à la queue de Griffon, puis, un peu plus tard, encore quelque chose. La queue de Griffon est longue et fournie, une très belle queue. Ce qu'on y a attaché traîne par terre. Griffon connaît la méchanceté des hommes. Il se doute que si l'on a fait ça, c'est pour faire du mal à cette chose, quelle qu'elle soit, mais ils peuvent toujours attendre, il ne le fera pas. Il n'obéit qu'à son ami Petit Loup, or Petit Loup ne lui ordonnerait rien de tel. Où est-il donc, Petit Loup ? Griffon s'ennuie de lui. Griffon est mené, de ci-de là, par des hommes inconnus. Il les supporte parce qu'il attend Petit Loup, parce qu'il sait qu'il va venir. Il vient toujours, Petit Loup. Toujours.

Cette fois, c'est la bonne. Le roi abaisse le bras. Trompes, buccins, « Ah ! » de la foule. Sur la piste, un jeune gars, d'un geste prompt, ôte le bandeau aveuglant Griffon, et puis saute hors de portée.

Griffon, tout d'abord, ne voit qu'un éblouissement. Il

reste impassible, attendant que la vue lui revienne. Warnacaire ricane. Lantéric serre les dents. Le roi attend.

Lantéric porte deux doigts à ses lèvres, lance un coup de sifflet suraigu. Lui répond une flûte au timbre bizarre, instrument typique des Avars. À peine a-t-elle lancé ses trois notes monotones, les archers avars lâchent les cordes tendues de leurs arcs. Les flèches aux pimpants empennages volent, se plantent dans la croupe du cheval sur lequel est ficelé Petit Loup. L'animal hennit, de surprise autant que de douleur, se cabre, rue et part au grand galop, droit devant lui.

Les yeux de Griffon ont enfin accommodé. Et que voient-ils en premier lieu ? Petit Loup, oui, son Petit Loup, galopant à corps perdu, là, sous son nez, sur un cheval qui n'est pas lui, Griffon !

La folle rage de jalousie mord Griffon au ventre. Trahison ! Ce n'est pas à Petit Loup qu'il en a, Petit Loup ne saurait trahir, l'infamie est le fait de l'autre, du cheval de malédiction, qui a, va savoir comment, circonvenu son Petit Loup à lui, et l'emporte comme s'il en avait le droit ! Vengeance ! Griffon ne connaît plus rien d'autre, Griffon lance son galop d'Apocalypse, ses sabots ébranlent au loin la plaine, la tribune royale sursaute, les gradins du vulgaire oscillent, le cheval fabuleux dévore l'espace, l'œil fixé sur sa cible.

Comment, dans sa fureur aveugle, prendrait-il garde à ce qui se passe derrière lui ? Quelle conscience pourrait-il avoir du double fardeau que traîne dans la poussière son panache somptueux ? Que pourrait-il savoir de l'entrelacement de membres martyrisés qui s'écrasent, et rebondissent, et se brisent, et éclatent, et éclaboussent la piste d'une pluie sanglante ?

Il galope, et galope. Il s'étonne. La distance qui le sépare du larron ne diminue pas. Il ne peut savoir que les archers avars, sur les instructions expresses de Lantéric, ont mission d'entretenir fort cuisante, à coups de flèches bien ajustées, la douleur du malheureux coursier afin de maintenir sa vitesse au plus haut de ses possibilités. Sans infliger de blessure mortelle ou invalidante, cela va de soi. Pour cela, on peut se fier aux Avars, peuple né avec un arc au poing. Et la poursuite infernale continue, de plus en plus sauvage, de plus en plus furieuse.

Les membres, les tendres membres féminins, commencent à se détacher. Ils se répandent sur la piste, qu'ils jonchent parmi des traînées écarlates.

Le roi Clotaire daigne être satisfait. Il confie à Lantéric, décidément en bonne passe de rentrer en grâce :

— Quelle bonne idée j'ai eue de faire établir cette piste d'hippodrome ! Vois comme les chevaux courent bien à l'aise, en suivant l'ovale allongé de l'anneau !

Lantéric sait que les idées des rois sont toujours bonnes et qu'il faut les aider à s'en persuader :

— Idée excellente, seigneur roi ! Si cette piste n'eût existé, les chevaux se seraient égaillés au loin dans la campagne et le meilleur du spectacle aurait eu lieu hors de ta vue et de celle de tes nobles invités.

— Ce qui aurait été dommage, reconnais-le. Mais, dis-moi, je constate qu'il ne reste plus guère, à la queue de ce monstre, que les deux têtes pendues par les cheveux. Le reste s'est éparpillé tout le long du parcours, un bras ici, une cuisse là, une touffe qui pourrait bien être un sexe juste en face de moi... Ces deux têtes qui bringuebalent et s'entrechoquent sont réjouissantes à voir, je ne dis pas, mais je crains qu'à la longue cela ne devienne fastidieux. Et puis, la sagesse nous apprend qu'il ne saurait y avoir de plaisir si grand qu'il ne faille le quitter tôt ou tard. Je suis curieux de savoir comment tu vas mettre fin à celui-là.

— Très facilement, seigneur roi.

Lantéric siffle comme tout à l'heure, mais à trois reprises. Aussitôt une pluie de flèches s'abat en même temps sur Griffon et sur l'autre cheval, toutes frappant en des endroits vitaux. Les deux pauvres bêtes courent quelques pas encore, sur la vitesse acquise, et puis titubent et enfin s'abattent, dans des mares de sang. Chacun peut constater que Petit Loup, lui aussi, a été touché mortellement une bonne douzaine de fois. Les empennages aux vives couleurs tremblent au bout des tiges des flèches hérissant les corps. C'est très joli. Le roi dit : « Bravo ! »

Warnacaire dit « Peuh ! », mais de façon à n'être pas entendu.

Tout est consommé.

XIX

Qu'en est-il donc de Fleur, qui s'enfuit de l'ergastule en même temps que Minnhild lorsque celle-ci eut coupé ses liens ?

Tout comme sa mère, il courut à Petit Loup. Il ne parvint pas jusqu'au cheval noir. Arrivant derrière Minnhild, l'effet de surprise ne joua pas pour lui. Un garde lui asséna sur la tempe un maître coup d'une masse d'armes. Fleur s'écroula, demeura inconscient. Il ne sut rien du jeu sinistre où tous devaient périr.

Lorsque enfin il émergea du néant, un sourire plein d'angoisse et d'espoir guettait son retour à la vie : Téodelaine.

Mais ce sourire, il n'en profita pas. Le coup de masse avait perturbé quelque organe dans son crâne. Il était aveugle.

Le roi Clotaire a la rancune tenace. La mort épouvantable infligée par lui à Brunehaut ne l'a pas éteinte. Il a interdit que le corps de la reine déchue fût mis en terre chrétienne, et il a fait brûler devant lui, pêle-mêle, les pauvres débris ramassés le long de la piste sanglante. Si bien que la petite Minnhild qui aima tant la vie s'est envolée dans la même fumée que sa souveraine.

Dans tout le royaume, maintenant étendu à la Gaule entière moins l'irréductible Armorique, par ordre du roi le nom de Brunehaut est voué à l'exécration, son œuvre politique abolie, les routes, les ponts et les ouvrages d'art qu'elle patronna lui sont déniés, attribués à Clotaire. Le nom même de Brunehaut, symbole d'ignominie, n'est plus prononcé. Les leudes applaudissent, le clergé bénit, le menu peuple se tait.

Les grands seigneurs laïcs et les prélats à prébendes sont les vrais vainqueurs de la longue lutte. Clotaire croit avoir triomphé et fait triompher le principe de la monarchie de droit divin. Il n'a fait que détruire l'œuvre unificatrice et civilisatrice de Brunehaut pour se placer sous la coupe de ses puissants vassaux. Dès cet instant, la dynastie est condamnée. D'entre les grands sortiront des familles rapaces de « Maires du palais » qui, s'entre-dévorant, réduiront le roi à un fantoche, à un « roi fainéant ».

Ils vont par les chemins, elle devant, lui derrière, une main à lui sur son épaule à elle. Car elle est ses yeux, et bien plus encore. Il porte par le travers du dos quelque chose qui ressemble à un luth et qui est peut-être bien un luth. Ou une lyre...

C'est donc un de ceux-là qui vont par les villages chanter les martyres des saints ou les hauts faits des héros du Walhalla, selon ce qu'on leur demande, pour une écuellée de soupe. Seulement celui-là ne chante qu'un seul héros, et ce héros est une héroïne.

Il chante la bonne reine Brunehaut, que d'aucuns nomment Brünnhild, mais c'est la même personne. Ceci est fort dangereux, il y va de la vie. Il n'en a cure. Peut-être la vie lui pèse-t-elle ? Il chante de Brunehaut la merveilleuse beauté, la bonté non moins grande, et aussi combien elle aimait les petites gens penchées sur la glèbe. Il chante sa glorieuse et tragique épopée, il évoque ses gentils compagnons, il parle du Hun Blond qui défia Clovis, il parle de Petit Loup et de Minnhild, de Griffon et de Bleuette, et alors des larmes coulent de ses yeux morts.

Il a pour nom Fleur. Elle, Téodelaine.

Ils sont assis dans l'herbe, au bord d'une source, à l'orée d'un bosquet de jeunes bouleaux. Ils se sont restaurés d'une aubaine : du pain et du lard. Ils ont bu à la source. Ils ont fait l'amour. Et c'est après cela, dans cette minute d'abandon où la femme est plus aimante et l'homme plus insoucieux, qu'il lui dit :

— J'ai une surprise pour toi.

Elle bat des mains :

— Fais voir !

Il dit :

— Regarde-moi.

— Je te regarde. Eh bien ?

— Tu ne vois rien ?

— Rien que je n'aie l'habitude de voir.

— Si tu ne vois rien, moi je vois.

Elle plisse le nez :

— Comment as-tu dit ?

— J'ai dit que, moi, je vois.

Elle n'ose comprendre. Elle tremble. Il rit :

— Tu as très bien compris. Je vois ! Je te vois ! Tu es belle ! Oh, que tu es belle ! Plus belle encore que je te voyais, « en dedans »... C'est revenu, tu comprends ? Petit à petit. Je n'osais y croire, peur de te décevoir, tout ça...

Elle pleure. Elle sanglote. Ils pleurent dans les bras l'un de l'autre. De joie. C'est bon.

Plus tard. Une autre halte. Ils mangent, ils boivent, ils s'aiment. Il est songeur. Elle ne manque pas de demander :

— À quoi penses-tu ?

— Autant te le dire, à pas grand'chose.

— Mais encore ?

— Puisque tu y tiens... À ce jour où Minnhild, ma mère, nous a sauvés de la mort en tuant le garde dont elle coupa la gorge avec ses dents. Te rappelles-tu cela ?

— Comment pourrais-je l'oublier ?

— Tu te rappelles donc que, pour faire venir à elle ce pauvre type, elle usa de séduction, pour parler décemment ? Et que, cette séduction, elle la poussa jusqu'à... euh... consommation pleine et entière ? Vois-tu, je me demande s'il était bien nécessaire qu'elle aille jusque-là. Elle pouvait trancher le cou du bonhomme dès l'instant qu'il était sur elle. Qu'en penses-tu ?

— Que ta maman était un peu négligée sous ce rapport par ton papa, ou alors qu'un élan de charité chrétienne l'incita à donner un peu de plaisir à cet homme avant de l'occire.

Elle rit. Il rit. Un léger coup sur l'épaule le fait sursauter. Il ne lève pas les yeux, il n'a pas encore tout à fait repris l'habitude de s'en servir. C'est elle qui envoie ses regards là-haut voir ce qui s'y passe. Elle voit une tête de cheval. Elle sursaute. Une jolie cavale blanche, pas très bien soignée, heurte de son sabot délicat l'épaule de Fleur pour attirer son attention, comme ferait toute jeune fille bien élevée. Fleur à son tour regarde. Et voit. Et saute sur ses pieds. Et s'écrie :

— Bleuette ! Tu es Bleuette !

La haquenée lance au ciel un hennissement joyeux.

Eh bien, voilà. Ces trois-là, du moins, se sont retrouvés, ils ne se quitteront plus, peut-être même seront-ils heureux.

Tout ne peut pas être noir. Ce serait trop triste.

Moralité (puisqu'il en faut une...)

La saga du Hun Blond et de sa descendance coïncide avec la montée au pouvoir de la famille mérovingienne, depuis la chevauchée d'Attila et de ses Huns qui donna à Mérovée, « roi » des Francs saliens, l'occasion de se pousser en avant, ouvrant la carrière à Clovis, le conquérant insatiable, fondateur de la dynastie.

Dès la mort de Clovis et les premiers partages successoraux se dessina un antagonisme qui dominera toute l'histoire de l'Occident pendant quatorze siècles : l'incompatibilité entre la vocation du pouvoir royal, rassembleur, centralisateur, et les tendances opposées des seigneurs locaux, qui se voulaient rois chez eux et n'admettaient pas la suprématie du souverain.

Cet antagonisme culmine avec le combat désespéré de la reine Brunehaut pour soumettre les grands et sa chute finale sous les traîtrises des tenants de Frédégonde, puis de son fils. Il aboutit à la victoire des tendances anarchiques des grands groupés derrière les Maires du palais, puis à la mise à l'écart des rois légitimes flétris du surnom de « rois fainéants », enfin à la chute de la dynastie.

Ce sont là les prémices de l'état de choses que l'on nommera « féodalité », puissant contre-pouvoir qui, en dépit des efforts d'un Dagobert ou d'un Charlemagne au faîte de sa puissance, s'imposera puis s'institutionnalisera tout au long du Moyen Âge pour se prolonger, en France, jusqu'en 1789.

Une Frédégonde, c'est évident, ne voyait pas si loin. Elle était mue par ses tendances dominatrices, ses passions et ses lubies perverses. Brunehaut, par contre, femme de haute culture, tête éminemment politique, avait des ambitions élevées, voulait fonder un État barbare évolué, empreint de romanité et préservé des guerres permanentes dues au jeu des partages après succession. Mais elle était aussi une femme ardente, éprise de vengeance après les meurtres en série, par les soins de Frédégonde, de sa sœur, de son mari, de son fils et de tous ses descendants.

C'est une histoire triste. La morale n'y trouve pas son compte. Les « bons » ont perdu. Les « méchants » ont gagné. Ils ont gagné bien au-delà de la mort et du supplice abominable. Ils ont, dans le corps de l'Europe naissante, injecté le venin de la féodalité.

Toute l'histoire de la France des rois est celle de la lutte, souvent désespérée, des souverains ou de leurs ministres contre la désagrégation voulue par les grands féodaux. De Charlemagne aux Jacobins, en passant par Philippe Auguste, Blanche de Castille, Louis IX, Philippe le Bel, Charles V, Louis XI, Anne de Beaujeu, Catherine de Médicis, Henri IV, Richelieu, Mazarin (la Fronde !), Louis XIV...

TITRES
DES VOLUMES
CORRESPONDANTS

Généalogie des premiers Mérovingiens

En gras, les noms des personnages jouant un rôle important dans cette saga.

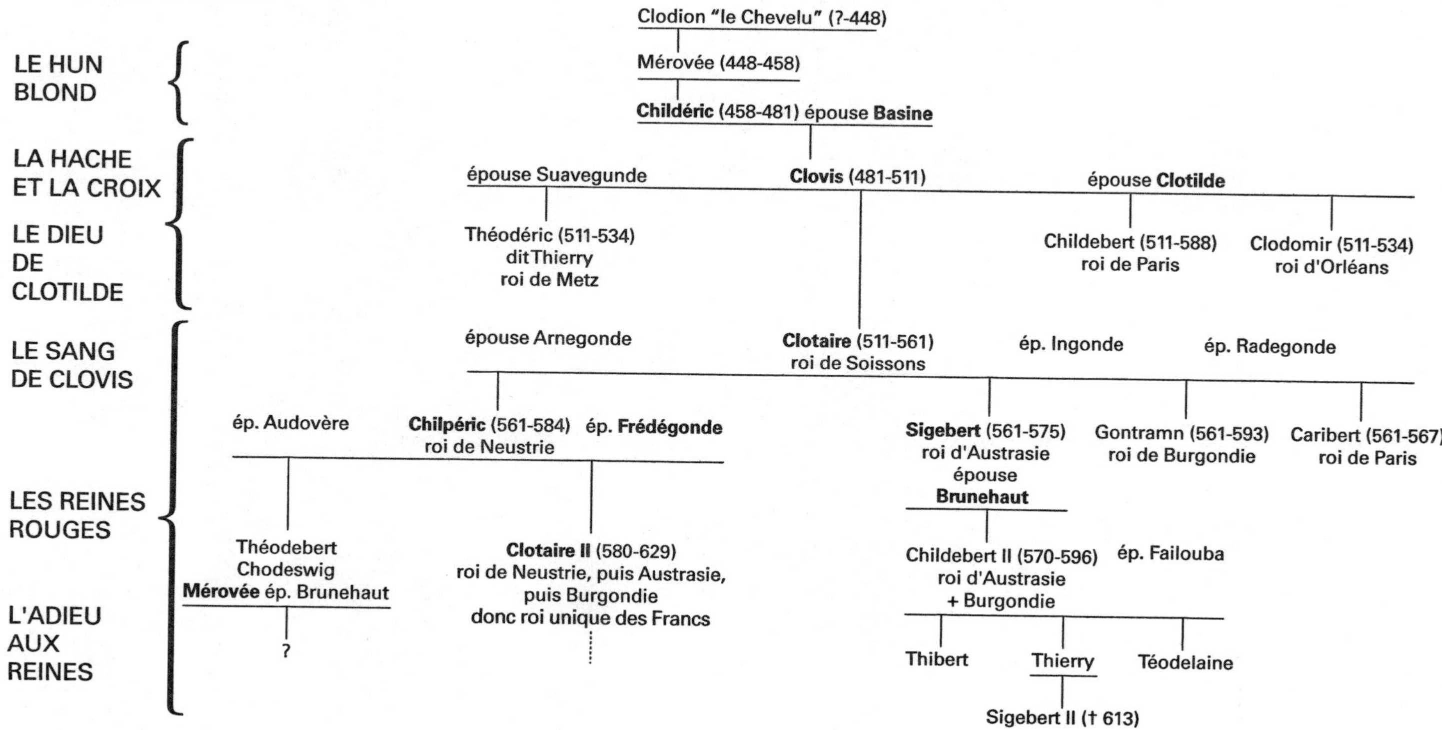

Merci à :

Roger-Xavier Lantéri, *Brunehilde, la première reine de France*, Perrin, 1995.

Roger-Xavier Lantéri, *Les Mérovingiennes*, Perrin, 2000.

Stéphane Lebecq, *Les Origines franques*, Seuil, 1990.

Jean-Pierre Legay, *L'Europe des États barbares*, Belin, 2002.

Patrick Perrin et L.-C. Feffer, *Les Francs*, Armand Colin, 1987.

Amédée Thierry, *Histoire d'Attila et de ses successeurs*, Didier et Cie, 1865.

Grégoire de Tours (jusqu'en 594), *Histoire des Francs*, Denoël, 1963 (trad. Latouche).

Du même auteur

Aux Éditions Albin Michel

LA GRANDE ENCYCLOPÉDIE BÊTE ET MÉCHANTE
LA NOUVELLE ENCYCLOPÉDIE BÊTE ET MÉCHANTE
NOS ANCÊTRES LES GAULOIS
LE TEMPS DES ÉGORGEURS
LETTRE OUVERTE AUX CULS-BÉNITS
LES RITALS
LES RUSSKOFFS
BÊTE ET MÉCHANT
LES YEUX PLUS GRANDS QUE LE VENTRE
MARIA
L'ŒIL DU LAPIN
LES ÉCRITURES
LOUISE LA PÉTROLEUSE *(théâtre)*
ET LE SINGE DEVINT CON *(L'Aurore de l'humanité I)*
LE CON SE SURPASSE *(L'Aurore de l'humanité II)*
LES FOSSES CAROLINES
LA COURONNE D'IRÈNE
LE SAVIEZ-VOUS ?
LES AVENTURES DE NAPOLÉON
COUPS DE SANG
CŒUR D'ARTICHAUT
LA DÉESSE MÈRE
MIGNONNE, ALLONS VOIR SI LA ROSE...
LE HUN BLOND
LA HACHE ET LA CROIX
LE DIEU DE CLOTILDE
LE SANG DE CLOVIS
LES REINES ROUGES

Chez d'autres éditeurs

Éditions Hara-Kiri (repris par Archipel)
4, RUE CHORON

Jean-Jacques Pauvert
STOP-GRÈVE
DROITE-GAUCHE, PIÈGE À CONS

Julliard
(Collection « Humour secret »)
CAVANNA

L'École des loisirs
(Adapté en vers français par Cavanna)
MAX ET MORITZ, *de Wilhelm Busch*
GRASSE-TIGNASSE *(Der Struwwelpeter)*

Hors Collection (Presses de la Cité)
MAMAN, AU SECOURS !
LES GRANDS IMPOSTEURS
DIEU, MOZART, LE PEN...
TONTON, MESSALINE, JUDAS...

L'Archipel
LA BELLE FILLE SUR LE TAS D'ORDURES
DE COLUCHE À MITTERRAND

Hoebeke
(Avec Robert Doisneau)
LES DOIGTS PLEINS D'ENCRE
LES ENFANTS DE GERMINAL
SUR LES MURS DE LA CLASSE

Presses de la Cité
(avec Barbe)
JE T'AIME

Terre de brume
(Avec Patricia Méaille)
AU FOND DU JARDIN

Composition par Nord Compo à Villeneuve-d'Ascq
et impression Société Nouvelle Firmin-Didot
en février 2004
pour le compte des Éditions Albin Michel

N° d'édition : 22272 – N° d'impression : 67160
Dépôt légal : février 2004

Imprimé en France